SHERRYL WOODS

Noche de luciérnagas

Editado por Harlequin Ibérica.
Una división de HarperCollins Ibérica, S.A.
Núñez de Balboa, 56
28001 Madrid

© 2012 Sherryl Woods
© 2014 Harlequin Ibérica, S.A.
Noche de luciérnagas, n.º 61 - 1.7.14
Título original: Catching Fireflies
Publicada originalmente por Mira Books, Ontario, Canadá

I.S.B.N.: 978-84-687-4467-4
Depósito legal: M-10624-2014

Queridas amigas,

Por desgracia, últimamente apenas pasa un día sin que oigamos alguna noticia sobre algún incidente de acoso escolar. Algunos son tan espantosos o trágicos que desafían al entendimiento. Esos son los que de verdad captan nuestra atención, mientras que otros se ignoran con facilidad al considerarlos una especie de ritual de paso, una parte aceptable del proceso de madurez.

Sin embargo, lo cierto es que el acoso de cualquier tipo tiene el poder de cambiar a un niño, de cambiar la persona en la que se va a convertir al crecer. Cuando se la ignora, la víctima puede quedar marcada de por vida emocionalmente, si no también físicamente. El autor de ese acoso crece con un sistema de valores sesgado que le indica que es perfectamente aceptable destrozar la vida de otra persona y sentirse poderoso, aunque sea por un momento, a expensas de alguien más débil.

Está en manos de los adultos, padres, profesores y comunidades enteras plantarle cara al problema, decir que el acoso está mal ¡siempre y venga de quien venga! Y eso es exactamente lo que sucede en Serenity cuando la profesora Laura Reed y el pediatra J.C. Fullerton se dan cuenta de que una alumna lo está sufriendo. Tanto Laura como J.C. han experimentado los dañinos efectos del acoso y por ello lo que le está pasando a Misty Dawson les resulta inaceptable y los afecta personalmente.

Mientras que en mis novelas suelo incluir sutiles mensajes ocultos, espero que el mensaje de Noche de luciérnagas se oiga alto y claro. No hay nada gracioso, ni normal, ni aceptable en el acoso, ya venga por parte de un niño pequeño en un parque de juegos o de un adolescente utilizando Internet para atormentar a un compañero. Prestad atención a lo que pueda estar pasándoles a vuestros hijos, por muy pequeños o mayores que sean. Y prestad más atención aún a cómo tratan a los demás. El acoso está mal. Hay que frenarlo. Y alertar a padres, profesores y a una comunidad unida puede lograrlo.

Espero que disfrutéis una vez más con todas las Dulces Magnolias y que os toméis su mensaje, y el mío, muy en serio.

Con mis mejores deseos,
Sherryl

Para todos los jóvenes que sienten que nadie les presta atención. Deseo que, al menos, una persona os escuche y haga que vuestra vida sea mejor.

Capítulo 1

Apenas habían pasado seis semanas desde el comienzo del nuevo curso en el Instituto Serenity y la profesora de Lengua y Literatura, Laura Reed, ya estaba viendo señales de un problema potencial con una de sus alumnas de penúltimo curso. Misty Dawson se había saltado clases durante la última semana. Los registros de asistencia mostraban que estaba en el centro, pero cuando llegaba la hora de su clase desaparecía.

—¿Ha estado hoy Misty en tu clase? —le preguntó a Nancy Logan, profesora de Historia.

—En primera fila —le confirmó Nancy—. Ojalá tuviera montones de alumnos como ella. Es inteligente y siempre está lista para trabajar. ¿Por qué? No me digas que ha vuelto a saltarse tu clase.

Laura asintió.

—Eso me temo, y no lo entiendo. Los demás registros de sus clases indican que es una de las alumnas más brillantes del colegio y está en mi grupo de avanzados. Los primeros ejercicios que me entregó fueron excelentes, así que está claro que no tiene problemas con la materia. Por eso esto me resulta tan frustrante. Es como si cada día desapareciera durante la tercera hora.

El profesor de Educación Física y entrenador, Cal Maddox, que había entrado en la sala para sacar una botella de agua de la nevera, se acercó a la mesa de la sala de profesores, donde estaban ellas.

—Perdón por entrometerme, pero ¿le has comentado esto a Betty? —le preguntó refiriéndose a su directora—. Si una chica está faltando a clase, ella tiene que saberlo.

Solo pensar en acudir a Betty Donovan con ese asunto hizo que Laura se estremeciera. Un problema con una solución potencialmente simple podría convertirse en algo desproporcionado y Cal, mejor que nadie, debería saberlo. Betty la había tomado con él por una infracción de la cláusula moral en el contrato de maestro y había armado un auténtico alboroto que había requerido la intervención del consejo escolar y que, finalmente, se había resuelto a favor de Cal.

Lo miró a los ojos y sacudió la cabeza.

—Aún no, lo cual significa que estoy incumpliendo toda clase de normas, pero, sinceramente, me preocupa menos que Misty se salte la clase que el hecho de descubrir el motivo de por qué lo hace y por qué precisamente conmigo.

Cal frunció el ceño.

—¿Estás segura de que solo es en tu clase?

—Ya has oído a Nancy. Misty ha ido a su clase todos los días. Lo he consultado con los demás profesores y la mayoría dicen que lleva todo el curso asistiendo. En mi clase también empezó bien, pero después empezó a faltar algún que otro día y hace una semana directamente dejó de venir. Eso me dice que en mi clase está pasando algo que la inquieta o que, tal vez, está teniendo algún problema con otro alumno. No sé qué será.

—¿Pero no tienen la mayoría de los alumnos de penúltimo curso las mismas clases? —preguntó Nancy—. Si Misty tiene un problema con otro alumno, Lengua y Literatura no sería la única clase en la que coincidirían.

Eso ya no era así. El Instituto Serenity no es que fuera enorme. Es más, hasta los últimos años, cuando el pueblo había ido creciendo por las afueras, el centro apenas había tenido quinientos alumnos desde noveno al duodécimo curso.

No obstante, durante los diez años que Laura llevaba trabajando allí, esa cifra había empezado a aumentar. Ahora las aulas estaban más llenas y había sido necesario ofrecer las mismas clases varias veces al día para atender a todo el alumnado. El año anterior habían tenido que añadir aulas portátiles por primera vez hasta que hubiera dinero suficiente para una nueva edificación. Sin embargo, sí que había pocos alumnos avanzados y coincidían en muchas de las mismas clases.

—Ya sabéis que no me cae muy bien Betty —dijo Cal sacando de nuevo el problema que tenían entre manos.

—Seguro que eso es quedarse corto —respondió Laura sin permitirse ni una mínima sonrisa al recordar el inútil intento de Betty de despedir a Cal unos años atrás por haber salido con la madre divorciada, y mayor que él, de uno de los niños que entrenaba en el equipo de béisbol. La mayor parte de la comunidad y del consejo escolar se había levantado a favor de Cal, y ahora Maddie y él estaban felizmente casados y tenían dos hijos en común. El hijo que los había emparejado era un lanzador estrella que jugaba para Atlanta.

—Sin duda es quedarse corto —concluyó él—. Lo que quiero decir es que tiene que estar al tanto cuando hay un problema como este. Como sé demasiado bien, es una maniática de las normas, incluyendo algunas que están más en su cabeza que en los libros. Sin embargo, a pesar de los problemas que hemos tenido, sé que le importan los chavales. Si Misty tiene algún problema, ella querrá ayudar, no se lanzará a juzgar sin más.

—Supongo que yo también lo sé —admitió Laura a regañadientes—. Y si no puedo sentarme a hablar con Misty para solucionar esto, acudiré a Betty, aunque preferiría no involucrarla si puedo evitarlo. No quiero que la expulsen para que Betty pretenda mostrarla como ejemplo —miró a

Cal—. Sabes que es su estilo. ¿No es eso lo que le hizo a tu hijastra?

Cal esbozó una mueca de disgusto.

—Oh, sí. Le echó una buena bronca a Katie justo después de que empezara el curso. Créeme, cuando Maddie se enteró, las cosas se pusieron un poco tensas en casa y también castigó a Katie. Pasará mucho tiempo hasta que pueda hacer alguna otra.

—Entonces sabes a qué me refiero —dijo Laura suplicando algo de comprensión.

—Pero también sé que Katie se mereció el castigo que le puso.

Laura suspiró.

—En cierto sentido sé que tienes razón, pero me parece que aquí hay algo más y tengo que comprender qué es —sabía de primera mano cuánto daño podían hacerle los juicios precipitados y sin fundamento a una adolescente ya de por sí frágil. Si años atrás, ella no hubiera tenido una profesora que la apoyara, habría dejado los estudios. Pero fue la fe de aquella profesora y sus consejos lo que la llevaron a convertirse en maestra.

Miró a Cal.

—Pero te juro que no esperaré mucho a hablar con Betty.

—Bien. Yo hablaré con Katie esta noche. Puede que tenga alguna idea de qué está pasando. Está en el mismo grupo de avanzados, ¿no?

—Sí —confirmó Laura—. Y está trabajando muy bien, por cierto.

Cal vaciló y se quedó pensativo.

—¿Sabes? No dejo de preguntarme si habrá sido una coincidencia extraña que a Katie la hayamos pillado suspendiendo y faltando a clase. En su momento se negó en rotundo a decir por qué estaba actuando así, pero debe de saber si es que alguien ha lanzado alguna especie de reto para ver quién puede saltarse las clases sin que los pillen.

—Recuerdo que me quedé impactada cuando me enteré de lo del comportamiento de Katie, pero no lo había relacionado con lo que le está pasando a Misty —dijo Laura intrigada por la posibilidad de que hubiera una conexión—. ¿Pensáis de verdad que podría ser algún juego que se traen entre ellas aun sabiendo que pueden ser expulsadas?

Cal se encogió de hombros.

—A esa edad los chicos no siempre tienen en cuenta las consecuencias. Dudo que Katie lo hiciera. Recuerdo varias ocasiones a lo largo de los años en las que los alumnos mayores han retado a los más pequeños a hacer algún tipo de locura. Aunque normalmente eso pasa al final de curso, cuando no se es tan estricto con las normas y la graduación está a la vuelta de la esquina. Aun así, no descartaría alguna novatada.

Laura sacudió la cabeza.

—Me esperaría esa clase de comportamiento de los problemáticos habituales, ¿pero de niñas como Katie y Misty? Me impresiona.

—Haré lo que pueda por ayudarte a llegar al fondo de esto —le dijo Cal—. Los chavales suelen ver y oír cosas que a nosotros se nos escapan. Si Katie sabe algo, te lo contaré. En el vestuario los chicos también sueltan cosas de vez en cuando, así que si hay rumores por aquí, acabaré enterándome de la mayoría.

Laura asintió.

—Gracias, Cal. Te lo agradecería.

—Yo también mantendré los ojos y los oídos bien abiertos —prometió Nancy.

—Cualquier idea será muy bien recibida. Sé que no puedo posponer para siempre lo de hablar con Betty, así que creo que voy a dar una vuelta a ver si puedo encontrar a Misty. Ella es la que tiene todas las respuestas. Y si es necesario, la semana que viene la haré salir de una de las clases a las que esté asistiendo.

Esperaba poder resolverlo antes de que una estudiante

brillante se viera en un problema que podría terminar da-
ñando su prometedor futuro, del mismo modo que Vicki
Kincaid había evitado que ella cometiera el segundo mayor
error de su vida.

Misty Dawson había esperado hasta después de que sonara la campana y había ido a refugiarse en el hueco de la
escalera por segunda vez ese día. Llevaba allí apenas unos
minutos cuando Katie Townsend abrió la puerta, suspiró al
verla y se sentó a su lado, hombro con hombro.

—Te van a echar del instituto si no acabas con esto —le
advirtió Katie dándole un empujón cariñoso.

—¿Y tú qué? También estás aquí y ya te han expulsado
unos días por saltarte una clase por mi culpa. Seguro que a
la próxima te expulsan del todo.

—Sabía que ibas a esconderte otra vez. Ahora tendrías
Matemáticas y sé que no has estado yendo. Yo ahora solo
tengo hora de estudio y le he dicho a la profe que tenía que
ir al baño —dijo sosteniendo en la mano su pase. Miró a
Misty preocupada—. No puedes seguir saltándote las clases solo porque Annabelle sea una imbécil y una cretina.
¿No crees que la señorita Reed y el señor Jamison van a
darse cuenta?

—El señor Jamison nunca pasa lista —contestó Misty—.
Y no creo que pueda ver más allá de sus narices, así que no
tiene ni idea de si estoy o no en clase. Con que me digas
cuándo son los exámenes y me presente para hacerlos, no se
dará ni cuenta.

—Pero no estamos en la misma clase de Matemáticas
del grupo de avanzados. Tuvieron que dividirnos en dos
grupos, ¿te acuerdas? Un día de estos va a hacer los exámenes en días distintos y ¿entonces qué?

—Si pasa eso, ya veré lo que hago —insistió Misty.

—Bueno, pero la señorita Reed no es ni ciega ni tonta y
seguro que se da cuenta. Cuéntale lo que está pasando,

Misty. Es guay. Creo que lo entenderá. A lo mejor hasta puede ayudarte.

Misty sacudió la cabeza.

—No puedo arriesgarme, Katie. ¿A saber qué haría? Solo empeoraría las cosas con Annabelle y ya están suficientemente mal.

Miró a Katie con gesto suplicante.

—Sabes que tengo razón y lo mala que puede ser Annabelle. Y encima tiene esa madre tan protectora que cree que su niña los va a lanzar al estrellato uno de estos días. La señora Litchfield le dirá a todo el mundo que es culpa mía, que debo de haber hecho algo horrible para que su preciosa niñita me haya hecho estas cosas horribles.

—Te repito que la señorita Reed te creería. O si no, ¿por qué no se lo cuentas a tus padres y dejas que ellos se ocupen?

Katie hacía que pareciera muy sencillo, como si todo el mundo fuera a estar dispuesto a saltar en su defensa. Pero Misty sabía muy bien que últimamente en su vida nada era sencillo.

—Vamos, Katie. No puedo hacerlo —respondió con gesto hastiado—. Mis padres casi ni se hablan y mi madre está tan enfadada con mi padre que no le preocupa nada más. Solo quiere que mi hermano y yo seamos invisibles. Se cree que si la casa está perfecta y Jake y yo nos portamos como angelitos, mi padre cambiará de opinión y ya no querrá divorciarse.

Katie asintió con gesto de absoluta comprensión.

—Recuerdo lo que es eso. Solo tenía seis años cuando mis padres se divorciaron y no entendía qué estaba pasando, pero discutían tanto que mi madre estaba llorando todo el tiempo. Y aunque odié que mi padre se mudara, al final las cosas fueron mucho mejor después. Y cuando mi madre empezó a salir con el entrenador Maddox y se casaron, todo fue como mil veces mejor en casa.

Misty suspiró.

—Ojalá mi madre encontrara a alguien así y se animara. Pero dudo que eso pueda pasar. Se va a aferrar a mi padre de por vida, aunque su relación haya terminado para los dos. Yo creo que ni siquiera lo quiere, pero le da miedo separarse de él.

Se quedaron sentadas la una junto a la otra durante varios minutos y entonces Katie la miró.

—¿Y si se lo cuento a mi padrastro? Sé que te ayudaría.

Alarmada, Misty abrió los ojos de par en par.

—¿Al entrenador Maddox? ¡Ni hablar! Déjalo estar, Katie. Es mi problema. Ya veré yo cómo lo soluciono.

—Pues tienes que hacerlo pronto, Misty. Te van a pillar. Mira lo que me pasó a mí. Cal y mamá me echaron una bronca mucho más grande que la de la señorita Donovan. Nunca había visto a mi madre tan cabreada. Hasta me hizo fregar los vestuarios de The Corner Spa y, créeme, fue asqueroso. Las mujeres son súper sucias y desordenadas, incluso en un sitio tan pijo.

—Pues la verdad es que lo de la expulsión no me suena nada mal —admitió Misty, incapaz de borrar de su voz ese tono nostálgico. Casi le costaba recordar cómo era cuando le había encantado ir a clase, aprender, leer y estar con sus amigas. Ahora el único momento en que las veía era si quedaba con ellas en Wharton's después de clase, e incluso entonces estaba en tensión porque Annabelle se presentaba por allí de vez en cuando dispuesta a hacerle la vida imposible.

Katie la miró impactada.

—¡No puedes decirlo en serio! ¡Te encanta el instituto! Estás a punto de que te den una beca, Misty. Si te expulsan, eso aparecerá en tu expediente. Créeme, ya me han contado y explicado cómo eso podría arruinar mi futuro.

—Lo sé. Solo digo que suena mejor que estar aquí escondiéndome en el hueco de la escalera durante la clase de Lengua y la de Matemáticas. Ya ni siquiera puedo ir a la cafetería a almorzar. Eso es lo único bueno de que mi madre esté tan aturdida y atontada últimamente. No se ha dado cuenta de que me llevo el almuerzo de casa en lugar de comprarlo aquí. Ojalá pudiera descubrir por qué Annabelle me odia tanto. Es guapísima y tiene una voz increíble con la que algún día llegará a *American Idol*, como contó Travis McDonald por la radio el Cuatro de Julio. Y, además, está saliendo con el chico más popular del instituto.

Katie la miró con incredulidad.

—¡Venga! Sé que no puedes ser tan tonta, Misty. Todo esto es porque el súper atleta Greg Bennet, el chico más popular del instituto, está loco por ti. Dejaría a Annabelle al momento si supiera que saldrías con él. Y lo peor de todo es que ella lo sabe.

—Pero no voy a salir con él —dijo Misty con frustración—. Le he rechazado y Annabelle lo sabe también. No es culpa mía si no puede aceptar un «no» por respuesta. Eso debería demostrarle lo cerdo que es por estar con ella y pedirme salir a mí al mismo tiempo.

—¡El chico más popular de clase! —repitió Katie con énfasis—. Annabelle se siente con más derecho que nadie a tener todo lo mejor y, como no puede culparlo sin perderlo, te culpa a ti.

—Supongo —dijo Misty encogiéndose de hombros—, aunque te juro que no lo entiendo. Yo le habría mandado a paseo en cuanto me hubiera enterado de que estaba tirándole los trastos a otra chica.

—Pero eso es porque eres lista y competente —dijo Katie con lealtad.

Misty suspiró.

—Ojalá fuera verdad.

Lo cierto era que cada día se sentía más y más como si su vida estuviera desmoronándose bajo el control de Annabelle Litchfield.

Tras esquivar el último intento de su enfermera de organizarle una cita, el pediatra J.C. Fullerton se encontraba reflexionando sobre la tendencia de los habitantes de Serenity a meterse en las vidas de los demás cuando la puerta de su despacho se abrió con un chirrido.

—¿Puedo entrar? —preguntó vacilante Misty Dawson—. Todo el mundo se ha ido, pero como las luces aún estaban encendidas y la puerta abierta, he pensado que seguiría aquí.

—Claro. Pasa —dijo mirando preocupado a la adolescente. Esas visitas fuera del horario de consulta solían apuntar a algún problema. Y tratándose de una chica de dieciséis años, lo primero que se le vino a la mente fue un embarazo no deseado—. ¿Va todo bien?

Con mucha cautela, Misty se sentó en el borde de la silla frente a él y con los libros sobre su regazo.

—La verdad es que no —respiró hondo y añadió—: ¿Podría escribirme una nota para no ir a clase?

A lo largo de los años, J.C. se había esforzado para no reaccionar visiblemente a nada que sus pacientes le dijeran. Los adolescentes, en especial, tenían unos sentimientos muy frágiles y se los podía asustar fácilmente y hacer que se sumieran en el silencio si su médico les decía las palabras equivocadas. Lo que mejor funcionaba normalmente era escuchar y hacer preguntas con mucho, mucho, cuidado.

Miró detenidamente a Misty. A pesar de parecer nerviosa y estar algo pálida, la veía tan sana como cuando le había realizado el chequeo anual antes de dar comienzo el curso. Su melena rubia y lisa brillaba y sus ojos azules relucían. Sin embargo, las apariencias podían engañar.

—¿Es que no te encuentras bien? —le preguntó con tiento.

—La verdad es que no.

—¿Y cuál crees que es el problema? ¿Va algo mal en el instituto?

—Es que ya no puedo ir más, ¿vale? —dijo ella poniéndose a la defensiva instantáneamente—. Y sé que necesitarán algún tipo de excusa si dejo de ir. Había pensado que podría valer una nota suya. Podría decirles que tengo algo muy, muy, contagioso, ¿no?

Él la miró fijamente.

—¿Tienes algo muy, muy, contagioso?

—No, pero…

—Entonces sabes que no puedo hacerlo —le dijo con tono delicado, pero firme—. Cuéntamelo, Misty. ¿Qué está pasando?

—Que no pienso volver y ya está —le contestó testarudamente.

J.C. se alarmó al momento. Ya había visto antes esa clase de comportamiento en chicos que eran buenos estudiantes y que, de pronto, no querían ir a clase. Lo había vivido de una forma demasiado cercana y personal y por ello al instante decidió llegar al fondo de lo que fuera que estaba pasando en la mente de esa chiquilla.

—¿Existe alguna razón específica por la que no quieras ir a clase, Misty? —preguntó con delicadeza—. Por lo que me ha contado tu madre, eres una gran estudiante y estás en los grupos avanzados.

Ella se encogió de hombros.

—No importa. Ya no quiero estar allí.

—¿Y qué vas a hacer si no vas? —le preguntó—. Cuando te hicimos el examen médico recuerdo que me dijiste que algún día te gustaría ser corresponsal de televisión. Para eso tendrás que graduarte en el instituto e ir a la universidad. Estabas emocionada con la posibilidad de que te dieran una beca.

—Como le he dicho, soy lista. Haré el examen de acceso y lo haré genial, y entonces entraré en la universidad en algún lugar muy lejos de Serenity. Puede que no sea una facultad chula de la Ivy League como había esperado, pero no importa. No será lo mismo, pero merecerá la pena. Puedo hacerlo —dijo con ganas—. Por favor, doctor Fullerton. Tiene que ayudarme.

Él la miró a los ojos; unos ojos cargados de preocupación.

—Sabes que no puedo hacerlo, Misty. Venga, ¿por qué no me cuentas lo que está pasando? A lo mejor sí que puedo ayudarte en eso.

Con lágrimas cayéndole por las mejillas, se levantó, puso los hombros rectos y fue hacia la puerta, claramente decepcionada.

—Siento haberle molestado.

—Misty, espera. Vamos a hablar —le suplicó al no querer ser un adulto más que le daba la espalda. Tal vez no estaba enferma físicamente, pero estaba claro que algo la inquietaba profundamente. Y el hecho de que hubiera acudido a él le hacía sentirse responsable de ayudarla en todo lo que pudiera.

—No pasa nada. Sabía que sería arriesgar demasiado —lo miró suplicante—. No le dirá nada a mi madre, ¿verdad? No me ha atendido como médico, así que no tiene por qué decirle nada, ¿no?

J.C. estaba indeciso. Era verdad que no habían hablado de temas médicos, pero no estaba seguro de que debiera prometer guardar silencio cuando estaba claro que había algún problema.

—¿Y si hacemos un trato? —terminó por decir.

Ella lo miró con cierta desconfianza.

—¿Qué clase de trato?

—Elige a un adulto, preferiblemente a tu madre o tu padre, aunque cualquier adulto en el que confíes me valdrá. Cuéntale lo que está pasando y entonces no diré nada sobre tu visita.

Inmediatamente ella sacudió la cabeza.

—No es algo de lo que pueda hablar —insistió.

Él ignoró su excusa.

—Ese es el trato. Lo tomas o lo dejas —le respondió con actitud implacable—. Y quiero que esa persona me confirme que habéis hablado. No me hace falta saber qué le has contado. Eso puede ser totalmente confidencial, pero quiero saber que has confiado en alguien que pueda ayudarte.

Para su sorpresa, la chica esbozó una leve sonrisa.

—¿Por qué se me ocurriría que iba a tenerlo fácil con usted? —preguntó con pesar.

—Como tengo la consulta llena de ositos de peluche y piruletas, mucha gente me confunde por un blandito.

—Pues qué engañados les tiene —dijo, si bien, con cierto tono de admiración—. ¿Cuánto tiempo tengo antes de que me delate?

Él pensó en la respuesta, sopesando los riesgos de esperar contra el beneficio de permitirle encontrar la ayuda que necesitaba.

—Veinticuatro horas me parece razonable. Nos vemos mañana a esta hora.

—¿Y si para entonces nadie se ha puesto en contacto con usted? ¿Qué pasa? ¿Saltarán las alarmas por todo el pueblo? ¿El jefe Rollins me va a perseguir y meterme en la cárcel?

J.C. le sonrió.

—No pasará nada tan dramático, aunque me pasaré por tu casa alrededor de la hora de cenar para hablar con tus padres —la miró fijamente—. Entonces, ¿tenemos un trato?

—Preferiría llevarme un justificante para clase —dijo con pesar—, pero sí, supongo que tenemos un trato.

J.C. la vio salir de su consulta y rezó por haber hecho lo correcto. Si la hubiera hundida lo más mínimo, no la habría dejado ocuparse de ese asunto sola. Se habría volcado. Pero Misty le parecía una chica que solo necesitaba un empujón para solucionar el problema por sí sola. Y, en su experiencia, la sensación de poder que surgía de ello podía hacer mucho para sanar cualquier problema que pudiera estar teniendo un adolescente.

Pasaría las próximas veinticuatro horas rezando por que su intuición lo hubiera guiado en la dirección correcta.

Capítulo 2

Desde que había renunciado a las citas, J.C. solía pasar gran parte de la mayoría de las noches en Fit for Anything, el nuevo gimnasio para hombres que acababa de abrir en el pueblo.

Un entrenamiento de una hora antes de ir a casa a cenar era el equivalente a su penosa vida social en la mayoría de las ocasiones.

Resultaba mucho más fácil fingir que el ejercicio era un buen sustituto de las citas estando ahí que en Dexter's, aquel vertedero en el que nadie había querido pasar ni un minuto más de lo necesario. Ahí incluso podía comer algo antes de ir a casa y ya que la selección de comida saludable era abastecida por Sullivan's, uno de los mejores restaurantes de la región, no estaba nada mal.

Aunque había tardado un poco dada su relación laboral con Bill Townsend, un paria para algunas personas desde su desastroso divorcio de Maddie hacía unos años, al final J.C. se había hecho amigo de Cal Maddox, Ronnie Sullivan y algunos otros hombres del gimnasio. Con tal de que Bill quedara al margen de cualquier conversación, todos parecían llevarse bien.

Esa noche había encontrado ahí a Cal, que estaba terminando su entrenamiento.

—Llegas tarde —apuntó Cal—. No me digas que por

fin le has pedido a una mujer salir a tomar un café y les has partido el corazón a todas las casamenteras de Serenity.

J.C. se rio.

—Por desgracia, no. He tenido una visita inesperada de una paciente fuera de consulta.

Inmediatamente Cal se mostró preocupado.

—¿Una emergencia? ¿Algún niño que conozca?

Aunque no iba a quebrantar la confidencialidad, se preguntaba si Cal podría tener idea de qué podría estar pasando para que esa chica quisiera dejar el instituto.

—¿Conoces a Misty Dawson?

Su mirada fue respuesta más que suficiente.

—Sí que la conoces —concluyó—. ¿Alguna idea de qué le está pasando?

—No, pero eres la segunda persona hoy que ha mostrado una preocupación real por ella. ¿Qué te ha dicho? —preguntó Cal y, al instante, ignoró la pregunta—. Lo siento, sé que no puedes decir nada. No debería haberte preguntado.

—No pasa nada. La verdad es que es reconfortante saber que no soy el único que está preocupado. Si hay suficientes adultos prestándole atención al problema, con suerte lo resolveremos y haremos que todo vuelva a la normalidad. Por lo que sé, es una chica brillante con gran potencial.

—Laura Reed, la profesora de Lengua y Literatura de Misty, está volcada en el tema, y yo también estoy investigando algunas cosas.

—Me alegra saberlo —dijo J.C. aliviado—. ¿Ha hablado alguien con sus padres?

Cal negó con la cabeza.

—Laura está intentando ahondar un poco más y descubrir qué está pasando antes de ir a hablar con sus padres o con la directora. ¿Quieres que le diga que te llame y que te avise si descubre algo?

—Absolutamente. Y yo os informaré si encuentro alguna respuesta.

Cal asintió.

—Sé que vivir en un pueblo pequeño puede tener sus inconvenientes, pero en situaciones así, le veo muchas ventajas. La gente se preocupa de verdad, se implica. Es un gran entorno para criar a tus hijos.

J.C. sonrió.

—Entonces, después de todo, tanto fisgoneo tiene su lado positivo.

Cal se rio.

—Así lo veo yo, al menos —miró el reloj—. Será mejor que me vaya a casa. Imagino que Maddie agradecerá que le eche una mano con el baño de los niños, y después tengo que interrogar a mi hijastra.

—Pues buena suerte —le respondió J.C. sinceramente. Él sabía mejor que la mayoría lo que era intentar sacarle información a los adolescentes, que, por lo que había observado, eran mejores protegiendo sus fuentes que cualquier periodista experimentado.

Laura se había sentido intranquila desde su charla con Cal y Nancy y por no haber podido localizar a Misty antes de que saliera del instituto. Con el tiempo había descubierto que las dos mejores soluciones para contrarrestar esa clase de inquietud eran o el helado, o lo que a ella le gustaba ver como «terapia de compras». Y resultaba que tenía un vale en el bolso para la boutique de Raylene Rollins en Main Street que podría satisfacer, al menos, un impulso irresistible. Si el derroche económico en ropa no funcionaba, Wharton's se encontraba al otro lado de la plaza y servía los mejores pasteles rellenos y helados del lugar.

Una vez dentro del establecimiento, que era conocido por su estilo elegante, fue directa a la sección de saldos. Con su salario de maestra, el precio total era impensable.

—¿Buscas algo especial? —le preguntó Adelia Hernández mientras Laura miraba lo que había disponible en la talla treinta y ocho—. ¿O solo estás echando un vistazo a ver si encuentras una ganga?

Laura sonrió.

—Me conoces demasiado bien, Adelia. No puedo resistirme a un chollo, y tengo un vale del periódico que está ardiendo en mi bolso.

—Entonces vamos a encontrar algo en lo que te lo puedas gastar —dijo Adelia entusiasmada—. Un vestido bonito para una cita, ¿tal vez?

Laura puso los ojos en blanco.

—Ni siquiera puedo recordar la última vez que tuve una cita para la que necesité algo más elegante que unos vaqueros.

Aunque se había visto atraída por la enseñanza en un pueblo pequeño muy parecido a aquel en el que había crecido al otro lado del país, había sospechado que la falta de vida social sería una de las desventajas. Por aquel momento, recién salida de la facultad y aún profundamente herida por su primer gran amor en el instituto y su desastroso resultado, tener una vida social no era algo que le hubiera importado en realidad. Sin embargo, últimamente estaba empezando a lamentar la grave falta de hombres con estudios que estuvieran disponibles. Los hombres que le pedían salir, aunque muy simpáticos, no eran en su mayoría intelectualmente estimulantes.

—Está claro que estás buscando en los sitios equivocados —dijo Adelia, cuya expresión se tornó triste mientras hablaba—. Aunque no es que yo sepa dónde buscar. Estoy en pleno divorcio. Lo de las citas es algo que me queda muy, muy, lejos.

—Lo sentí mucho cuando me enteré de tu ruptura —respondió Laura ansiosa por cambiar de tema, pero no segura de si estaba hablando de algo demasiado personal con una mujer a la que solo conocía de pasada.

—¿Aunque tampoco te sorprendió, no? Sé que todo el pueblo sabía que Ernesto estaba engañándome, pero eran demasiado educados como para decir algo.

—No estoy segura de que haya un buen modo de abordar ese tema en particular —le dijo Laura—. ¿Qué se dice? «Ey, ¿cómo estás? Por cierto, anoche vi a tu marido con otra».

Adelia se rio.

—Tienes razón. Dudo que Emily Post plasmara algo así en sus libros de protocolo.

—Al menos puedes reírte ahora —dijo Laura con gesto de aprobación—. Y eso es un gran paso.

—Sí, los días en los que no estoy ni furiosa ni resentida, soy todo risas —contestó Adelia acompañando el comentario con una sonrisa—. Pero lo cierto es que cada día es mejor que el anterior. Puedo darles las gracias a mis hijos y a este trabajo por haber hecho que me centre en el futuro y no en el pasado. Y mi abogada ha sido una bendición caída del cielo. Helen no les está dejando ni a Ernesto ni a su asqueroso abogado llevarse nada.

Laura asintió.

—He oído que Helen es una aliada increíble en una situación así.

—¡La mejor! —confirmó Adelia mientras sacaba un vestido de la zona de tallas cuarenta y dos—. Esta es una treinta y ocho y te sentaría genial. Este verde salvia suave iría perfecto con tu tono de piel. Destacaría el verde de tus ojos y tus mechas rubias.

Laura estudió el sencillo diseño del vestido de lino. En la percha no resultaba nada especial y, además, nunca antes había llevado tonos verdes porque siempre había pensado que la hacían parecer demacrada.

—¿Estás segura?

—Confía en mí —dijo Adelia—. Me darás las gracias en cuanto te veas en el espejo. Vamos. Seguiré buscando por si hay más tallas treinta y ocho descolocadas por otros percheros.

Dos minutos después, Laura estaba asombrada mirándose en el espejo del vestuario. El vestido dibujaba sus curvas ciñéndose a ellas, parecía acariciar sus pechos y dejaba ver la cantidad justa de escote con esa forma en «V». El verde salvia daba a sus ojos un toque esmeralda y de pronto sus mejillas estaban salpicadas de un inesperado color.

—¡Por Dios! —murmuró justo cuando Adelia llegó con el perfecto pañuelo de flores que le añadía un extra de sofisticación y estilo.

—Te lo he dicho —dijo Adelia con sonrisa de satisfacción mientras se colocaba el pañuelo de maneras distintas para mostrarle las posibilidades.

—¿Podrías venir a mi casa y vestirme todo el tiempo? —preguntó Laura solo medio en broma. Ella jamás podía combinar prendas con el estilo con que Adelia lo había hecho en escasos minutos y siempre que había felicitado a alguna amiga por un nuevo look, todo el mérito había recaído en Adelia. No le extrañaba que la tienda de Raylene estuviera siendo un negocio tan próspero últimamente.

—Tú búscate una pareja para una cita ardiente y allí estaré —le prometió Adelia con una sonrisa.

—Ni siquiera he mirado la etiqueta —lamentó Laura—. Voy a llorar si se sale de mi presupuesto.

—Está en venta y tienes un vale descuento —le recordó Adelia—. ¿Y quién puede ponerle precio a estar tan espectacular?

—Eres muy buena —le dijo Laura mientras se ponía su ropa y antes de seguirla hasta la caja registradora. Y aunque se estremeció con la suma total, le entregó su tarjeta de crédito sin apenas inmutarse.

Se consoló pensando que la compra que había realizado había sido un éxito tal que ya no necesitaba tomarse ningún helado. Y eso era algo positivo ya que, para poder pagar el vestido, tendría que cenar cereales o sándwiches de mantequilla de cacahuete y gelatina durante un mes.

Después de años entrenando y dando clases en el Instituto Serenity y de llevar un buen tiempo casado con Maddie y ocupándose de sus hijastros y de los dos pequeños que tenían en común, Cal suponía que tenía cierto instinto para detectar cuándo esos niños le mentían y, ahora mismo, Katie estaba haciéndolo. Le había pedido que se quedara con él en la cocina después de que hubieran metido los platos en el lavavajillas y ella, a regañadientes, se había quedado.

Estaban sentados en la mesa y la chica estaba haciendo lo posible por evitar mirarlo a los ojos a la vez que esquivaba cada pregunta que le había formulado hasta el momento.

—Has esquivado con mucho cuidado una pregunta directa —le dijo al cabo de un rato a su hijastra—, así que deja que lo intente otra vez. ¿Tienes idea de por qué Misty se está saltando las clases de la señorita Reed?

—¿No debería la señorita Reed preguntarle eso a Misty?

—Créeme, lo hará. Solo esperaba que pudieras informarme un poco antes de que todo este asunto estalle y acaben expulsando a Misty. La señorita Reed no quiere que eso pase. Está intentando ayudarla antes de que Betty Donovan se meta. Sabes muy bien que la señora Donovan tiene una política de tolerancia cero con los que se saltan las clases. ¿No acabas de aprenderlo por las malas?

Katie se ruborizó, parecía incómoda con el tema.

—No deberían expulsar a Misty —protestó débilmente—. No cuando existen... cómo lo llaman... circunstancias atenuantes.

—Ah, ¿y eso por qué? —le preguntó asombrándose ante su lógica y más interesado aún que antes por esas circunstancias atenuantes.

Katie puso cara de haberse dado cuenta de que se había adentrado en terreno peligroso.

—¡Venga! —dijo con cierta agresividad empleada claramente para tapar su error—. Solo se pierde una o dos clases, no es todo el día ni nada.

Cal la miró con impaciencia.

—No te hagas la tonta, Katie. Sabes que la expulsión es obligatoria tras faltas repetidas y, al parecer, Misty se ha estado saltando las clases de manera regular.

—Pero... —comenzó a decir y al instante se calló.

—¿Pero qué? Si hay una buena razón para que falte a clase, cuéntamelo.

Katie alzó la barbilla con terquedad.

—No puedo decir nada.

—¿Porque no lo sabes o porque has jurado mantener el secreto?

—Porque es confidencial —respondió alterada—. ¿Qué clase de amiga sería si largara los secretos de otro?

—Tal vez la clase de amiga que podría evitar que su amiga se metiera en más líos de los que puede gestionar. Admiro tu lealtad. De verdad que sí.

—Pues entonces deja de hacerme todas esas preguntas —le suplicó con los ojos brillantes y con lágrimas contenidas.

Cal se mantuvo firme.

—Lo siento, no puedo hacerlo. A veces hay cosas que los adultos tienen que resolver por los niños. Y sospecho que esta es una de ellas.

Ella lo miró pensativa.

—¿Como cuando yo era pequeña y Sarah y Raylene se callaron y no le contaron a nadie que Annie no comía?— dijo demostrando que no era tan ingenua como había fingido ser—. Deberían haberlo contado.

Cal asintió.

—Exactamente igual que eso.

Aunque Annie había sobrevivido a su casi letal anorexia y ahora estaba felizmente casada con Ty, el hermano mayor de Katie, lo que le había pasado por entonces los había impresionado a todos y a Cal le pareció que era un tema que estaría bien no olvidar.

—A Misty no le pasa nada de eso, ¿verdad?

La respuesta inmediata de Katie, que negó con la cabeza, rotundamente, fue reconfortante.

—Yo nunca me callaría con eso, Cal. Lo prometo. Mamá, Annie y Ty no dejan de decírmelo. Probablemente conozco más señales de aviso de la anorexia que cualquier niño del colegio.

—¿Lo que le pasa es potencialmente grave? —le preguntó él ahora que tenía toda su atención—. ¿Hay algún tipo de situación que se os esté escapando de las manos?

De nuevo, Katie se mostró incómoda.

—No es nada de eso. Si lo fuera, te lo diría por mucho que lo hubiera prometido. Lo juro.

—De acuerdo —dijo ablandándose un poco—, pero prométeme que acudirás a mí o a mamá si crees que Misty corre algún tipo de peligro, ¿entendido?

Katie lo miró seriamente.

—Ya le he pedido que hable contigo, pero me ha dicho que no —dijo con clara frustración—. Sé que debería haber un adulto al corriente.

Cal frunció el ceño al oír su tono. Estaba claro que la niña estaba preocupada por lo que fuera que estaba sucediendo.

—A ver, ¿qué me estoy perdiendo? —le preguntó con delicadeza—. ¿No te sentirías más cómoda contándome algo?

—Es complicado —respondió casi al borde de las lágrimas.

—¿Me prometes que si Misty no pide ayuda y la necesita, acudirás a mí o a tu madre antes de que la cosa vaya a peor? —insistió Cal.

Ella asintió.

—Te lo prometo —dijo y salió corriendo hacia la puerta antes de que él pudiera hacer un último intento de sacarle información.

Suspirando, Cal entró en el salón y se sentó con Maddie en el sofá. Inmediatamente, ella se acurrucó a él.

—¿A qué ha venido eso? ¿Por qué querías hablar con Katie? Como he imaginado que tendría que ver con el instituto, os he dejado solos.

—Misty, la amiga de Katie, está metida en algún problema y estoy intentando ayudar a una de las profesoras a encajar las piezas de este misterio. Pensaba que tal vez podría convencer a Katie para que me contara lo que pasa. Pasan mucho tiempo juntas y estoy seguro de que sabe algo.

—Pero no te lo cuenta —concluyó Maddie—. ¿Quieres que pruebe yo?

Cal sacudió la cabeza.

—Tal vez más adelante. He insistido tanto que, con suerte, Katie empezará a preocuparse y a plantearse si guardando silencio le hará algún favor a Misty.

—¿Tienes alguna idea de lo que puede estar pasando?

—No creo que sea anoréxica ni bulímica, que eran mis principales preocupaciones. Por lo que me ha dicho, ella tampoco lo cree. Seguro que diría algo después de ver que Annie terminó hospitalizada. Eso le supuso un gran impacto, por muy pequeña que fuera cuando pasó. Y lo ha vuelto a ver hace unos meses con Carrie Rollins, antes de que Carter y Raylene se casaran.

—Sí, opino lo mismo. Katie nunca dejaría que algo así pasara. Lo de Annie nos asustó a todos. Pero entonces, ¿qué puede ser?

—Alguna calificación mala que no se esperara, problemas en casa, problemas con un chico. Es complicado saberlo. A esa edad todo se convierte en un drama, ¿no? —suspiró—. ¿Recuerdas cuando lo más difícil para un crío era atrapar libélulas en una noche de verano?

—Aquellas eran épocas de dulce inocencia —le confirmó Maddie antes de añadir—: Por cierto, hay problemas en casa. Lo sé porque la madre de Misty se desapuntó del spa el otro día. Dijo que no podía permitirse gastos innecesarios ahora mismo. Por el pueblo corre el rumor de que su marido quiere divorciarse y que ella se niega. No sé si eso significa que el dinero es la raíz de sus problemas, o si ella está intentando ahorrar dinero por si acaban divorciándose o necesita pagar un abogado.

—Supongo que podría ser una explicación al problema —dijo Cal, aunque al instante sacudió la cabeza—. Pero no lo creo. En la mayoría de los casos, cuando en casa pasan esas cosas, el colegio se convierte en un refugio, y con Misty pasa justo lo contrario.

Maddie asintió.

—Tiene sentido.

—Además —dijo Cal pensando, intentando comprender qué podría estar pasando—, mucha gente se divorcia. ¿Sentiría Katie la necesidad de tener que callarse por eso, sobre todo si la noticia ya está corriendo por el pueblo?

—Bien pensado —dijo Maddie—. Esa es una de las razones por las que te quiero. Porque eres muy sensato —lo besó en la mejilla—. E inteligente —el siguiente beso fue a parar en su frente—. Y perspicaz —el último beso se lo dio en los labios.

Cal sonrió y después la miró de arriba abajo haciéndola ruborizarse.

—¿Por qué tengo la impresión de que está usted intentando seducirme, señora Maddox?

Ella lo miró con inocencia.

—Y yo que creía que estaba siendo sutil. Los niños ya están durmiendo, Katie está metida en su habitación, hablando por teléfono o, con suerte, haciendo los deberes y escuchando su iPod. Me parece el momento ideal para que tú y yo pasemos un ratito solos.

Cal sonrió.

—¿Y por qué no lo has dicho en cuanto has entrado? Ya hemos desperdiciado quince minutos.

—Hablar contigo nunca es un desperdicio de tiempo. Para mí cuenta como un preámbulo.

Cal se rio.

—Y por eso te quiero.

Casarse con esa mujer, a pesar de toda la controversia que había generado en el pueblo, había sido lo más inteligente que había hecho en su vida.

Misty acababa de terminar los deberes, incluso los de Lengua y Matemáticas, cuando Katie la llamó.

—Cal acaba de someterme al tercer grado. Creo que ha estado a punto de torturarme para sacarme la verdad.

Misty se quedó sin aliento.

—¿La verdad sobre qué?

—Sobre por qué te estás saltando las clases —le respondió Katie con impaciencia—. ¿Por qué si no? Ya te dije que no sería un secreto por mucho tiempo.

—¿Y quién se lo habrá contado?

—La señorita Reed, por supuesto. Como has dicho, el señor Jamison no se entera de nada. O, al menos, Cal no lo ha mencionado en ningún momento.

Inmediatamente a Misty la invadió el pánico.

—¿Qué voy a hacer ahora?

—Para empezar, ir a clase —respondió Katie como si no fuera nada volver a entrar en clase y ver a Annabelle después de todos los comentarios desagradables que había colgado en Internet y las pequeñas amenazas que le había murmurado cada vez que Misty y ella se cruzaban—. Yo estaré allí también. Si Annabelle te mira mal, solo con eso, le daremos una paliza.

A pesar de su consternación, Misty dejó escapar una ligera risa.

—Sí, claro, como que íbamos a poder.

—Te digo que podríamos. Ty me ha enseñado algunas tácticas de defensa personal. Me dijo que las podría necesitar si algún chico se pasa de la raya cuando tenga una cita. Derribar a Annabelle sería pan comido. La he visto en clase de gimnasia. Es una pava.

—No creo que sea mucho mejor que nos expulsen por pelearnos que ser expulsadas por saltarnos clases –le dijo Misty—. Y tú no te puedes permitir que vuelvan a expulsarte.

—Si contáramos la verdad sobre el porqué, seguro que no pasaría nada.

—Pero entonces más gente todavía se enteraría de lo que Annabelle va diciendo de mí —protestó Misty.

—Los del instituto ya lo saben, está en Internet, ¿lo recuerdas? Pero todos los que te conocen saben que ni una palabra es verdad.

Misty suspiró.

—Lo sé, pero hay muchos que se creen sus asquerosas mentiras. Los oigo cuchichear a mis espaldas cuando me ven. ¿Por qué crees que no entro en la cafetería? Si entro allí les doy la oportunidad de soltarme todas esas cosas a la cara. Al menos en clase hay profesores delante y eso suele hacer que tengan la boca cerrada, menos Annabelle, claro. No le importa quién esté delante. Ojalá la señorita Reed o el señor Jamison hubieran oído alguna vez las cosas que me ha dicho.

—Yo lo he oído, y también otros chicos. Todos te apoyaríamos si contaras algo.

Misty lo pensó. Era prácticamente lo único en lo que había pensado desde que había empezado el curso y Greg le había pedido salir aquella primera vez. Fue entonces cuando habían empezado los mensajes en Internet y seguro que no había sido una coincidencia. Katie tenía razón en eso.

Pero aunque sabía que necesitaba ayuda, era incapaz de pedirla. Sería humillante que sus profesores, sobre todo a los que admiraba de verdad como la señorita Reed, se enteraran de las cosas que Annabelle estaba diciendo de ella. Se pensarían que era una especie de degenerada maniaca del sexo o algo así. Si hubiera hecho siquiera una décima parte de las cosas que Annabelle había publicado en Internet, probablemente ya la habrían dejado embarazada. Era asqueroso.

Y además, claro, no habría duda de que sus padres se enterarían. Y las cosas ya iban bastante mal entre ellos tal como estaban. No quería que discutieran por ella ni que llegaran a creerse esas terribles mentiras. Ya podía oír a su padre culpando a su madre por permitir que su hija se hubiera convertido en una chica despreciable e inmoral. ¡Era una pesadilla! Toda su vida era una pesadilla.

—Tengo que colgar —le dijo a Katie—. Creo que mi madre me está llamando.

—No, no te está llamando. Lo que pasa es que no quieres seguir hablando de esto.

—Pues no —respondió Misty sinceramente.

—Entonces vamos a hablar de otra cosa. ¿Quieres que vayamos a ver una peli este fin de semana?

—Me parece que no —la última vez que había ido al cine, se había encontrado con Greg y Annabelle. Greg le había lanzado esa mirada de desdén que hacía que se le helara la sangre y Annabelle se había mostrado de lo más petulante. Había querido marcharse incluso antes de que hubieran empezado los créditos.

—Sé que no tiene sentido pedirte que vengas mañana al partido de rugby —le dijo Katie con pesar.

—Ninguno —respondió Misty con sentimiento.

—¿A ver qué te parece esto? Podríamos ir a Wharton's a tomar una hamburguesa mientras se celebra el partido. Así será imposible que coincidamos allí con Annabelle durante el tiempo que Greg esté jugando. Es más, la mitad del pueblo estará en el partido.

—Pero no deberías perdértelo por mi culpa —protestó Misty aunque el ofrecimiento la conmovió.

—Créeme, me enteraré de todo durante el desayuno al día siguiente —le aseguró Katie—. Kyle viene a pasar el fin de semana. Mi hermano y Cal repasarán todas las jugadas, así que será igual que estar allí, pero no tan aburrido.

Misty se rio.

—Con un jugador de béisbol como Ty por hermano mayor y el entrenador Maddox como padrastro, ¿cómo has podido crecer con tanta aversión hacia el deporte? Hasta Kyle, que nunca ha jugado a nada, se vuelve loco con los partidos.

Katie se rio.

—Supongo que ha sido cuestión de suerte. Pero al menos sé suficientes datos sobre deportes para fingir cuando tenga una cita con un chico. Ningún chico podrá pensar que soy una negada total. Bueno, entonces, ¿quedamos mañana por la noche?

—Si estás segura de que no te importa no ir al partido, estaría genial ir a Wharton's.

—¡Pues ya tenemos plan! Y sigue pensando en lo de la señorita Reed, ¿vale?

—Claro —respondió Misty de nuevo algo hundida. Con el ultimátum del señor Fullerton pendiendo sobre su cabeza, no tendría mucha elección.

Capítulo 3

La mayoría de los días, J.C. le pedía a alguien de la consulta que le llevara el almuerzo, pero su preocupación por Misty hizo que ese día estuviera inquieto y decidiera acercarse a Wharton's pensando que un paseo aliviaría su estrés y le daría un cambio de aires más que necesitado.

Acababa de sentarse en un banco cuando alzó la mirada y vio a su enfermera de pie junto a una escultural pelirroja que no conocía. Era atractiva de un modo que le habría atraído en un pasado, pero que ahora no le llamaba nada la atención. Se felicitó por haber acumulado, por fin, suficiente inmunidad a todas las mujeres. Era algo en lo que se había esforzado mucho desde su desastroso, y desgraciadamente predecible, divorcio. Antes de recorrer el pasillo hasta el altar debería haber sabido que él también sería víctima de lo que consideraba la maldición Fullerton, la imposibilidad de los hombres de su familia de elegir mujeres que no los traicionaran.

—Qué coincidencia tan maravillosa —dijo Debra sonriéndole—. ¿Podemos sentarnos contigo?

Aunque vio la situación como lo que era exactamente, otro de los intentos de su enfermera por buscarle una cita, no se le ocurrió ningún modo elegante de negarse.

—Claro —respondió a regañadientes—. Sentaos.

En cuanto se sentaron en el banco frente a él, Debra dijo:

—J.C., te presento a mi amiga Janice Walker, la hija de Linda. Ha venido de visita desde California. ¿Te acuerdas? Te lo conté todo sobre ella ayer. Es su primera vez en Serenity.

J.C. logró esbozar una sonrisa.

—¿Y te gusta lo que has visto de momento?

—Es un pueblo precioso. Y puedes llamarme Jan, por favor.

La joven le lanzó una compasiva mirada que apuntaba a que entendía y compartía lo incómodo que se sentía. Y eso, al menos, lo ayudó a relajarse un poco.

—¿Cuánto tiempo vas a quedarte?

—Solo unos días.

—A menos que pueda convencerla para que se quede más —apuntó Debra—. ¿Te he dicho que Jan es enfermera practicante de pediatría? Llevo tiempo diciéndole a Bill que la incorporemos a la plantilla. Ahora que el pueblo está creciendo tanto y que hay tantas familias jóvenes, los dos apenas podéis con todo, ¿no?

Aunque tenía razón, J.C. no pensaba apoyar su plan.

—Depende de Bill, él decide el tema de personal.

—Pero a ti te escucharía —insistió Debra.

Jan se rio.

—Ya ha quedado claro, Debra. Deja tranquilo al pobre. No he venido aquí buscando trabajo.

—Puede que no, pero serías la incorporación perfecta a nuestro equipo y no tengo intención de dejarte marchar.

Por suerte, Grace Wharton llegó en ese mismo momento para tomarles nota. Iba acelerada.

—Lo siento, doctor, pero estamos abarrotados. Al parecer hoy nadie se ha llevado el almuerzo al trabajo. Todo el pueblo está aquí y ninguno ha decidido aún lo que quiere tomar.

—Bueno, pues yo no tengo ese problema —le aseguró—. Tomaré la ensalada del chef con aliño italiano aparte.

Grace elevó los ojos al techo, como hacía siempre.

—Qué sorpresa. Un día de estos te voy a convencer para que te tomes una hamburguesa como los clientes normales.

Él se rio.

—Alguien más además de yo tiene que comer ensalada porque, si no, no la tendrías en el menú.

—¿Te apetece un batido de chocolate para acompañarla? La leche te viene bien, ¿verdad?

—No con la cantidad de helado que le pones. Ya he oído hablar de esos batidos tan espesos y espumosos que haces. Por muy deliciosos que suenen, creo que voy a pasar.

—Qué aburrido eres —le acusó girándose hacia Debra y Jan—. Espero que vosotras seáis un poco más osadas —miró a Jan con curiosidad—. Eres nueva en el pueblo. Nunca olvido una cara.

—Ha venido a visitarme desde California —dijo Debra—. Janice es la hija de una vieja amiga e intento convencerla para que se quede a vivir aquí.

—Pues buena suerte. Bueno, decidme, ¿qué os pongo?

—Yo quiero una hamburguesa con queso —respondió Debra al instante.

—Y yo tomaré lo mismo —añadió Jan con un brillo en la mirada—. Esta tarde correré un kilómetro más.

—¿Corres? —le preguntó J.C.

—No corro maratones, si a eso te refieres —le dijo sonriendo—, pero sí que corro unos kilómetros de manera regular para poder compensar todas las cosas terribles que me encanta comer.

—A lo mejor los dos podríais salir a correr juntos —sugirió Debra, claramente sin renunciar a su labor de casamentera—. Jan me ha dicho precisamente esta mañana que la pista de atletismo del instituto se le está empezando a hacer aburrida. Podrías enseñarle la ruta alrededor del lago.

—No hace falta —dijo Jan claramente avergonzada ante la insistencia de Debra.

—Salgo a correr a primerísima hora de la mañana —señaló de pronto J.C.—. Será un placer recogerte y llevarte a correr. El lago es un lugar precioso, sobre todo justo después del amanecer.

Jan asintió.

—Pues me encantaría, si estás seguro de que no te importa.

—¿Te parece muy pronto a las siete? Si vamos más tarde, empieza a llegar mucha gente.

—Claro que no.

Se fijó en que Debra se recostó en el asiento con el mismo gesto de satisfacción que el gato que acaba de comerse al canario, y una parte de él deseó que toda esa satisfacción se le atragantara.

Cinco minutos después volvió a la consulta y llamó a su enfermera.

—¿Estás lista para tu primer paciente? —le preguntó Debra muy animada.

—Aún no —respondió él intentando mostrarse muy serio, aunque costaba hacerlo cuando ella parecía tan complacida—. Debra, ¿no te he repetido un montón de veces que no me interesa salir con nadie?

—Sí.

—¿Y qué parte de todo eso no has entendido?

—Lo entiendo todo —respondió sonriéndole—, pero no lo acepto.

—Debra —comenzó a decir con frustración antes de vacilar. ¿Qué podía decirle que no le hubiera dicho ya, sobre todo cuando no tenía ninguna intención de revelarle los sórdidos detalles de su divorcio? Suspiró—. No importa. Lleva a la señora Carson y a Tommy a la sala dos y diles que voy ahora mismo.

—Ya lo he hecho —le respondió demostrándole una vez más la clase de eficiencia que la convertía en alguien casi imposible de sustituir. Si volcaba esa misma habilidad en su vida social, J.C. estaba condenado. El único modo de vencerla en ese juego sería ocuparse del asunto él mismo.

—¿Has hablado con el doctor Townsend sobre Jan? —le preguntó cuando ella se estaba marchando.

—Aún no. Pensé que sería mucho más efectivo si se lo mencionabas tú.

—Por lo que ha dicho, no es que esté especialmente interesada en mudarse aquí.

—Pero creo que lo estaría si encontrara la oportunidad adecuada —le respondió con mucha seguridad.

—¿Y crees que trabajar en la consulta médica de un pueblo pequeño podría ser la oportunidad adecuada?

Ella se encogió de hombros.

—A lo mejor no, pero sé que trabajar contigo sí que lo sería.

—¡Debra!

Ella se rio al verlo tan incómodo con la conversación.

—Solo digo que podríais intentarlo, no es para tanto. Seguro que hay cosas peores —y después de mirarlo fijamente añadió—: Algo me dice que tú ya has pasado por cosas peores.

Y eso, pensó J.C., era lo más triste de todo.

Laura se sentía completamente frustrada por su incapacidad de descubrir qué le estaba pasando a Misty. Había vuelto a faltar a clase ese día, y Cal no había dicho nada que pudiera darle alguna pista más allá de comentarle que el médico de Misty también había compartido con él su preocupación. El tiempo corría. Si no podía resolver el misterio y hacer que Misty volviera a su clase el lunes por la mañana, no tendría más elección que hablar con la directora, y entonces ya todo se le iría de las manos y le caería una buena bronca por haberlo mantenido en silencio tanto tiempo.

Acababa de terminar de guardar las notas del último examen cuando alzó la mirada y vio a Misty en la puerta de su clase. Tenía pinta de ir a salir corriendo en cualquier momento.

—Aquí estás —dijo Laura incapaz de ocultar ese tono de alivio en su voz—. Te he echado en falta en clase. Les he pedido a tus otros profesores que te dijeran que quería verte, pero has estado ignorando mis mensajes.

—Lo siento —respondió Misty entrando en la clase con una renuencia más que obvia.

La pobre niña parecía como si cargara con todo el peso del mundo sobre sus hombros.

—¿Tiene un minuto ahora? —le preguntó vacilante—. ¿O en algún otro momento?

—Este es un buen momento —le aseguró Laura.

Misty se sentó y miró a todas partes menos a ella.

—¿Quieres contarme lo que está pasando? —le preguntó Laura.

La chica sacudió la cabeza.

—La verdad es que no.

Laura contuvo una sonrisa.

—Pero entonces, ¿por qué has venido?

—Le he hecho una promesa a alguien y tengo que cumplirla o me meteré en un buen lío.

—Ya estás metida en un buen lío —le recordó Laura—. Saltarse las clases es motivo de expulsión.

Misty suspiró con gesto de resignación.

—A lo mejor eso no sería tan malo. Podría estudiar en casa y entregar mis trabajos.

Laura frunció el ceño al oírla.

—¿Qué pasa en el instituto, Misty? Siempre has sido una estudiante excelente. Los primeros trabajos y redacciones que me entregaste eran de sobresaliente, así que sé que no tienes problemas con la asignatura, pero, aun así, te estás saltando mis clases.

—Y las del señor Jamison —admitió.

A Laura no le sorprendió tanto que el hombre no se hubiera percatado. Dave sabía de sus materias, Álgebra y Geometría, pero más allá de eso no era un profesor que estuviera al tanto de lo que sucedía en sus clases. Ahora lo que se preguntaba, sin embargo, era cuál sería el denominador común en esas dos clases.

—Entonces no es solo mi forma de enseñar lo que no te gusta —dijo esperando animar un poco los ánimos.

Misty se mostró horrorizada ante el comentario.

—No, ¡usted es genial! Me encantan la Lengua y la Literatura, y también las Matemáticas, pero es que no puedo ir a clase.

—Eso tienes que explicármelo —le dijo Laura con firmeza—. De lo contrario, no podré ayudarte.

Misty sacudió la cabeza.

—Si hablo de ello, no haré más que empeorar las cosas. Por favor, tiene que creerme. Es mejor que no esté en clase —su expresión se animó—. A lo mejor podría volver a la clase normal de Lengua y de Matemáticas o, al menos, cambiarme al otro grupo de avanzados, donde está Katie Townsend. Eso estaría bien, ¿no?

Laura sacudió la cabeza inmediatamente.

—No es buena idea. Por supuesto, es decisión del señor Jamison permitir que te cambies a su otra clase de Matemáticas avanzadas, pero en lo que respecta a mi clase esta es la única elección y tienes que seguir en ella. Podría entender que quisieras cambiarte si la asignatura te estuviera resultando difícil, pero no es así. Estas clases serán importantes para tus informes para la universidad, Misty. Creía que estabas decidida a intentar conseguir una beca para alguna universidad de la Ivy League.

—Bueno, de todos modos eso es un sueño imposible —contestó Misty aunque con pesar—. Lo haré genial en las demás clases y no pasará nada si al final solo entro en alguna facultad del estado o en una local, incluso.

—Hablar así no es propio de ti —dijo Laura más preocupada que antes aún al oír ese tono de derrota y pesar en la voz de la chica. Seguro que años atrás Vicki Kincaid había pensado lo mismo de ella. Había estado perdida y sobrepasada por una situación que se había descontrolado y solo la amabilidad y orientación de la señora Kincaid le había hecho superar ese momento tan terrible. Ahora rezaba por poder ayudar a Misty del mismo modo.

—Solo estoy asumiendo la realidad. Por favor, señorita Reed, déjeme cambiarme. Tampoco es para tanto.

Laura no estaba dispuesta a autorizar el cambio sin que Misty le diera una razón mejor. Así que, una vez más, sacudió la cabeza.

—Lo siento, pero no. Puede que lo veas como una solución rápida y fácil a lo que sea que está pasando, pero hay cosas más importantes en juego. Esto podría cambiar todo tu futuro.

Misty parecía totalmente hundida.

—Pues si no va a dar su aprobación, ¿al menos podría hacer otra cosa por mí?

—¿Qué?

—Ayer fui a ver a alguien para intentar tener una excusa para no asistir al instituto. Me dijo que no se lo contaría a mi madre con la condición de que hablara con otro adulto. Y ese adulto es usted. Lo único que tiene que hacer es llamarlo y decirle que he cumplido mi promesa —miró a Laura esperanzada—. ¿Puede hacerlo?

De pronto, Laura tuvo el presentimiento de quién podía haberle hecho prometer algo así. Había sido muy inteligente por su parte, aunque dudaba que ella pudiera saber más sobre lo que estaba pasando con Misty que J.C. Fullerton.

—Dame el nombre y el número de teléfono —le dijo solo para asegurarse de que estaba en lo cierto.

Misty le dio la tarjeta de visita del pediatra. Laura lo había visto por el pueblo, claro, pero nunca se habían encontrado a pesar de los intentos de varios amigos bien intencionados que habían querido juntarlos hacía unos años. Sin embargo, al parecer, a él no le había interesado.

—Hablaré con él —dijo Laura decidiéndose a pasar por su consulta en lugar de llamarlo. Podría averiguar más cosas si se veían cara a cara. Mientras tanto, añadió mirando fijamente a Misty—: Pero tú y yo vamos a seguir hablando de esto, y espero verte en clase la semana que viene. ¿Entendido? No te daré más oportunidades.

Misty ignoró su orden y se limitó a decir:

—¿Puede llamarlo ahora mismo? Me dio un tiempo límite y solo queda una hora para que se cumpla.

—¿Tiempo límite? ¿Y después qué?

—Dijo que se pasaría por mi casa para hablar con mi madre.

El respeto de Laura hacia el doctor subió un escalón. Listo y responsable. Muy buena combinación.

—Cumpliré con la hora límite —le prometió a Misty—. Y te veo aquí el lunes.

La chica resopló, lo cual no fue especialmente reconfortante.

Pero al menos, por fin, había establecido contacto, pensó Laura. Y había sido gracias a J.C. Fullerton. Así que solo por eso ya estaba en deuda con ese hombre.

J.C. no apartaba la mirada del reloj colgado en la pared de su consulta. Si el teléfono no sonaba en los próximos quince minutos, tendría que realizar una visita muy desagradable a casa de los padres de Misty Dawson. Sin embargo, cuando sonó el teléfono y respondió, el administrativo que se había quedado para terminar de actualizar las historias de los pacientes le dijo que Laura Reed estaba esperando para verlo. Tardó un segundo en recordar que era la profesora que Cal le había mencionado la noche anterior.

—Genial. Dile que pase.

—Ahora mismo, y después me voy a casa. Cerraré con llave al salir.

—Gracias. Buen fin de semana —le dijo justo cuando la puerta de su despacho se abrió y vio a una preciosa mujer, de treinta y pocos años probablemente, con el rostro enmarcado por unos mechones ondulados de cabello castaño. Llevaba una de esas faldas vaporosas que parecían estar de moda últimamente y un jersey con los puños vueltos. El atuendo parecía darle un toque de dulzor a su aspecto, aunque todo quedaba estropeado por el brillo de seriedad y decisión en su mirada. No podía imaginarse que Misty la hubiera elegido para contarle sus problemas.

—Doctor Fullerton —dijo enérgicamente—. Soy Laura Reed. La profesora de Lengua y Literatura de Misty Dawson.

Él se levantó y le estrechó la mano.

—Llámame «J.C.». Encantado de conocerte.

—¿En serio? Pues no parecías tan encantado cuando Maybelline Hawkins del Serenity Inn nos quiso apañar una cita.

Él estaba a punto de darle una respuesta de lo más avergonzada cuando captó ese brillo de auténtica diversión en la mirada de la profesora y se dio cuenta de que estaba tomándole el pelo, aunque no dudó ni por un segundo que Maybelline hubiera intentado juntarlos. Hasta que se había marchado del hostal, la dueña había intentado buscarle esposa casi tanto como Debra.

—La verdad es que Maybelline sí que intentó juntarme con al menos una docena de mujeres mientras estuve viviendo en el hostal. Sus elecciones variaban desde terriblemente inapropiadas a gente rarísima. Perdóname por haber sido escéptico sobre su gusto para elegirme novia.

Laura se rio y la tensión de su rostro se desvaneció.

—Pero sí que tiene alma de romántica. Imagino que será por todas las citas que se han celebrado allí a lo largo de los años, según me han dicho.

—Eso sin duda lo explicaría todo —asintió él pensando en lo mucho más guapa que resultaba sonriendo—. Entonces has venido para hablar sobre Misty. Cal Maddox me dijo anoche que andabas preocupado por ella. ¿Te ha contado lo que le pasa?

—La verdad es que no —admitió Laura—. Pero sí que ha venido a verme y ha intentado convencerme para que la saque de mi clase.

J.C. frunció el ceño.

—¿Es que está suspendiendo?

—Todo lo contrario.

—¿Entonces por qué iba a querer dejar la clase?

—No tengo ni idea. Si tienes tiempo, esperaba que pudiéramos comparar las cosas que nos ha dicho a cada uno para ver si podemos resolver esto. Me preocupa que esté metida en algún problema. ¿A ti qué te pareció?

—Lo mismo —admitió y, aunque iba en contra de sus instintos más profundos, se vio preguntándole impulsivamente—: ¿Estás libre para cenar? Podríamos ir a Rosalina's o a Sullivan's y ver si encontramos alguna respuesta. ¿O es que Maybelline ha encontrado a alguien que ahora mismo estará esperándote en casa con impaciencia?

—La labor de casamentera de Maybelline conmigo no tuvo más éxito que la que emprendió contigo. Y la verdad es que estoy hambrienta, así que me parece genial ir a cenar algo.

—¿Alguna preferencia?

—Me vale cualquiera de los dos sitios.

—En Sullivan's estaremos más tranquilos, y el servicio es rápido. Esta noche hay partido en el instituto. ¿Vas a ir?

—Suelo quedar con algunas profesoras allí.

—Bien, entonces los dos tenemos un tiempo limitado. Se lo diré a la camarera. Si tenemos suerte, el especial del viernes por la noche será barbo. Nadie lo hace como Dana Sue.

—Eso he oído.

La miró sorprendido.

—¿No has estado allí?

—Solo unas pocas veces y nunca he tomado barbo. El Sullivan's se sale un poco del salario de un profesor y lo tengo que dejar limitado a ocasiones especiales. Muy de vez en cuando los profesores nos juntamos allí para celebrar algún cumpleaños, pero normalmente optamos por el almuerzo del domingo.

—Pues entonces vamos a Sullivan's. Yo invito.

Los ojos verdes de Laura se encendieron con un poco más de esa inesperada alegría.

—¿Pero no equivaldría esto casi a una cita? Creía que estabas en contra de las citas, o eso me dijo Maybelline.

Él se rio.

—Maybelline es una bocazas, pero, para serte sincero, en este caso no estaba muy desencaminada. Aunque eso no significa que ni ella ni el resto de personas a las que he intentado disuadir me hayan hecho mucho caso. Debe de ser que no soy tan convincente como he intentado ser.

Laura lo miraba fijamente.

—Una cosa más que hablar durante la cena.

J.C. frunció el ceño. Lo último que quería era darle a Laura Reed una idea equivocada. Parecía una mujer encantadora y considerada, pero tenía que entender que esa cena era algo relacionado estrictamente con su trabajo. Tenían un misterio que resolver sobre una adolescente en apuros, nada más. Había aprendido que dejar las cosas claras desde el principio solía mantener las expectativas bajo control y evitaba cosas desagradables más adelante.

—A lo mejor deberíamos limitarnos a hablar sobre el problema de Misty —hasta a él mismo el comentario le sonó estirado, pero al menos había dejado las cosas claras. Esperó su reacción y vio que su sonrisa se disipó junto con la calidez de su mirada a la vez que se encogía de hombros.

—Con lo que vaya a estar usted más cómodo, doctor —

dijo de pronto sonando tan distante como frío había resultado él—. Misty también es una prioridad para mí.

El alivio que él debería haber sentido ante esa respuesta nunca llegó. Es más, sintió una ligera punzada de decepción y remordimiento. Las chispas que habían faltado durante su almuerzo con Janice Walker le estaban demostrando ahora que, después de todo, no era tan inmune a todas las mujeres.

Y eso no era nada bueno, pensó mientras salían juntos hacia el aparcamiento. Nada bueno.

Esperaba estar buscando solo una buena alternativa que pudiera disuadir a Debra en su intento de juntarlo con su candidata, pero sabía demasiado bien que eso sería estar jugando a un juego peligroso y bastante egoísta. Esa noche cuando estuviera en casa, solo en su cama, tendría que analizar sus motivos para haber invitado a Laura a cenar... y después tendría que rezar para que las respuestas no fueran demasiado inquietantes.

Laura captó las miradas de especulación cuando entró en Sullivan's con J.C. Fullerton. No solo la veían poco por el pueblo acompañada de una cita, sino que a él también. Así que para un pueblo que adoraba los cotilleos, su llegada juntos supondría una gran noticia.

—¿Estás seguro de que es una buena idea? —murmuró cuando los llevaron hasta una mesa.

J.C. frunció el ceño.

—Creía que querías venir aquí.

—Y quería hasta que me he dado cuenta de que vamos a aparecer en la carta de esta noche al lado de los especiales.

Él miró a su alrededor y suspiró.

—Eso es. Pero ya es demasiado tarde para esconderse, Laura. Se ha descubierto el pastel.

Ella lo miró sorprendida.

—¿Te parece divertido? Mañana por la mañana todo el pueblo se pensará que estamos saliendo.

—¿Y alguien que forme parte de tu vida puede enfadarse por eso?

—Bueno, no, pero… —se puso seria—. No es una buena idea. No quiero tener que responder a millones de preguntas. ¿Y tú?

—Ey, eres mi segunda cita no planeada del día —admitió con gesto compungido—. Si hay alguien que va a ser tema de conversación mañana a la hora del desayuno, ese seré yo. Seguro que se compadecerán de ti por haberte juntado con un canalla mujeriego.

Ella lo miró con incredulidad.

—¿De qué demonios estás hablando?

Le explicó lo de su enfermera y esa misión de encontrarle novia que parecía tener.

—¿Resultado final? Que mañana a primera hora tengo una cita para salir a correr. No estoy del todo seguro de cómo ha pasado, pero las palabras salieron de mi boca y aquí estoy con una cita para mañana.

Laura no pudo evitar reírse.

—Se te da muy mal no tener citas, ¿verdad? ¿O es que se te puede manipular fácilmente?

—No, hasta hacía poco. Debra es muy artera. Y después apareces tú en mi consulta y, antes de darme cuenta, de mi boca ha salido una invitación de lo más inocente y aquí estamos. Dos citas hoy y una más mañana por la mañana. Mi historial de tío estirado ha dado un gran vuelco de pronto.

—Pues no pareces estar tan molesto como lo estaría un hombre que dice que no quiere ninguna cita —lo acusó suavemente.

Él se encogió de hombros.

—Puede que esté cansado de mi propia compañía, después de todo. Y estamos aquí para hablar de Misty, así que es como si no fuera una cita de verdad.

—Eso díselo a todos los que están aquí ahora mismo llamando por teléfono para hacer correr la noticia.

Laura podía entender por qué todo el pueblo estaba fascinado con J.C. y lo consideraba un gran partido. Aunque llevaba su pelo castaño claro muy corto, era obvio que se ondularía descontroladamente si crecía un poco. Sus compasivos ojos marrones eran exactamente de esos que harían que sus jóvenes pacientes depositaran su confianza en él, tal como había hecho Misty. La chica había acudido a él al considerarlo, al menos, un adulto de confianza y eso decía mucho sobre el carácter de ese hombre.

Cuando Laura miró al otro lado de la mesa, él estaba observándola en lugar de estar consultando la carta. La intensidad de su mirada resultaba desconcertante. Tragó saliva con cierta dificultad y señaló la lista de platos especiales.

—No hay barbo, así que ¿qué vas a tomar?

—El rollo de carne picada es otro de mis platos favoritos.

Ella asintió.

—Suena bien, yo me pediré uno —dijo apartando la carta—. Y ahora dime lo que te contó Misty.

—No puedo. Confidencialidad entre doctor y paciente. Lo que sí puedo decirte es que fue suficiente para preocuparme. ¿Y tú?

—Ha estado saltándose mis clases y otra más.

—¿Pero no todas?

—No, parece que solo la mía y la de Matemáticas.

—¿Y qué relación hay entre las dos?

—Eso es lo que intento averiguar. Mi instinto me dice que tiene un problema con otro alumno y que esas son las únicas dos clases en las que coinciden. Compararé notas con Dave Jamison para ver si hay algún alumno que sea un denominador común, pero me sorprendería mucho que no hubiera varios. Es un instituto pequeño y solo hay una clase de Lengua para avanzados, aunque hay dos de Matemáticas. No todos los chicos de avanzado sobresalen en ambas, pero muchos sí.

—Así que eso no va a estrechar mucho la búsqueda, ¿verdad? ¿Y no has oído rumores sobre algún problema entre alumnos?

—Cal tiene más probabilidades de enterarse de los rumores que yo, pero él no ha oído nada.

—Pues eso no es nada bueno —dijo J.C. con gesto lleno de preocupación—. Para que Misty haya acudido a mí pidiendo una nota para poder ausentarse del instituto, debe de estar al límite. Y eso no me gusta nada.

—A mí tampoco —admitió Laura—. Le he insistido en que tenía que estar en mi clase el lunes por la mañana. Ya veremos…, aunque algo me dice que no vendrá. Si no viene, no tendré otra opción que ir a contárselo a la directora.

—¿Y entonces?

—La expulsarán —respondió Laura consternada—. Esperaba poder evitarlo. Es distinto cuando un alumno quebranta las normas sin motivo, pero este no es el caso. Creo que existe un problema de verdad.

—Mi instinto me dice lo mismo. Podría acompañarte a hablar con la directora o incluso estar allí si llama a Misty para verla en su despacho. Puede que juntos convenzamos a la directora de que no la expulse e intente buscar otra solución.

—¿Conoces a Betty Donovan? Porque ella no suaviza las normas para nadie. Y he de decir que no la culpo porque, si lo hiciera, al día siguiente tendríamos a todos los alumnos y a sus padres con excusas que, según ellos, justificarían la falta de asistencia y reclamando que a su encanto de hijo se le debe permitir una excepción.

Él sonrió.

—Sin duda es terreno complicado. Pero ahora mismo solo me preocupa Misty. Tiene que ser mi prioridad.

Cuando ella lo miró a los ojos vio auténtica preocupación en ellos y eso la sorprendió, y la impresionó. Tal vez demasiado. Estaba derribando toda clase de primeras impresiones, sobre todo las malas, y si no tenía cuidado, iba a empezar a verlo casi como a un humano.

Capítulo 4

Meterse en Internet era un poco como ser incapaz de mirar a otro lado cuando pasabas con el coche por delante de algún accidente. Eso fue lo que pensó Misty al entrar en la red social que Annabelle utilizaba para colgar sus últimas calumnias contra ella. Y en efecto encontró más, y eran tan desagradables como las que había colgado dos noches antes y una semana atrás. Las lágrimas le salpicaban los ojos mientras las leía.

¿Cómo iba a poder volver al instituto? Sabía que eso era exactamente lo que Annabelle esperaba, que se sintiera tan humillada que terminara dejando los estudios. También quería manchar su reputación lo suficiente para que Greg pareciera un idiota por seguir pidiéndole una cita.

Lo que Annabelle no entendía era que, al parecer, a Greg le excitaba la idea de salir con la chica más ligerita del instituto porque esos comentarios no hacían más que animarlo a continuar tras ella. Le había dejado unos cuantos mensajes en el móvil durante la última semana. Ella había dejado de responderle y de escucharlos. Los borraba directamente. Ni siquiera le había contado a Katie lo de las llamadas por temor a que su amiga insistiera en que los guardara como prueba por si la cosa se ponía peor.

Cuando llegó a Wharton's el viernes por la noche, a

juzgar por la expresión de compasión de Katie supo que ella también había leído los últimos mensajes.

—Los has visto, ¿verdad? —le preguntó Katie.

—Y tú también —la acusó Misty sentándose en el banco.

Miró a su alrededor y respiró aliviada. No había nadie allí a excepción de una pareja de ancianas, Frances Wingate, una maestra jubilada, y Liz Johnson, que era prácticamente una leyenda en el pueblo. Estaban tomando un helado y dudaba que les prestaran atención a las redes sociales.

—¿Qué te ha dicho tu madre cuando le has dicho que no irías al partido? —le preguntó Misty a Katie después de que hubieran pedido sus hamburguesas y sus patatas fritas.

—Le ha parecido bien. Le he dicho que había quedado contigo aquí y que volvería a casa antes del toque de queda —elevó los ojos al techo con gesto de exasperación—. Y eso ahora significa las nueve en punto, lo creas o no. Seguro que me habría hecho irme del partido a mitad. Aún me tiene castigada por haberme saltado clases. Se supone que el castigo terminó la semana pasada, pero estoy segura de que voy a tener toque de queda hasta que salga de la facultad —y con mirada de advertencia, añadió—: Así que, que te sirva de lección.

—No lo entiendes. Me encantaría que me castigaran. Y también sería genial que me expulsaran.

—No lo puedes decir en serio —protestó Katie—. ¿Has hablado con la señorita Reed?

Misty asintió.

—No ha servido de ayuda. Me ha hecho un montón de preguntas que no he respondido. Si no voy a clase el lunes por la mañana, se acabó. Me lo ha dejado muy claro. Se lo contará a la señora Donovan.

—¿Entonces vas a venir a clase?

Misty sintió cómo se le acumulaban las lágrimas en los ojos.

—¿Cómo voy a hacerlo?

Katie parecía alarmada.

—Misty, no tienes elección. Ya se te han acabado las oportunidades.

—Has visto esos mensajes tan desagradables en Internet. No quiero volver a aparecer por clase. A lo mejor debería dejar el instituto y fugarme.

—¡No! —exclamó Katie impactada—. No puedes hacer eso. Si lo haces, dejarías que Annabelle ganara.

—Ya ha ganado. Está arruinándome la vida, y eso es exactamente lo que quería.

—Podrías luchar. No es la única que puede publicar un mensaje. Dale la vuelta a la tortilla.

—A una parte de mí le encantaría hacerlo —admitió Misty—. La venganza suena genial, pero sabes que entonces sería la única que acabaría metida en un lío. Annabelle podría decir que empecé yo.

—Pero hay pruebas de que fue ella —insistió Katie—. Los mensajes llevan fecha.

Misty sacudió la cabeza.

—No puedo hacerlo. Entonces todo estallaría, todo el mundo se enteraría y eso destruiría a mis padres. No quiero que tengan que leer esas asquerosidades.

Se hizo el silencio cuando la camarera llegó con su comida y sus refrescos light. Por suerte, Grace Wharton, que parecía estar en todas partes al mismo tiempo y lo oía todo, esa noche estaba viendo el partido y la camarera que estaba atendiéndolas era nueva en el pueblo y apenas les dirigía un par de palabras a los clientes.

—Gracias por haber quedado conmigo esta noche —dijo Misty un momento después—. No sé qué haría si no tuviera al menos una amiga con la que poder hablar de esto.

—Tienes un montón de amigos —le recordó Katie—. Y están esperando una señal tuya para acercarse a ti.

—Supongo —respondió. No podía evitar preguntarse, sin embargo, si unos amigos de verdad habrían esperado a una señal, porque Katie no lo había hecho. Había estado a su lado desde el momento en que se publicó el primer mensaje. Si alguien más le hubiera tendido una mano, tal vez ahora no se sentiría tan aislada y sola. Tenía la sensación de que incluso la gente que decía estar de su parte, en el fondo se preguntaba si lo que estaba diciendo Annabelle sería verdad.

—¿Qué vas a hacer este fin de semana? —le preguntó Katie.

—Quedarme en casa, hacer los deberes, nada especial —respondió Misty encogiéndose de hombros.

—Se va a celebrar un festival de otoño cerca. Podríamos ir. No creo que fuéramos a encontrarnos a nadie de por aquí.

—¿Y cómo vamos a llegar? Ninguna de las dos tiene coche.

—Pero Kyle sí y está en casa. Seguro que podría convencerlo para que nos llevara.

Misty sacudió la cabeza. Siempre había estado enamorada en secreto de Kyle. Sabía que no era ni la mitad de guapo que el otro hermano de Katie, la superestrella del deporte, pero era monísimo, listo y dulce. La aterrorizaba que alguien del pueblo pudiera contarle lo de los mensajes publicados y que él sintiera rechazo hacia ella.

—No.

—Bueno, vale, pues vente a dormir a mi casa mañana —le propuso Katie—. A mi madre no le importará.

—Gracias, pero creo que no. Tu padrastro sabe que me he estado saltando clases, tú misma lo has dicho. No quiero que empiece a hacerme preguntas.

—Pero no puedes pasarte el fin de semana en casa sola —protestó Katie—. ¿Y si voy yo a tu casa? Podríamos hacer palomitas y ver un montón de comedias románticas.

—Rotundamente no —le contestó Misty y al instante se sonrojó—. No quería sonar así, como si no quisiera que vengas. Pero es por mis padres. Si están en la misma habitación se pelean y no creo que te apetezca verte en mitad de eso. Ni siquiera yo quiero estar en mitad de eso.

—Podríamos ir a estudiar y a hacer los deberes al lago —propuso Katie claramente decidida a ser la directora social de la vida de Misty—. Podría ser divertido.

Misty sacudió la cabeza.

—Podríamos encontrarnos con otros compañeros de clase —le lanzó a su amiga una mirada cargada de pesar—. Siento ser tan aguafiestas, sé que ahora mismo no es divertido estar a mi lado.

—Eres mi amiga, sea cual sea tu estado de ánimo —le dijo con lealtad—. He aprendido lo que es ser una buena amiga viendo a mi madre, a Dana Sue y a Helen. Eran mucho más pequeñas que nosotras cuando se hicieron amigas y eran de nuestra edad cuando empezaron a llamarse las Dulces Magnolias. A día de hoy nadie le hace daño a una de ellas sin tener que responder ante las demás. Y supongo que tú y yo vamos a ser iguales que ellas toda nuestra vida.

Katie alzó una mano y, al cabo de unos segundos, Misty esbozó una sonrisa empañada de lágrimas y le chocó los cinco. Tal vez su vida no era tan horrible, después de todo.

—¿Dónde está Katie esta noche? —preguntó Dana Sue Sullivan cuando Ronnie y ella se unieron a Maddie, Cal y los pequeños en las gradas del instituto.

—Ha quedado con su amiga Misty en Wharton's para tomar una hamburguesa —respondió Maddie.

Dana Sue la miró sorprendida.

—Creía que era una tradición ver los partidos en familia, sobre todo últimamente.

Maddie se encogió de hombros.

—Cal me ha convencido de que ahora mismo Misty necesita una amiga, y al parecer Katie se ha adjudicado ese papel.

—Deja ese tema —murmuró Cal, sentado al lado de Maddie.

Dana Sue miró a sus dos amigos, que rara vez daban muestras de discordia, al menos en público.

—¿Qué me estoy perdiendo?

Ronnie le lanzó una mirada de advertencia.

—¿Es que no has oído a Cal decir que dejemos el tema?

Dana Sue les lanzó una mirada de desdén a los dos hombres.

—Cuando una adolescente se mete en algún tipo de problema, lo siento si me pongo en alerta. Pero ya que todos estuvimos a punto de perder a Annie por su anorexia, tendréis que perdonarme si me preocupo.

Cal se acercó a su mujer y bajó la voz.

—Pero no es ni el lugar ni el momento, ¿de acuerdo? Esto no tiene nada que ver con un desorden alimenticio; eso os lo aseguro.

Justo en ese momento el locutor presentó a Annabelle Litchfield, que iba a cantar el himno nacional.

—Esta sí que es una chica que parece que tenga un desorden alimenticio —murmuró Dana Sue—. Espero que Mariah la esté vigilando muy de cerca.

Maddie sonrió.

—Creo que puedes estar segura de eso. Mariah da por hecho que Annabelle los va a llevar con su voz a lo más alto de las listas de country en Nashville. Sigue diciendo que los jueces de *American Idol* no le dieron el billete a Hollywood en las audiciones y se queja ante todo el mundo de que están sordos. Pero eso no le está impidiendo empujar a Annabelle a presentarse a las siguientes audiciones.

—Casi lo siento por Annabelle —dijo Dana Sue—. Es mucha presión para una cría. Y sabéis por qué lo está haciendo Mariah, ¿verdad? Es porque perdió su gran oportunidad para lanzarse al estrellato cuando se quedó embarazada de ella y tuvo que casarse. Ahora está viviendo su sueño a través de su hija.

Cal le lanzó una irónica mirada.

—A lo mejor Mariah la está forzando por su propio egoísmo, pero no creo que tengas que sentir lástima por Annabelle. Le sobra autoestima y la verdad es que resulta un poco irritante ver a todos esos chicos en el instituto a su alrededor como si fuera una diva con su séquito. A veces me preocupa qué podría pasarle si ese gran éxito nunca llega a materializarse.

—Oh, sí que se materializará —dijo Ronnie—. Mariah es de esas mujeres para las que el fracaso no es una opción. Ni siquiera para su hija. No entiendo cómo Don Litchfield puede soportarla.

—Sigo pensando que es demasiada presión —añadió Dana Sue.

—Estoy contigo —contestó Maddie—. Ya vi demasiado de esa clase de adulación con Ty, cuando era lanzador en el Instituto Serenity y los cazatalentos estaban por ahí revoloteando.

—No es lo mismo para nada —dijo Cal—. Ty, además de ser un fuera de serie, era un chico muy bien educado por ti. Y la prueba de eso es lo bien que le ha ido como profesional.

—No sin cometer una buena sarta de errores —comentó Dana Sue pensando en cómo había estado a punto de perder a Annie al engañarla antes de que se casaran. Apretó la mano de Maddie—. Pero todo eso es pasado. Ahora no podía ser mejor padre y marido. Mi hija es una jovencita muy afortunada.

—¿Cómo hemos podido salirnos tanto del tema cuando el partido ya ha empezado? —preguntó Maddie—. ¿No hemos venido a verlo?

Kyle se inclinó hacia Cal.

—¿Desde cuándo vienes a verlo, mamá? Sabes que en el desayuno vas a volver a escuchar todas las jugadas. Hasta te podrías dormir durante el partido.

Maddie lo miró indignada.

—¡Sí, ya! —resopló—. Yo soy una fan del equipo.

La sonrisa de Kyle aumentó.

—¿Tienes idea de lo que es una formación en I? ¿O dónde se coloca cada jugador?

Mientras los demás se reían, Maddie miraba a su hijo con consternación.

—¿Te he educado yo así, para que hables como un listillo?

—Sí —confirmó Kyle—. Y siempre me decías que era divertidísimo.

Maddie suspiró.

—Bueno, pues me equivocaba. Eres irritante.

Dana Sue sonrió, y también Cal, aunque intentaba ocultarlo. Maddie lo vio y lo miró enfadada.

—¿Tú también?

Cal levantó las manos con gesto de derrota.

—Es la hora de los perritos calientes. ¿Quién quiere uno?

Un coro de voces respondió a la pregunta y Ronnie y él se marcharon hacia el relativamente seguro puesto de refrigerios.

Dana Sue se acercó más a su amiga.

—Ahora ya puedes contarme bien lo que está pasando de verdad con Misty y Katie.

—Ojalá lo supiera. Lo único que sé es que Cal está preocupado y eso nunca es bueno.

—¿Hay algo que podamos intentar hacer para ayudar?

Maddie sacudió la cabeza.

—Si se me ocurre algo, te lo diré. Por lo que sé, es Misty la que tiene problemas. No quiero que Katie se vea perjudicada, ya ha tenido suficientes problemas en el instituto este curso.

—Ey, nosotras sobrevivimos a todos los errores que cometimos con esa edad —dijo Dana Sue para consolarla—. Y Katie también lo hará.

Pero Maddie seguía sin parecer muy convencida.

—Espero que tengas razón, de verdad que sí.

Dana Sue sonrió.

—Ya que no tenemos solución para eso, ¿por qué no cotilleamos un poco? Nunca adivinarías quién estaba cenando en Sullivan's justo cuando me he marchado.

—¿Quién?

—J.C. Fullerton y Laura Reed, el auto proclamado eterno soltero y la introvertida profesora. ¿Y quieres saber lo mejor? ¡Que se estaban riendo!

—¡Ay, madre! —exclamó Maddie, claramente impresionada—. J.C. es monísimo, pero es la primera vez que oigo que sale con alguien del pueblo. Incluso Bill dijo que estaba viviendo como un ermitaño desde que se había mudado aquí. ¿Y Laura? Es absolutamente encantadora, pero terriblemente discreta. ¿Quién se iba a imaginar que los dos iban a gustarse?

—Lo único que sé es lo que he visto. Tenían las cabezas juntas y parecía como si estuvieran totalmente sumidos en la conversación. Supongo que mañana será el gran titular en Wharton's. Todos los que estaban allí estaban sacando los móviles para llamar.

Maddie se rio.

—¡A todos nos encantan los cotilleos de Serenity!

—Siempre que no seamos los protagonistas —asintió Dana Sue—. Tú ya me entiendes…

—¡Y tanto, hermana! —dijo Maddie justo cuando los hombres volvían con la comida y la bebida.

Cal las miró con desconfianza.

—No sé si queremos enterarnos de qué estabais cuchicheando.

—Dudo que queráis —dijo Dana Sue despreocupadamente—. A los súper machotes nunca os importan ni un bledo las charlas de chicas.

—Yo siempre puedo poneros al corriente —dijo Kyle sonriéndoles con picardía—. Se han olvidado por completo de que estaba delante. Cuando era pequeño nunca eran tan descuidadas. Lo único que Katie, Ty y yo oíamos por casa cuando las Dulces Magnolias se reunían era que «los niños tenían muy buen oído». Después, nos perdíamos todo lo bueno.

—¿Cuánto va a costar que finjas que no has oído nada? —preguntó Dana Sue.

Kyle sonrió más ampliamente.

—Podría servirme un vale para cenar en Sullivan's. Mañana por la noche tengo una cita.

—¡Ni te atrevas! —le dijo Maddie a Dana Sue—. No permitiré que uno de mis hijos te chantajee —se giró hacia Kyle—. Y en cuanto a ti, no eres tan mayor como para que no pueda castigarte.

—Mamá, ya no vivo en casa —le recordó pacientemente—. Siempre puedo volver a la facultad.

Maddie hundió la cara en las manos.

—¿Qué me hizo pensar que ser madre sería cada vez más fácil con la experiencia?

Cal le echó un reconfortante brazo sobre los hombros.

—Estás desengañada, verdad.

Ella le dirigió una mirada acusadora.

—Y justo cuando tenía tres hijos casi crecidos y fuera de casa, gracias a ti tengo dos pequeños más.

Cal se rio.

—¿Cómo puedes quejarte cuando hacerlos fue tan divertido?

Maddie sacudió la cabeza.

—Volvamos a tener esta conversación cuando lleguen a la adolescencia.

—La adolescencia —dijo Ronnie asintiendo a sabiendas.

—¡Oye, tú, no intentes hacer como si hubieras sufrido durante esos años! —dijo Dana Sue—. Cuando Annie era adolescente estuvimos divorciados la mayor parte del tiempo y ni siquiera vivías aquí en Serenity.

Ronnie se estremeció.

—Puede que sea mejor no recordar aquella época ahora mismo. Lo siento.

Ella lo besó en la mejilla.

—No pasa nada. Te he perdonado. Casi todo, al menos.

Sin embargo, algún que otro recordatorio ocasional de aquel horrible momento hacía maravillas a la hora de lograr que su matrimonio marchara bien. Al igual que Maddie y Helen, no podía estar más agradecida en lo que respectaba al amor. ¿Quién podría haberse imaginado que haría falta la drástica decisión de un divorcio para que Ronnie y ella hubieran vuelto a estar juntos y felices?

J.C. miró a escondidas el reloj y se dio cuenta de que el partido ya habría empezado. Lo pasaba bien yendo a verlos. Todo el pueblo solía asistir, y le gustaba sentir que formaba parte de la comunidad. Debería haberse dado cuenta media hora antes, cuando Sullivan's había empezado a vaciarse.

—¿Te estoy entreteniendo? —le preguntó Laura mirándolo con preocupación—. Lo siento mucho. No me había planteado que podrías tener otros planes. Pero es viernes por la noche…, claro que los tendrás.

Él sonrió; le gustó ver cómo se encendieron sus mejillas.

—Antes de venir te dije que había pensado en ir a ver el partido y has dicho que tú también tenías planeado ir. He perdido la noción del tiempo y acabo de darme cuenta de que puede que ya haya empezado.

Ella se quedó aún más perpleja.

—¡Madre mía, sí que lo habíamos dicho! Tengo que hacer una llamada. Las demás profesoras se estarán preguntando qué me ha pasado.

—¿Y por qué no vamos juntos? Tardaremos menos que si vamos primero a mi consulta a recoger tu coche.

—¿Seguro que no te importa?

—Claro que no.

Él pagó enseguida y fueron a su coche, que muy inteligentemente había aparcado en la calle en lugar de en el abarrotado aparcamiento que ahora estaba casi vacío.

Diez minutos más tarde encontró un sitio a una manzana del campo. En cuanto salieron, pudo oír los gritos del público y oler el aroma a palomitas.

—Me parece que nos hemos perdido una buena jugada —dijo mientras la ayudaba a salir del coche.

—¿Eres muy aficionado al rugby?

—Bastante. Jugué un par de años en la facultad, pero era complicado hacerlo y sacar notas lo suficientemente altas para entrar en Medicina. Y como sabía que jamás llegaría a ser profesional, dejé el equipo. ¿Y sabes? Obstaculizó mucho mi vida social.

Ella lo miró con curiosidad.

—¿Entonces no siempre has tenido aversión a las citas?

—No siempre —respondió él sin más.

—Detrás de eso hay una historia —dijo ella sin dejar de mirarlo—. A lo mejor podrías contármela algún día.

—A lo mejor —respondió él evasivamente. Sin embargo, por sorprendente que pareciera, la idea de revelarle aquella época de su vida, de pronto, no le resultaba tan deprimente. Lo mejor de haberse mudado a Serenity había sido que nadie del pueblo sabía nada sobre su matrimonio con su novia de juventud ni sobre cómo al final todo había acabado estallándole en la cara.

Cuando él había pagado su entrada y Laura había enseñado su pase, entraron en el estadio justo a tiempo de ver al equipo de Serenity marcar un tanto en un pase del mariscal de campo Greg Bennet.

—Ese chico tiene un brazo increíble —comentó él.

Laura asintió, aunque había algo en su expresión que sugería que el chico no le hacía tanta gracia como a J.C.

—No te gusta —comentó él con gran intuición.

—Es un buen jugador —respondió ella con tacto.

—Pero no te gusta —repitió—. ¿Por qué?

Ella vaciló y entonces respondió:

—Si quieres que te diga la verdad, tiene un ego enorme y he visto lo mal que trata a las chicas del instituto. Es una mala combinación.

J.C. asintió.

—No lo conozco en persona, es paciente de Bill. Lo único que sé de él es lo que he visto en el campo.

—Pues qué suerte tienes —dijo Laura y al instante se estremeció—. ¿Pero qué me pasa? No suelo ser tan indiscreta en lo que concierne a los alumnos.

—Creo que hemos dejado de preocuparnos por ser discretos. Si vamos a llegar al fondo de lo que pasa con Misty, tenemos que confiar el uno en el otro lo suficiente para hablar con sinceridad.

—Pero una cosa no tiene nada que ver con la otra.

J.C. vaciló antes de hablar. No era más que una conjetura al azar, pero valía la pena mencionarlo.

—¿Estás segura de esto? Acabas de decir que Greg es muy desconsiderado con las chicas con las que sale. ¿Podría ser Misty una de ellas?

Inmediatamente, Laura negó con la cabeza.

—Yo diría que ella tiene demasiado sentido común como para estar con él, pero a su edad, ¿quién sabe? Sin embargo, el problema que tiene tu teoría es que él no está en ninguna de las clases que se está saltando. Y, además, se dice que está saliendo con Annabelle Litchfield.

—Ah, vale, no era más que una idea.

—Y no ha sido una idea mala —dijo justo cuando vio a sus amigas saludándola desde las gradas—. Ahí están las otras profesoras. Debería ir con ellas. Si no has quedado con nadie, podrías venir.

—¿Y despertar más habladurías aún? —le preguntó sonriéndole.

Ella le devolvió la sonrisa.

—Me parece que eso ya no tiene remedio. Primero Sullivan's y ahora hemos entrado aquí juntos. ¿No te has fijado en que desde que el equipo ha marcado un tanto están más pendientes de nosotros que del campo? No sé cómo podría empeorar las cosas sentarte en las gradas con un grupo de mujeres.

—¿Son todas mujeres? ¿Dónde están los hombres?

—Sentados con sus mujeres. Entre los profesores no hay ningún soltero. Confía en mí, te sentirás como un rey.

Él se rio.

—¿Cómo podría resistirme a eso? Tú primero.

Subieron hasta la grada superior, donde tres mujeres se apartaron para hacerles sitio. Ya las conocía a todas, al menos de vista.

—Qué picarona eres —le dijo Nancy Logan en lo que se suponía un susurro que acabó oyéndose fácilmente—. ¿Cómo has enganchado al tío bueno?

Laura se sonrojó tremendamente.

—Yo no he enganchado a nadie. J.C. y yo solo hemos ido a tomar una cena rápida y nos hemos dado cuenta de que se nos había hecho tarde y que los dos teníamos pensado venir a ver el partido.

—Así que habéis cenado y después habéis venido al partido juntos —dijo Nancy con una sonrisa cada vez más amplia—. En mi mundo eso se parece mucho a una cita.

—En el mío también —dijeron las demás al unísono.

J.C. vio que sus bromas hicieron que Laura se sonrojara aún más y se inclinó para susurrarle al oído:

—Que no cunda el pánico. Si tú puedes soportar la charla, yo puedo soportarla.

Ella se giró con los ojos abiertos de par en par.

—Pero es que no debería haber ninguna charla y menos sobre citas. Tú no sales con nadie y yo no salgo contigo. Acabo de explicarles lo que ha pasado.

—Y está claro que no se lo están tragando —respondió impulsivamente agarrándole la mano—. Venga, vamos a seguirles la corriente.

—¿Seguirles la corriente? —repitió ella con los ojos más abiertos aún—. ¿Qué significa eso?

—Significa que esta noche tú y yo tenemos una cita. Lo veremos como un experimento. A lo mejor descubrimos que me he equivocado al renunciar a una vida social desde que me mudé a Serenity —añadió, aunque sospechaba que más bien sería lo contrario y que el experimento terminaría reforzando su convicción de que estaba mucho mejor solo.

Laura ya parecía incómoda. Tragó saliva con dificultad al oírlo.

—Es una mala idea, J.C.

—No te preocupes. Mañana podemos romper. Esas cosas pasan todo el tiempo.

—A mí no. No en este pueblo.

Él le guiñó un ojo.

—Pues entonces seré tu primera vez.

Algo en la forma en que Laura palideció ante la elección de sus palabras hizo activar las alarmas. No, no era posible, ¿verdad? ¿De verdad podía Laura Reed ser tan inocente? Esa reacción debería haberlo aterrorizado y, sin embargo, de pronto se sintió más intrigado que nunca ante la situación.

Capítulo 5

Laura había pasado gran parte de la noche peleándose con las sábanas y con sus confusos pensamientos después de pasar la noche con J.C.

Para su sorpresa, él había encajado bien con sus compañeras y, una vez pasaron los comentarios bromistas, todos jalearon al equipo hasta quedarse roncos cuando Serenity logró evitar un tanto contrario en los últimos segundos del partido.

Fuera del estadio, él se había ofrecido a llevarla a su coche, pero Laura había insistido en que Nancy podía acercarla. J.C. se había mostrado algo decepcionado, lo cual la había sorprendido tras su insistencia al principio de la noche en que no viera su invitación a cenar más que como una oportunidad para hablar de Misty y de los problemas que estaba teniendo en el instituto.

Después, y de camino al aparcamiento situado junto al centro médico, Nancy le había hecho millones de preguntas que había logrado esquivar con destreza.

—El hombre se ha ofrecido a traerte él mismo. ¿Pero qué te pasa? —le había preguntado Nancy mirándola con consternación—. Sé que su compañía tiene que ser mucho más chispeante que la mía.

Laura se había reído.

—A pesar de lo que ha dicho en el partido, no hemos

tenido ninguna cita, Nancy. Así que lo de chispeante no pinta nada aquí.

—Bueno, pues debería. Es el soltero más valorado en todo el pueblo y además médico, por si fuera poco. La competencia ha sido feroz durante años y eres la primera mujer que conozco, al menos de aquí, que ha salido con él.

—Bueno, pues resulta que me he enterado de que tiene una cita con una enfermera mañana por la mañana —dijo esperando silenciar cualquier otra especulación incómoda sobre los dos. Tal vez J.C. era un misterio que no le importaría desvelar, pero simplemente no era lo correcto. Si algo había aprendido de experiencias pasadas era a tener sentido común y saber cuándo ponerle fin a algo.

—¿Te ha dicho que tiene una cita mañana? —le preguntó Nancy—. ¿Qué clase de hombre presume de tener una cita cuando está saliendo con otra mujer?

—La clase de hombre que quiere dejar claro que no está teniendo una cita conmigo. ¿Lo has entendido ya?

Nancy sacudió la cabeza con tristeza.

—Bueno, pues es una pena. Hacéis una pareja muy mona y saltaban chispas. Podía sentirlas.

—Porque tienes una gran imaginación y eso es por todas esas novelas de amor que lees.

—Es verdad, quiero ver esas chispas —admitió con tono melancólico—. Aunque tengo la triste sensación de que nunca las encontraré en Serenity. Ya sabes qué pocas probabilidades hay en este pueblo. Quedan muy pocos tipos en condiciones de nuestra edad, pero dar con el paquete completo: inteligencia, sentido del humor, buen físico y trabajo estable… Encontrar todo eso es imposible. A esos tipos los cazan en cuanto se adentran en los límites del pueblo y ahora tú tienes en tus garras al último que quedaba.

—¿Vas a dejar de decir eso? —le suplicó Laura, aunque no podía negar eso que decía Nancy sobre que era difícil encontrar a hombres excitantes en Serenity.

—Solo si dejo de veros juntos, lo cual sería una pena.

—Gracias por la charla y por acercarme —le dijo Laura bajando rápidamente del coche—. Hasta el lunes.

Por desgracia, aunque creía que había logrado amainar la vívida imaginación de Nancy por el momento, una vez se metió en la cama no podía dejar de pensar en toda clase de situaciones que podían darse entre ella y un hombre inteligente, considerado y compasivo como J.C. Era todo lo que Rob Jefferson no había sido. Sí, claro que Rob no había sido un hombre adulto cuando se había enamorado de él, sino un joven rebelde e irresponsable que había sido todo un atractivo para la chica más discreta y tranquila del instituto.

«No vayas por ahí», se advirtió, porque pensar en el desastre en el que se había convertido esa relación y en las repercusiones que aún la perseguían la mantendría despierta el resto de la noche.

Después de desterrar pensamientos sobre J.C. y su pasado, por fin se había rendido al sueño alrededor de las tres y se había despertado a las seis con el sonido del teléfono.

—¿Sí, diga? —murmuró adormilada.

—No eres madrugadora por lo que veo —le respondió con tono divertido la voz de un hombre.

—¿Quién es?

—Soy J.C.

—¿A las seis de la mañana de un sábado? —farfulló y todo lo bueno que había pensado de él se esfumó.

En esa ocasión, él ni se molestó en contener la risa.

—Definitivamente no eres madrugadora. Es bueno saberlo. Esperaba convencerte para que vinieras a correr conmigo.

Por fin le llegó sangre suficiente al cerebro y pudo entender lo que le estaba diciendo.

—¿Me has despertado para decirme que te acompañe a correr?

—Esa es la invitación. Y después un desayuno.

—¿Hay algo en lo poco que nos conocimos ayer que te haya animado a invitarme a salir a correr?

—No, pero no me importa si eres principiante.

De pronto entendió lo que de verdad quería.

—Estás buscando un parapeto contra esa otra mujer.

—¡Felicidades! Por eso te has ganado una taza gigante de café para que te espabile del todo.

—Estás como para que te encierren, ¿lo sabías? —se sentía en todo el derecho de decirlo. Ningún hombre en su sano juicio le pediría algo así a una mujer.

—Pero te lo estás pensando, ¿verdad? ¿Qué hace falta para convencerte del todo? ¿Bollos daneses? ¿Croissants? ¿Una tortilla?

Como ya estaba despierta y sorprendentemente hambrienta, se dio por vencida.

—Me quedo con la tortilla. Y quiero que lleve patatas paja. ¡Ah! Necesitaré una hora para prepararme.

—Nadie necesita una hora para prepararse para salir a correr. Te doy quince minutos, veinte si insistes en que pase primero a por ese café.

—Insisto —dijo con fervor—. Voy a necesitar mucho café.

Colgó sin esperar una respuesta ni darle su dirección. Si no podía averiguar dónde vivía, mucho mejor, pero algo le decía que era la clase de hombre que no dejaría un detalle así al azar.

J.C. se detuvo en un callejón detrás de Sullivan's. Medio pueblo sabía que el chef Erik Whitney estaba allí al amanecer y que siempre tenía lista una cafetera del mejor café del lugar. Gracias a las ocasiones en las que se habían juntado en el gimnasio y a las frecuentes llamadas nocturnas por las otitis de la pequeña de Erik y Helen, de vez en cuando le permitía a J.C. aprovecharse.

—La siguiente consulta de Sarah Beth es gratuita si me das tres vasos de café para llevar —le dijo a Erik.

Erik sonrió.

—Pareces un hombre desesperado. ¿Acabaste tarde con la bonita profesora? ¿Y cómo encaja exactamente ese tercer café? Es muy misterioso.

—No acabé tan tarde —admitió J.C. suponiendo que no servía de nada negar que había estado con Laura—. Pero al parecer, para ella ahora es demasiado temprano. La he convencido para salir a correr a cambio de un café. El tuyo la impresionará mucho más que el de Wharton's.

—Interesante —dijo Erik sonriendo—. Entonces, ¿hay algo entre los dos? Fue el tema de la noche después de vuestra cenita acaramelada. Sospecho que en Wharton's ya están haciendo quinielas. A Grace le encanta un buen romance.

J.C. se estremeció.

—¡Vaya! Pero si solo somos conocidos. Le he pedido que me saque de un apuro esta mañana y ha accedido, así que tengo que darme prisa antes de que cambie de idea.

—¿Estás en un apuro que tiene que ver con salir a correr? —le preguntó claramente confuso—. ¿Quiero saberlo? Además, aún no me has explicado lo del tercer vaso de café.

—Si eres como los demás en este pueblo, está claro que quieres saberlo. Pero no tengo ni tiempo ni ganas de contártelo. Los cafés, por favor.

Erik le pasó los vasos.

—Vale, pero me debes más de una consulta gratuita para Sarah Beth. A mi mujer no le va a hacer gracia que llegue a casa sin los detalles. Aunque, bueno, esta mañana va a quedar con Maddie y con Dana Sue, así que si está pasando algo, ya se habrán enterado.

Desgraciadamente, probablemente lo harían.

Laura estaba esperando en las escaleras de su bloque de apartamentos cuando J.C. se detuvo en la calle. Al verlo, fue hacia él mirándolo con cierta desconfianza.

—Más te vale que traigas café —dijo antes siquiera de tocar el tirador de la puerta.

Él levantó un vaso.

—Recién hecho, como te prometí.

—Dame —contestó metiéndose en el coche. Inhaló el aroma—. No reconozco el aroma. Huele de maravilla.

—Es de Sullivan's.

—No abren tan temprano —dijo mirándolo asombrada—. ¿A quién has chantajeado?

—A Erik. Le he prometido que la próxima consulta de su hija sería gratuita.

—Dado lo que los médicos cobran últimamente, esta taza de café es de lo más valiosa —apuntó al dar el primer trago—. ¡Madre mía! ¡Vale la pena cada centavo de su precio!

Él se rio.

—Eso es lo que pienso cada vez que me aprovecho del buen carácter de Erik y me cuelo en la cocina antes de ir al trabajo. Creo que para él el café es como un servicio a la comunidad.

—Está claro que tengo que conocerlo mejor. ¿Crees que a Helen le importará si empiezo a juntarme con su marido?

—Lo más probable es que te cuelgue de un árbol —le respondió con convicción mientras aparcaba delante de una casa que a ella no le resultaba familiar.

—¿Por qué estamos aquí? —preguntó y entonces se acordó—. Ah, la cita. ¿Quieres que te escolte hasta la puerta?

—No, creo que estaré a salvo desde aquí hasta allí. Pero no te bebas su café.

—Si de verdad corre, probablemente ni lo tocará. Lo cierto es que me sorprende que tú tomes café.

—Hay hombres que empiezan el día practicando sexo, pero ya que en este momento de mi vida no hay nada de eso, bebo café. Y parece que me funciona —añadió antes de recorrer el camino hasta la casa.

Justo al llegar a la puerta, esta se abrió y una mujer salió con su melena pelirroja recogida en una coleta alta. Llevaba pantalones de deporte cortos y un top ajustado, ambos hechos para exhibir una buena cantidad de carne bien tonificada. Laura se miró sus pantalones de chándal y su vieja camiseta y suspiró. No había mujer en el mundo que pudiera creerse capaz de competir con la mujer que caminaba hacia ella mientras charlaba animadamente con J.C. tan tranquila y espabilada, como si no fuera prácticamente plena noche. Si bien solía estar levantada al amanecer entre semana, la mayoría de los sábados se daba el capricho de dormir hasta todo lo tarde que podía. Ese era el primer amanecer de sábado que había visto en años.

Una vez en el coche, J.C. hizo las presentaciones y después se puso de camino al parque. Tal como Laura se había imaginado, Jan rechazó el café y se limitó a su agua embotellada. J.C. le dio un buen trago al café rechazado y después le lanzó a Laura una mirada de disculpa diciendo:

—¿Lo querías tú?

Ella sonrió al ver su gesto de disculpa.

—No te preocupes, aún estoy saboreando el primer vaso.

—Bien —dijo y dio otro largo sorbo.

—Ten cuidado —contestó ella en voz baja—. No querrás atragantarte delante de tu cita.

—¿Ha sido un error invitarte a venir?

Laura le sonrió.

—Es más que probable. Sin embargo, hasta el momento estoy fascinada por ver qué va a pasar.

Jan resultó ser una mujer absolutamente simpática e inteligente que se tomaba muy en serio el deporte. Cuando J.C. insistió en quedarse atrás con Laura, ella siguió corriendo claramente decidida a llevar a cabo un buen entrenamiento.

—Ve con ella —le dijo Laura—. No puedo alcanzaros. Es más, creo que no me importaría sentarme un rato a la sombra de ese viejo roble que hay allí y disfrutar de lo que me queda de café. Hace una mañana maravillosa. Por fin parece otoño.

Él se la quedó mirando con gesto divertido.

—No te encuentras muy cómoda aquí, ¿verdad?

—Probablemente ni te lo puedas imaginar —admitió—. Yo no sudo y un paseo a última hora de la tarde es mi límite.

—Entonces estoy más agradecido aún de que hayas hecho una excepción y me hayas acompañado.

—No creo que necesitaras mi protección. Espero que esto no destruya tu ego, pero no creo que Jan esté más detrás de ti de lo que tú estás de ella.

Él se quedó sorprendido, aunque no molesto con el comentario.

—Eso me ha parecido a mí también, aunque Debra parecía tan decidida que me puso un poco nervioso.

—Supongo que no seríais la primera pareja reunida por una casamentera extremadamente empeñada, pero algo me dice que los dos sois demasiado duros de roer para eso.

Él se la quedó mirando con aparente curiosidad.

—A ver, para que me quede claro, ¿por qué no estás casada?

Laura hizo caso omiso de un tema que, durante los últimos años, se había ido volviendo cada vez más peliagudo con sus padres. Aunque vivían en el Medio Oeste y probablemente verían muy poco a sus hijos si es que alguna vez llegaba a tenerlos, parecían encaprichados con la idea de tener nietos. O tal vez solo querían compensar la pérdida del niño que habían insistido que diera en adopción cuando se había quedado embarazada de Rob a los diecisiete años. Pero eso no era un asunto que quisiera discutir con un hombre al que apenas conocía. Aquel vergonzoso error, el embarazo, no era algo en lo que le gustara pensar. Como tampoco lo era haber entregado a su hijo a unos extraños, por mucho que en el fondo hubiera sabido que era lo mejor. Su mentora por aquel entonces, Vicki Kincaid, la había ayudado no solo a ver eso, sino a reforzar su valor y autoestima cuando se había convertido en objetivo de los crueles comentarios de sus compañeros de clase.

En lugar de adentrarse en el tema, dijo:

—Trabajo con muchas mujeres, no salgo a bares y Serenity es un pueblo pequeño. Aquí no hay muchas oportunidades para encontrar a alguien y enamorarse perdidamente.

—¿Alguna vez has pensado en mudarte a un pueblo donde pudiera haber más oportunidades?

—No. Me enamoré de este lugar la primera vez que vine para una entrevista de trabajo nada más salir de la facultad y no he cambiado de idea, quiero seguir aquí.

—¿Y no te sientes sola?

Lo miró a los ojos.

—Me conformo con mi propia compañía. ¿Y tú?

Por un momento se mostró desconcertado ante la pregunta y confesó:

—De vez en cuando.

—Pues deja que le dé la vuelta al tema. ¿Por qué no te has casado? Has admitido que la gente no para de lanzarte candidatas.

—Pero ninguna ha encajado. Y hace mucho tiempo aprendí que el matrimonio no es para mí.

—¿Prueba y error? —preguntó ella entendiéndolo de pronto.

Él sonrió.

—Se podría decir.

—Debió de ser una ruptura muy dolorosa.

—Ni te imaginas. Pero ya basta de seguir con el tema, es deprimente. Y ya vale de holgazanear, señorita Reed. Vamos a terminar esta carrera aunque haya que hacerlo a paso de tortuga.

—Puedo correr más deprisa que una tortuga —protestó levantándose a regañadientes y tirando a la basura su vaso de café vacío.

—Eso tendrás que demostrarlo para que me lo pueda creer. Vamos. Tú marcas el ritmo.

Laura se obligó a correr mucho más deprisa de lo que quería, aunque consciente de que jamás superaría el récord de nadie.

—Vale, te has igualado a una tortuga —admitió J.C. cuando terminaron de recorrer el lago y volver hasta al coche.

—Te agradezco el reconocimiento —comentó ella secamente—. ¿Dónde crees que está Jan?

—Dando la tercera vuelta, supongo. Sé que nos ha pasado dos veces. ¿Es que no la has visto saludar?

—¿Te refieres a si la he visto a través de mis ojos cegados por las lágrimas? —le preguntó solo medio en broma.

Él le dio un delicado codazo en las costillas a la vez que le pasaba una botella de agua fría.

—Vamos, que no ha estado tan mal. Lo has logrado. Lograr algo nuevo debería darte una buena subida de adrenalina.

Laura lo miró con aspereza mientras bebía agua.

—Me aseguraré de informarte cuando me pase.

J.C. acababa de sentarse en su despacho el lunes por la mañana cuando Debra entró con el rostro encendido de indignación.

—¿En qué estabas pensando? Invitas a Jan a salir a correr y te presentas con otra mujer. ¿Quién hace eso?

—Un hombre que está dejando claro que no está interesado en nada más que salir a correr —la miró con dureza—. ¿Es que se ha ofendido?

—Bueno, no, pero esa no es la cuestión. Yo sí estoy ofendida.

—Pues no sé por qué. Llevé a tu invitada a correr tal y como prometí. Hasta desayunamos después y pagué yo.

Laura Reed y ella se cayeron muy bien y congeniaron. Si Jan se queda a vivir aquí, imagino que se harán amigas.

—Si quisiera que hiciera un puñado de amigas aquí, habría celebrado una fiesta. Créeme, puedo demostrarle lo que es la hospitalidad sureña.

J.C. tuvo que esforzarse mucho para contener la risa.

—Jan es una mujer muy agradable, Debra. Es inteligente, centrada y realista. Ya le comenté a Bill que deberíamos pensar en incorporar a una enfermera practicante y me dijo que estaría encantado de entrevistarla si a ella le interesa quedarse aquí.

—Bueno, ¿y por qué iba a quedarse ahora que prácticamente te has declarado de acceso restringido?

—¿Tal vez porque le encantaría el pueblo y el trabajo? —sugirió—. Esas serían las razones más sensatas para dar un paso tan drástico y trasladarse al otro lado del país.

Ella frunció el ceño.

—Eres de lo más irritante.

—Solo porque no te has salido con la tuya. Lleva a Laine Tillis a la sala dos, ¿de acuerdo?

—Ya lo he hecho —dijo con aire disgustado—. Que esté enfadada contigo no significa que no vaya a hacer mi trabajo.

—Te lo agradezco mucho —le respondió con total sinceridad.

Y esperaba que ahí terminara su labor de casamentera... si tenía suerte.

La campana que anunciaba la tercera hora de clases sonó. Laura miró a su alrededor y suspiró. Para su pesar, no había ni rastro de Misty, pero justo cuando estaba a punto de terminar de pasar lista, la puerta se abrió y la chica entró corriendo para sentarse en el fondo del aula.

Laura oyó algunos susurros a su paso, aunque no pudo distinguir qué decían. Fuera lo que fuera, sin embargo, hizo que Misty se ruborizara e incluso pudo ver sus ojos llenos de lágrimas.

Aunque quería averiguar qué habían sido esos comentarios, decidió dejarlo pasar por el momento. Tenía la sensación de que si decía una mera palabra, Misty saldría corriendo por la puerta.

Por suerte tenían un examen programado y eso garantizaría un silencio absoluto. Se oyeron papeles y pies moviéndose, pero no más murmullos.

Durante los próximos cuarenta y cinco minutos, recorrió los pasillos observando cómo los alumnos redactaban sus respuestas y al llegar al fondo de la clase, se detuvo y le dio un reconfortante apretón en el hombro a Misty.

La chica la miró con un gesto tan lleno de amargura y tristeza que casi le partió el corazón.

—He terminado el examen. ¿Puedo marcharme ya, por favor? —le suplicó.

Aunque quería insistir en que se quedara diez minutos más hasta que la clase terminara, no fue capaz de hacerlo.

—Te daré un pase para la biblioteca —dijo en voz baja.

Misty la miró con gratitud, la siguió hasta la entrada del aula y salió corriendo dejándola preguntándose qué demonios debía hacer para solucionar el problema, fuera cual fuera.

Cuando sonó la campana, miró a las alumnas que habían estado susurrando al principio y eligió una al azar.

—Trish, ¿puedo hablar contigo un minuto? Los demás podéis marcharos. Dejad los exámenes en mi mesa.

Trish Peterson movía los pies nerviosa mientras sus compañeras se marchaban. Solo cuando el último alumno salió por la puerta, Laura la miró a los ojos.

—Tengo que irme —dijo Trish—. Ahora tengo Educación Física y la señorita Wilcox se enfada mucho si llegamos tarde.

—Lo sé —le aseguró Laura—. Pero al principio de clase, cuando ha entrado Misty, me ha parecido ver algo de revuelo. Esperaba que pudieras informarme y decirme a qué ha venido eso.

Trish abrió los ojos de par en par.

—No sé a qué se refiere —insistió aunque estaba claro que estaba mintiendo. Había estado tan habladora como sus amigas.

—Le habéis dicho algo a Annabelle —le recordó Laura— y un par de chicos han hecho comentarios también. ¿Tenéis algún problema con Misty?

—Yo no —respondió Trish inmediatamente.

—¿Entonces quién?

—Nadie, lo juro —dijo mirando de un lado a otro.

—Espero que así sea —le contestó Laura con énfasis esperando dejarle claro que fuera lo que fuera lo que estaban haciendo no lo toleraría—. Porque odiaría descubrir que no estás siendo sincera.

—Mire, no tiene nada que ver conmigo, ¿vale? —insistió Trish con gesto suplicante—. ¿Podría darme ya la nota? Tengo que irme. Soy la capitana de uno de los equipos de voleibol y tengo que irme.

Aunque quería seguir investigando el asunto, Laura escribió a regañadientes un justificante para Pam Wilcox y después le dijo que se marchara. Estaba más convencida que nunca de que alguien de su clase estaba atormentando deliberadamente a Misty y que los demás le estaban siguiendo la corriente. Ahora solo tenía que descubrir quién era y hasta dónde había llegado el asunto.

Misty estaba en la biblioteca con la cabeza agachada sobre sus libros e intentando no llorar. Por mucho que lo hubiera intentado, no podía dejar de pensar en los desagradables comentarios que los demás habían hecho cuando había entrado en la clase de la señorita Reed. Y, peor aún, sabía que la señorita los había oído, tal vez no las palabras exactas, pero sí los murmullos. ¿Y si empezaba a hacer preguntas? Ya estaba decidida a averiguar qué estaba pasando y si había llamado a Annabelle o a alguna de las demás después de clase para hablar con ellas, estaría condenada.

Cuando sonó la campana se vio tentada a quedarse allí. A la señorita Martin, la bibliotecaria, no le importaría. Podía volver a enseñarle el pase y explicarle que estaba haciendo un trabajo de Lengua y Literatura para subir nota.

Aún estaba debatiendo consigo misma si arriesgarse o no cuando una sombra se posó sobre su mesa. Levantó la mirada y vio el retorcido gesto de Annabelle clavado en ella.

—Tienes que tener cuidado, zorra.

Le habló con un tono tan burlón que no pudo evitar preguntarse cómo era posible que medio pueblo se pensara que Annabelle era una dulce pequeña belleza sureña. Pero claro, la mayoría de la gente no había visto su lado cruel y despiadado.

—¿Qué pasa? ¿Te ha comido la lengua el gato? —preguntó cuando Misty siguió callada—. Eres una perdedora.

«Ya es suficiente», pensó Misty poniéndose recta.

—Si lo soy, ¿por qué estás obsesionada conmigo? —contestó sintiendo algo de orgullo por haberse enfrentado por fin a su torturadora.

—¿Obsesionada? ¿Estás de broma? Para mí no eres más que una molestia.

—¿Lo dices porque tu novio quiere salir conmigo? —le preguntó Misty sabiendo que estaba tentando a su suerte, aunque de pronto eso ya dejó de importarle.

Las mejillas de Annabelle se encendieron y los ojos le brillaron con ira.

—Mantente alejada de mi Greg, ¿me has oído?

—No soy yo la que le está tirando los tejos a nadie —le recordó Misty—. Si tienes problemas para mantenerlo a raya, díselo a él. A mí déjame en paz.

Annabelle se la quedó mirando impactada por un momento y después pareció como si estuviera a punto de arrancarle todos los pelos de la cabeza a Misty. Justo acababa de agarrarla cuando apareció la señorita Martin.

—Chicas, bajad la voz —dijo y mirando seriamente a Annabelle, añadió—: ¿Tienes pase para estar aquí?

Annabelle se sonrojó.

—No, señora.

—Pues entonces te sugiero que vayas a la clase que te toque antes de que te pongan falta por retrasarte.

—¿Y ella qué?

Misty le enseñó su pase.

—Totalmente legal —dijo con aire triunfante.

La señorita Martin sonrió a Misty y le indicó a Annabelle que se marchara.

—Venga, corre.

Solo después de que Annabelle se hubiera marchado, la señorita Martin se dirigió a ella diciéndole:

—Sé perfectamente que ese pase era para la hora anterior, jovencita, pero estaba claro que las dos estabais enzarzadas en una riña. Y sabiendo cómo puede ser Annabelle, seguro que ha empezado ella.

Misty la miraba con los ojos como platos.

—¿Está culpando a Annabelle?

La señorita Martin la miraba fijamente.

—¿Me equivoco?

Por primera vez en semanas, sintió un ápice de esperanza. Aun así, confirmar las sospechas de la señorita Martin podría llevarla a la clase de enfrentamiento que quería evitar. Así que lo mejor era ser agradecida por el apoyo y mantenerse callada.

—No ha sido para tanto, señorita Martin. De verdad.

La bibliotecaria no parecía muy convencida.

—No estoy segura de creérmelo, pero lo dejaré pasar. Tú prométeme que si vuelve a pasar, hablarás conmigo o con alguno de tus profesores y solucionaremos esto. ¿Entendido?

—Sí, señorita. ¿Tengo que ir a mi siguiente clase?

—Solo por esta vez fingiré que ese pase de verdad es para un proyecto de Lengua y Literatura, tal y como me has dicho al entrar —y lanzándole una mirada severa, añadió—: No te acostumbres, ¿de acuerdo?

—Claro que no —prometió Misty de inmediato—. Gracias.

La señorita Martin le sonrió.

—Ojalá a más alumnos les encantara estar aquí como a ti y mostraran el mismo respeto por los libros. Algún día serás alguien importante, Misty. No dejes que nadie te desvíe de tu camino.

Se marchó y la dejó llorando por segunda vez en la última hora, pero esas lágrimas no fueron nada parecidas a las anteriores. Estas la hicieron sentir bien.

Capítulo 6

A Laura le encantaba trabajar en el festival de otoño del pueblo. Justo después de trasladarse a Serenity, le habían pedido que se uniera al comité de organización. Había sido el primer contacto con el entusiasmo de los habitantes del pueblo por participar en esa clase de eventos y desde entonces se había apuntado para colaborar en el comité cada año y este último la habían nombrado presidenta.

Con solo tres días para el evento del sábado, su comité se reunía cada tarde para asegurarse de que todo estaba bajo control. Miró a su alrededor; el resto de mujeres y ella estaban en el salón de su casa. Era un grupo muy bueno: Sarah McDonald, que era una estrella de la radio local y se había casado con el propietario de la emisora. Raylene Rollins, esposa del jefe de policía y propietaria de la boutique favorita de Laura, y Annie Townsend, cuyo marido, Ty, era el lanzador estrella del equipo de béisbol Atlanta Braves.

Sabía perfectamente bien que las tres eran la generación más joven del grupo conocido por el pueblo como las Dulces Magnolias, lo cual implicaba que conocieran a todos los peces gordos de Serenity. El festival de ese año tenía más patrocinadores oficiales, vendedores ambulantes y música que nunca. El marido de Sarah incluso había logrado que un par de cantantes country fueran a actuar.

—Chicas, sé que estáis acostumbradas a tomar margaritas en vuestras reuniones, pero he pensado que tal vez deberíamos mantenernos sobrias mientras repasamos los últimos detalles —dijo Laura.

—Yo, por una vez, me alegro —respondió Annie—. No sé cómo mi madre, mi suegra y Helen han podido sobrevivir a tantas copas.

—Estoy de acuerdo —apuntó Sarah—. Laura, tienes que juntarte un día con nosotras y probar uno —miró a las demás—. Estaría bien, ¿verdad?

—Totalmente —respondió Raylene—. La próxima vez que haya una noche de margaritas de las Dulces Magnolias, estás invitada. Suelen surgir de pronto cuando hay alguna crisis, pero, cuando se trata de una celebración, las planificamos con un poco de antelación. Te avisaremos con el máximo tiempo posible.

Laura entendía que era una señal de aceptación inmensa en Serenity que te incluyeran en ese grupo de mujeres. Las Dulces Magnolias no eran una organización oficial, pero comprendían el verdadero significado de la amistad. La conmovió que Sarah, Annie y Raylene la vieran como a una amiga.

—Me encantaría —respondió sencillamente—. Pero cuando vuestros hijos sean mayores y estén en mi clase, no esperéis que les dé un trato de favor.

—La hermana de Carter ya está en tu clase —le recordó Raylene con una sonrisa—. Créeme, he oído lo estricta que eres. Aunque cada vez que Carrie se queja, también añade que eres justa y que está aprendiendo mucho. Incluso la has motivado a subir sus notas y eso que Carter ya había perdido toda esperanza de que pudiera pasar.

—Pues eso es un gran honor —dijo Sarah.

—Sin duda me lo tomaré como un cumplido —apuntó Laura—. Bueno, ahora vamos a repasar la lista antes de que me explote la cabeza solo de pensar en todo lo que tenemos que tener preparado para el sábado. Sarah, ¿qué tal va la publicidad?

—Travis y yo hemos estado hablando por la emisora sobre el festival y las actuaciones musicales que habrá. Los cantantes han hablado de nosotros en emisoras de toda la región y también han salido algunos artículos en periódicos y en calendarios de actividades —les sonrió—. Creo que nos van a invadir personas que ni siquiera sabían que existía Serenity. Cuánto me alegro de que decidiéramos celebrarlo todo en el instituto, porque en la plaza no habríamos podido.

—Los comerciantes del centro todavía me están criticando por eso —admitió Laura—. Dicen que estamos jugando con las tradiciones y que les estamos alejando el negocio.

—El campo de rugby está a unas manzanas —dijo Annie—. Se prevé que habrá exceso de público y, aunque no lo haya, si la gente que viene se lo pasa bien, volverá.

—Estoy de acuerdo —apuntó Raylene—, y eso que soy una de esos comerciantes del centro. A veces es importante cambiar un poco las cosas.

—¿Y nuestra lista de vendedores ambulantes? —le preguntó Laura a Raylene—. ¿Cómo va eso?

—No es que quiera presumir, pero gracias a toda la publicidad extra que nos están dando los cantantes de country, nuestro espacio para puestos ambulantes está todo vendido. Va a ser el mayor festival de otoño que haya celebrado el pueblo. Tenemos un buen equilibrio entre gente que ya ha venido antes y gente nueva. Tendremos comida, artesanía, arte, joyas, un poco de todo. E, incluso, hasta uno de los granjeros va a traer calabazas.

Laura se giró hacia Annie.

—¿Y las demostraciones? Además de la actuación de la banda, ¿podremos tener ocupado el escenario el resto del día?

—El club de jardinería ha estado hablando de hacer una exposición de plantas de otoño —respondió consultando sus notas—. Y tengo a un chef local para hacer una demostración de cocina que resulta ser mi madre, por si os lo preguntáis —las miró con gesto triunfante—. Y, ¡tachán! Ty dice que algunos jugadores de los Braves y él estarán firmando autógrafos durante una hora por la mañana y otra por la tarde —se giró hacia Sarah—. ¿Puedes correr la voz? ¿Aún hay tiempo?

—Totalmente —respondió Sarah con entusiasmo.

—¡Va a ser un éxito! —gritó Raylene—. Laura, eres increíble.

—Yo no. Todas habéis tenido unas ideas geniales y las habéis reunido.

—Pero eso es porque nos animaste a pensar en cosas nuevas —dijo Sarah—. Qué pena que no tengamos margaritas, porque esto se merece un brindis.

—Vamos a guardarnos los brindis hasta después de que hayamos logrado celebrar el festival el sábado —señaló Laura con cautela, aunque sin poder contener la sonrisa—. Estoy emocionada.

—¿Puedo cambiar de tema un minuto? —preguntó Annie—. Sé que ahora estamos dando saltos de alegría, pero cuando hemos llegado, Laura, parecías estar ausente. Puede que no sea asunto mío, pero ¿va todo bien? ¿Me refiero contigo, no con el festival?

Laura se sonrojó.

—Lo siento, es solo un problema en clase. Llevo tiempo sin poder sacármelo de la cabeza.

—Misty Dawson —dijo Annie de inmediato.

Laura la miró impactada.

—¿Qué has oído?

—Solo sé que Cal está preocupado por ella. Lo mencionó cuando Ty y yo fuimos a cenar la otra noche.

—¿Es que el pueblo entero está hablando de esto? —preguntó Laura preocupada.

—Nada de eso —respondió Sarah muy segura de sí misma—. Si lo estuviera, Grace Wharton me habría dicho algo. Está al frente de mi patrulla de cotilleos.

—Entonces menos mal que aún no ha llegado hasta ella —dijo Laura.

La expresión de Sarah se tornó pensativa.

—Aunque ahora que lo pienso, sí que me dijo que le había extrañado que Misty y Katie hubieran estado en Wharton's el viernes pasado en lugar de ir al partido.

—¿Y fue así? —preguntó Laura.

Sarah asintió.

—Grace estuvo en el partido, pero se lo dijo la camarera que la estuvo sustituyendo al contarle quién se había pasado por allí. Si Grace hubiera estado en la cafetería, tendría mucha más información. No creo que escuche a escondidas a propósito, pero os juro que puede oír un alfiler caer en el condado de al lado.

—Y eso hace que Wharton's sea el peor lugar donde contarle un secreto a alguien o hacer algo que no quieres que sepa el pueblo entero —concluyó Annie—. Además es observadora. Os juro que Grace supo antes que nadie que estaba teniendo problemas de anorexia en mi adolescencia. Lo dedujo por el modo en que me veía apartar la comida de mi plato.

—Vio lo mismo con Carrie —dijo Raylene—. Y Carter y yo agradecemos que se fijara.

Laura las escuchaba asombrada.

—Me temo que la juzgué mal porque creía que no era más que una entrometida.

—¡Ah, y lo es! —dijo Sarah riéndose—. Pero una entrometida con muy buena intención y por eso la quiero a rabiar.

—Por mucho que gruñamos, todas la queremos —añadió Annie—. Wharton's es el corazón y el alma del pueblo en muchos aspectos, y Grace lleva un par de generaciones haciendo que sea así.

—Gracias por ofrecerme ese punto de vista —dijo Laura sinceramente. Además estaba agradecida de que la charla sobre Grace hubiera logrado desviar el tema de Misty. Por mucho que le gustaría poner al tanto a sus amigas, no se sentía cómoda metiendo a más gente en lo que podría resultar una situación explosiva si al final su presentimiento se cumplía y Annabelle Litchfield estaba metida en todo eso.

J.C. solía evitar participar en los eventos del pueblo a excepción de los partidos. Aunque le gustaba el concepto de comunidad y la alegría que se veían en cosas como el festival de otoño, prefería guardarse el voluntariado para las ligas deportivas que Cal Maddox, Ronnie Sullivan y otros organizaban.

Ese año, sin embargo, Ronnie Sullivan le había pedido que participara.

—Mi hija Annie está en el comité y le he prometido que la ayudaré a montar los puestos, así que necesitaré más músculo.

J.C. lo miró con recelo.

—¿Esta no será una de esas cosas que me llevarán a implicarme más todavía el año que viene, no?

Ronnie se limitó a sonreír.

—Nunca se sabe. Es muy posible que te lo pases tan bien que quieras participar más.

—Lo dudo mucho —respondió de inmediato.

Pero cuando llegó al campo de rugby al amanecer y vio a Laura Reed corriendo por allí despeinada, con una carpeta en la mano y gesto de desesperación, se dio cuenta de que Ronnie había tenido motivos ocultos para pedirle ayuda. Se giró hacia el traidor.

—¿Tiene Laura algo que ver con tu repentina insistencia en que participara en las actividades del pueblo?

Ronnie adoptó una expresión de inocencia.

—No tengo ni idea de lo que dices. Creía que había algo entre vosotros dos y supuse que de todos modos os veríais. Se me ocurrió aprovecharme de eso y ponerte a trabajar.

J.C. sacudió la cabeza y fue hacia una mujer que había pedido ayuda para montar su puesto.

—Ya terminaremos esta conversación luego —le susurró al marcharse.

Pero a pesar de haberse mostrado enfadado, descubrió que le estaba gustando ver esa faceta de Laura. Por mucho que pareciera nerviosa y que estuviera haciendo diez cosas a la vez, se la veía completamente tranquila mientras hablaba con todo el mundo y se acercaba a solucionar problemas. No dejaba de sonreír por nada, ni siquiera cuando lo vio y vaciló un poco.

—¡Qué sorpresa! ¿Quién te ha reclutado para ayudar?

—Un Ronnie Sullivan muy astuto. ¿Necesitas que haga algo?

—Si Ronnie te ha arrastrado hasta aquí, supongo que eso deberías preguntárselo a él.

—Pero tú pareces más agobiada que él y también eres más guapa.

Ella lo miró asombrada.

—¿Estás flirteando conmigo, J.C.?

¿Lo estaba haciendo? De ser así, estaba tan sorprendido como obviamente lo estaba ella.

—Podría ser —admitió.

Una sonrisa jugueteó en los labios de Laura.

—Cuando lo decidas, estaré por aquí —le dijo y se marchó a llevar a cabo su siguiente misión.

Él se la quedó mirando y pensando por qué le había calado tan hondo, como ninguna otra mujer en mucho tiempo. Pero lo importante era que le estaba provocando ese efecto y ahora lo que tenía que hacer era averiguar si quería o no hacer algo al respecto.

—Estás ruborizada —le dijo Nancy Logan al ver a Laura bebiendo de una botella de agua como si estuviera muriéndose de sed.

—Hace mucho calor. ¿Quién se iba a imaginar que haría este calor a finales de octubre?

—Estamos en Carolina del Sur, no en el Polo Norte. En esta época del año suele hacer una temperatura cálida —dijo Nancy sonriendo—. Si tienes mucho calor, creo que tiene que ver más con lo que te ha dicho J.C. Fullerton.

Laura frunció el ceño.

—No tengo ni idea de qué estás hablando.

Nancy enarcó una ceja.

—¿Ah, no? —preguntó con escepticismo.

—No tengo tiempo para esta conversación —le dijo Laura—. Si quieres resultar útil, ve al puesto de la Asociación de Padres y asegúrate de que todos los productos horneados están debidamente expuestos. La última vez que he ido a ver, era un revoltijo.

—Ahora mismo —prometió Nancy—. Pero no pienso olvidarme de esta conversación. Ya seguiremos más tarde.

Laura suspiró cuando Nancy se marchó. De pronto su vida en Serenity era mucho más complicada de lo que lo había sido en los últimos diez años juntos.

Antes de poder ponerse demasiado nerviosa sobre cómo había podido pasar eso, hubo un problema con el sistema de sonido que la hizo salir corriendo a buscar a Ronnie Sullivan. Después surgieron más problemas, pero a las diez todos los puestos estaban abiertos, Ty y sus compañeros del equipo de béisbol estaban firmando autógrafos para una hilera de fans y la gente paseaba por allí tomando pastelitos, sidra e incluso perritos calientes.

—Creo que tenemos un gran éxito entre manos —dijo Sarah McDonald cuando encontró a Laura tomándose un respiro en las gradas—. Carter le ha dicho a Raylene que la policía está teniendo problemas para encontrar aparcamiento para todo el mundo que está llegando al pueblo. En Serenity hay un atasco de verdad ¡y todo es gracias a nosotras!

—Imagino que a él no le ha hecho tanta gracia como a ti —contestó Laura riéndose.

—Probablemente no —respondió Sarah—, pero se las apañará. Eso es lo que hace un buen jefe de policía y Carter es excelente.

Laura miró a su alrededor; había toda una multitud de gente. La mayoría parecía haber hecho compras en algún que otro puesto y un par de joyeros tenían colas de tres y cuatro personas.

—Ya sabes que nunca podrás librarte de organizar el festival —bromeó Sarah—. Nadie querrá intentar superar lo de este año.

—Raylene, Annie o tú podríais hacerlo fácilmente el año que viene.

—Pero nos gusta trabajar para ti porque así no tenemos que pensar, solo tenemos que hacer lo que propones.

—Haces que parezca una especie de dictadora benevolente —dijo Laura—. Y eso no puede ser bueno.

—En esta situación creo que tenemos delante la prueba de lo beneficioso que es. Ahora será mejor que vaya a recoger a nuestro primer grupo. Están con Travis emitiendo desde la emisora y tienen que actuar aquí al mediodía.

—Gracias, Sarah. Habéis estado geniales.

Unos minutos después, mientras intentaba convencerse de que había llegado el momento de moverse y hacer otra ronda, vio a Misty y a Katie entre la multitud. Misty tenía la misma mirada de miedo que había visto con demasiada frecuencia en el instituto, como si prefiriera estar en cualquier otro sitio menos allí.

Mientras la observaba, Katie se acercó y le dijo algo que casi le arrancó una sonrisa. Pero entonces, en un instante, la sonrisa se desvaneció y quedó sustituida por absoluto pánico. Laura miró entre la multitud para ver qué o a quién había visto que la había hecho darse la vuelta con intención de marcharse.

No fue demasiado difícil identificar el problema. Annabelle Litchfield, Trish Peterson y otras dos chicas del instituto se dirigían hacia Misty. Laura vio a Katie Townsend plantarse allí mirándolas fijamente como si las estuviera retando a acercarse más.

Laura se levantó de inmediato y echó a caminar en esa dirección intentando adoptar una actitud despreocupada, aunque dispuesta a intervenir a la mínima confrontación que se produjera.

—Eh, zorra, ¿cómo es que hoy no te has tirado a ningún chico? —gritó Annabelle con intención clara de que todo el mundo la oyera—. ¿Es que ya se han dado cuenta todos de que eres penosa en la cama?

Laura se quedó paralizada un instante ante lo desagradable del comentario. Había oído demasiados comentarios parecidos años atrás, cuando se había corrido la voz de su embarazo por el instituto. De pronto volvió a sentirse como aquella chica de diecisiete años asustada y humillada y supo identificarse con toda la vergüenza, el miedo y la rabia que Misty debía de estar sintiendo.

Sin pensárselo, se metió en medio del grupo, se giró hacia Annabelle y la miró a los ojos con intención de acobardarla.

—Ya basta —dijo en voz baja—. Os sugiero que os marchéis.

Trish se agarró del brazo de Annabelle.

—Tiene razón. Deberíamos irnos.

Las demás esperaron a ver qué hacía Annabelle. Estaba colorada y con los ojos llenos de rabia, pero se encogió de hombros como si no le preocupara nada.

—¿Quién quiere malgastar el día en un estúpido festival?

Una vez Laura se aseguró de que se habían marchado, se giró hacia Katie y Misty, pero ellas también se habían esfumado.

Así que ya lo sabía. Por razones que no comprendía, Annabelle Litchfield estaba acosando a Misty. Lo que no sabía era si lo que había visto era lo peor o solo la punta del iceberg.

J.C. había visto a Laura hablando muy seria con el grupo de chicas. En cuanto las chicas se habían marchado, se acercó y su expresión lo alarmó.

—¿Qué acaba de pasar? —le preguntó poniéndole una mano en el hombro—. Laura, estás temblando.

—Creo que nunca en mi vida había estado tan furiosa.

—Vamos a sentarnos y a comprarte algo de comer. Así me lo podrás contar.

—Hay cosas que tengo que hacer —protestó.

—Después de que hayas comido y hayamos hablado —le dijo con determinación—. Órdenes del doctor.

Ella esbozó una débil sonrisa.

—Soy un poco mayorcita para que me dé consejos un pediatra.

—Es mi especialidad, pero no es la única medicina que conozco —le respondió con paciencia y girándola hacia los puestos de comida—. ¿Qué vas a querer? ¿Un perrito caliente? ¿Un perrito empanado? ¿Una hamburguesa?

—Creo que ahora mismo no podría comer nada.

—Un helado —dijo con tono decisivo—. Nadie rechaza un cono de chocolate y vainilla. Siéntate e iré a por uno.

Volvió con un helado, perritos empanados y patatas fritas, además de dos refrescos light. Ella miró la comida y se rio.

—Tus pacientes deben de adorarte por las dietas que les mandas.

—Comida para levantar el ánimo. Me ha costado decir que no a las bolitas de macarrones con queso fritas.

—Gracias a Dios por estos pequeños favores —Laura sacudió los dedos y agarró el helado—. Se va a derretir si no me lo como primero.

Él la observó encantado mientras devoraba el cono y

después, tras una pensativa mirada al resto de opciones, agarró el perrito empanado.

—¿Aún están calientes las patatas? —preguntó al darle el primer bocado.

Se las acercó.

—Míralo tú misma.

Solo cuando se hubo comido la mitad del perrito y la mayoría de las patatas, J.C. la miró y le dijo:

—Y ahora cuéntame qué ha pasado.

La luz de sus ojos se apagó de inmediato y J.C. casi lamentó haberla obligado a hablar, pero tenía la fuerte sospecha de que Laura necesitaba hablar del tema con alguien. Y resultaba que él estaba muy a mano.

—Laura, cuéntamelo —insistió cuando ella miraba a todas partes menos a él—. ¿Te ha dicho alguien algo?

—A mí no —respondió y describió el incidente entre Annabelle y Misty—. Creo que esta rivalidad o lo que sea no es algo nuevo. No tenía ni idea de que Annabelle fuera capaz de ser tan mala y mezquina. No han sido solo sus palabras, por muy horribles que hayan sonado, sino cómo las ha dicho. Quería ser cruel y que todo el mundo lo oyera. Quería hacer daño a Misty y avergonzarla.

—¿Y ninguna de las chicas ha hecho nada por detenerla?

—Solo Katie Townsend. Estaba con Misty y ha intentado ahuyentar a Annabelle, pero Annabelle la ha ignorado, como si fuera invisible. Las demás chicas se estaban riendo a carcajadas hasta que una me ha visto.

—Me temía que sería algo así —dijo J.C. desalentado—. Reunía todos los signos de un acoso escolar.

Laura lo miró sorprendida.

—¿En serio? Quiero decir, he visto a chicos empujándose en el patio o incluso pegándose en los pasillos, pero esta clase de ataque verbal es algo nuevo para mí —vaciló y suspiró profundamente—. Bueno, no lo es. Supongo que he intentado sacármelo de la cabeza, pero este incidente me ha recordado lo crueles que pueden ser los adolescentes deliberadamente.

J.C. aprovechó su despiste.

—¿Sufriste acoso?

Ella esquivó la pregunta.

—Eso no es importante. Tenemos que centrarnos en Misty.

Él sabía que era importante y se planteó si forzar o no el tema, pero decidió que Laura tenía razón al decir que su preocupación más inmediata era Misty.

—El acoso es algo que sucede demasiado a menudo —dijo rabioso—. Los chavales eligen un objetivo, alguien que consideran más débil, y utilizan todas las armas a su disposición para convertirlos en unos desgraciados. A menudo las palabras resultan tan efectivas como los ataques físicos, sobre todo si pueden animar a más chicos para respaldarlos. Y parece que eso es lo que está haciendo Annabelle.

Ella lo miró.

—¿Y qué hago ahora? No ha sucedido en horario escolar ni en ningún evento del instituto. Allí no he oído ni visto nada. ¿Tengo que avisar a la directora? ¿Hablo con Mariah Litchfield? ¿Hablo con Misty? ¿O con los padres de Misty? —su indignación era casi palpable—. Ojalá hubiera oído lo que le dijo en mi clase el otro día cuando empecé a hacerme una idea de lo que estaba pasando. Entonces habría sabido muy bien qué hacer.

La miró extrañado.

—¿Es que pasó algo en clase?

Ella asintió y le describió los cuchicheos que había oído cuando Misty había entrado el lunes por la mañana.

—No pude oír lo que dijeron, pero después de lo de hoy me hago una idea, aunque no me sirve de mucho.

J.C. pensó en lo importante que era que los adultos intervinieran en situaciones así antes de que fuera demasiado tarde. Con demasiada frecuencia solían mirar hacia otro lado, aunque al menos no parecía que Laura fuera a hacerlo, no después de lo que había oído allí. Tal vez incluso se involucraría aún más porque ella misma había pasado por algo parecido hacía años. Solo pensar en eso le hizo querer darle un puñetazo a algo.

—¿Quieres un consejo?

—Por supuesto.

—Menciónale discretamente esto a algunos compañeros tuyos, a los que veas en disposición de estar atentos al problema. Reúne un poco más de evidencia sólida y después, en cuanto pienses que ya tienes suficiente, acude a la directora. Doy por hecho que en el instituto tenéis una postura de tolerancia cero con el acoso.

—Totalmente —respondió con énfasis y, mirándolo con preocupación, añadió—: ¿Y qué pasa con Misty? ¿Debería hablar con ella? ¿Le digo que ya he entendido lo que está pasando?

—Podría ayudarla saber que tiene tu apoyo —dijo J.C. deseando poder ofrecerle también la suya. Pero sabía que si hasta el momento había estado callada, se sentiría humillada si creía que él sabía lo que se escondía detrás de su deseo de huir del colegio. Y no es que un poco de humillación fuera a ser más importante que ayudarla, pero por el momento tal vez eso se podía evitar siempre que Laura estuviera implicada y pendiente del asunto.

—Gracias —dijo Laura—. Necesitaba hablar con alguien de esto más de lo que creía.

—Me alegra estar aquí y, si alguna vez me necesitas como apoyo para este asunto, lo único que tienes que hacer es decírmelo.

—Gracias también por eso —le contestó aliviada—. Porque si todo esto estalla y al final tengo que hablar con Mariah Litchfield, la cosa se va a poner fea.

Él sonrió al imaginarse la situación.

—Ya he oído que es una madre demasiado protectora, pero en este caso no creo que fuera a ponerse en tu contra.

Es más, apostaría por ello.

Capítulo 7

—No me puedo creer que Annabelle tuviera el valor de decirte algo así delante de tanta gente —dijo Katie indignada cuando Misty y ella se sentaron en el jardín de la casa de Katie después del incidente en el festival—. Por lo menos la señorita Reed lo ha oído. Ahora así, si hablas con ella, te creerá.

Misty la miró consternada.

—No puedo hablar con ella. Todo es demasiado humillante. Si Annabelle se mete en problemas, todo empeorará. Hablarán con su madre, su madre armará un escándalo y no solo a mí, sino también a la señorita Reed, nos harán pedazos por el pueblo.

—No, si expulsan a Annabelle.

—Como si eso fuera a pasar. Su madre prendería fuego al instituto antes que dejarles echar a Annabelle.

Katie sonrió.

—¿No creerás que llegaría a hacer algo así, no?

—¿No te acuerdas de cuando la señora Litchfield fue detrás de la profe que suspendió a Annabelle en Educación Física en séptimo? Dijo que su niñita no tenía por qué sudar, que era antinatural y que la profesora debía de tener algún problema. Para cuando terminó con ella, medio pueblo pensaba que la profe era lesbiana o algo. Dejó su trabajo a final de curso.

Katie gruñó al recordarlo.

—Me acuerdo. Fue horrible. La señora Stevens era muy simpática. Los niños intentamos apoyarla, pero la señora Litchfield convenció a tantos adultos, que la señorita Stevens no tuvo más opción que marcharse.

—Y esa es la persona de la que estamos hablando. Si esto se convierte en una batalla entre Annabelle y yo, ¿quién crees que va a salir perdiendo? Si queda algo de barro por el que Annabelle no haya restregado mi nombre, su madre lo encontrará e intentará enterrarme en él.

Katie se la quedó mirando un segundo y se rio.

—No me extraña que a la señorita Reed no le guste nada que te saltes su clase de Lengua y Literatura. Tienes grandes dotes para el drama.

Lo que quedaba de la tensión de la mañana se esfumó y Misty se rio también.

—Puede que haya estado viendo todo esto desde el punto de vista equivocado. Es una experiencia de vida, ¿no? A lo mejor algún día escribiré una novela súper ventas en la que una chica que casualmente se llama Annabelle es abducida por alienígenas.

Pero, aunque sonreía mientras lo imaginaba, se dio cuenta de que para entonces su verdugo probablemente sería una cantante súper estrella a la que le importaría un bledo cualquier cosa que escribiera. Probablemente hasta se reiría.

Cuando Misty llegó a casa encontró a su madre sentada en la mesa de la cocina con una taza medio vacía de café y un plato intacto de huevos revueltos con tostadas. Ya que era la misma comida que había visto horas antes al salir de casa, supuso que su madre estaba teniendo otro de sus días malos.

—Mamá —dijo agarrándola suavemente del hombro—. ¿Estás bien?

Su madre la miró.

—Ah, estás en casa. ¿Qué tal ha ido el festival del otoño?

Al menos se había acordado de adónde le había dicho que iría esa mañana.

—Ha estado bien. No te has tomado el desayuno. Debes de estar hambrienta. ¿Por qué no te preparo unos sándwiches de queso a la plancha y una sopa?

—Gracias, cielo, pero no tengo hambre.

—¿Dónde está papá?

Su madre se encogió de hombros.

—Se ha marchado sin decir nada. A lo mejor está echando una mano en el festival.

Misty contuvo un suspiro. Su madre seguía engañándose; las dos sabían que eso no era nada probable. Su padre nunca se había ofrecido voluntario para hacer nada, así que, o estaba en un campo de golf con unos amigos, o había quedado con otra mujer en alguna parte.

Se preguntaba si sería trabajo suyo intentar hacer que su madre asumiera la realidad de lo que estaba pasando, ya que no había nadie más para hacerlo. Su madre había convertido a su padre en el centro de su universo y el deseo de él de divorciarse la estaba matando. Misty creía que el único modo de que su madre pudiera ser feliz era que reaccionara, le dejara marcharse y siguiera adelante con su vida. Sin embargo, tal vez eso era mucho más complicado de lo que parecía. Lo que tenía claro era que ella jamás se dejaría atrapar por un hombre de ese modo. Estaba claro que el amor era un asco.

Mientras reunía los ingredientes para preparar los sándwiches, sonó el teléfono. Miró la pantalla y vio que era de casa de los Litchfield. El corazón se le paró. No podía ser nada bueno. Dejó que saltara el contestador.

—Diana, soy Mariah Litchfield —comenzaba el mensaje—. Es la tercera vez que llamo esta mañana —añadió con impaciencia—. Tengo que hablar contigo sobre tu hija. Vuelve a llamarme en cuanto recibas estos mensajes.

Misty se sentó y miró a su madre, que no parecía haber oído las palabras.

—¿Has oído eso, mamá? Era la señora Litchfield. Dice que ha llamado antes.

—Seguramente —contestó su madre distraída—. Llevo toda la mañana sin responder el teléfono. ¿Por qué me llamará Mariah?

Esa era la oportunidad que debía aprovechar para contárselo todo, pero ¿cómo iba a hacerlo? Su madre estaba tan perdida en sus problemas que no podría asumir también los suyos.

—Annabelle y yo hemos discutido en el festival —dijo con cautela—. Así que seguro que su madre quiere decirte que soy una persona terrible.

Por un instante le pareció detectar un brillo de rabia en los ojos de su madre, pero ese brillo desapareció.

—¿Quieres que le devuelva la llamada? ¿Hay algo de lo que tenga que ocuparme? —le preguntó su madre desganada.

«Ojalá», pensó Misty. Pero sabía que no recibiría ayuda de su madre. Ella no podría con su problema además de con todo lo que estaba pasando en su vida.

—Ya me ocuparé yo —le respondió al poner los sándwiches sobre la plancha.

Lo único que deseaba era saber cómo hacerlo.

Laura temía que Misty volviera a saltarse la clase el lunes. Sin embargo, allí estaba, temprano y en primera fila. Asintió al verla para demostrarle lo satisfecha que estaba y fue directa a explicar la lección. La clase terminó sin incidentes, aunque Misty se quedó allí hasta que todos los demás se hubieron ido.

—Gracias por intervenir el sábado en el festival —dijo la chica en voz baja.

—De nada. Creo que ahora me hago una idea de qué ha estado pasando. ¿Quieres que me ocupe de Annabelle?

Misty sacudió la cabeza inmediatamente.

—Si le causo problemas, lo único que lograré será empeorar más las cosas.

—Sabes que el acoso escolar merece expulsión —le recordó Laura—. Si Annabelle es culpable de eso, se merece que la castiguen.

—No merece la pena —insistió Misty.

—Si lo que oí el sábado es una prueba de algo, entonces esto debe parar —le respondió Laura con determinación.

—No lo entiende. La madre de Annabelle hará que lo que está haciendo su hija parezca algo inocente. Me arruinará la vida y también arruinará la de usted cuando haya terminado. Ya ha llamado a mi madre para intentar hacer parecer que lo que pasó el sábado fue culpa mía.

Laura se quedó impactada.

—¿Quieres que llame a tu madre y la informe de lo que sucedió de verdad?

Misty negó con la cabeza.

—Mi madre no le devolvió la llamada. Ahora mismo tiene muchos problemas. Le juré que no era nada importante.

Laura frunció el ceño. Parecía que a Misty no iban a darle todo el apoyo que necesitaba en casa. Y al recordar lo que había hecho por ella Vicki Kincaid cuando sus padres se habían sentido demasiado avergonzados por su embarazo, le preguntó inmediatamente:

—¿Qué puedo hacer?

Misty se encogió de hombros.

—Nada, supongo. Pero me ayuda saber que lo ha entendido. Y también la señorita Martin. Oyó a Annabelle la semana pasada.

—No me gusta la idea de estar dejando que todo esto continúe. Creo que deberíamos dar parte.

—Por favor, no —le suplicó—. En cuanto la señora Donovan intervenga, la cosa se va a poner muy fea.

—¿Pero ya está fea, no? —le preguntó Laura con delicadeza.

—No tanto como podría llegar a ser —insistió Misty—. Puedo con Annabelle —se puso recta esperando que eso diera muestras de su valentía.

—Pero no saltándote las clases —dijo Laura con firmeza—. Eso ya ha dejado de ser una opción.

Misty pareció algo desconcertada por tu tono firme.

—¿Aunque usted sepa lo que está pasando?

—Precisamente porque sé lo que está pasando. No vas a arriesgar tu futuro ni tus notas saltándote las clases y arriesgándote a que te expulsen cuando aquí la víctima eres tú.

—¿Seguro que no puedo cambiarme a la clase normal de Lengua? A lo mejor el señor Jamison también me deja salir de la clase de Matemáticas para avanzados. Eso haría que todo fuera más sencillo.

—¿Renunciarías a todo por lo que te has esforzado tanto y dejarías que Annabelle saliera ganando? ¿Te parecería justo?

—No me importa si es o no justo. Lo único que quiero es que esto termine.

—Misty, puede que no sepa cuándo empezó todo esto ni cuánto ha empeorado la situación, pero lo que sí sé es que Annabelle no lo va a dejar pasar solo porque dejes de estar en su clase.

Misty suspiró con gran abatimiento.

—Probablemente no —admitió—. Pero al menos no tendría que verla dos veces al día riéndose de mí con sus amigas.

Muy a su pesar, Laura tenía que reconocer que en eso tenía razón. Sin embargo, no significaba que fuera a autorizar un cambio de clase.

—Vamos a pensar un poco más en esto. Seguro que entre las dos podemos dar con una solución.

Misty la miró dudosa, pero asintió.

—De acuerdo.

—Volveremos a hablar mañana.

—Claro. Será mejor que me vaya corriendo. Ahora me toca con el señor Jamison. No es nada observador, pero sí que se fija cuando la gente entra en clase después de que haya sonado la campana.

—¿Quieres que te dé un justificante?

—No, se me da bien esquivar el radar.

Y si no, tal como supuso a pesar de haberla advertido muy seriamente, Misty se pasaría la siguiente hora escondida en alguna parte. Se sentó con un suspiro y de pronto deseó poder llamar a J.C. y preguntarle si creía que había manejado la situación tan mal como se temía.

No había dejado de pensar en Laura desde el sábado cuando la había encontrado agitada tras su encuentro con esas chicas en el festival. Era desconcertante la frecuencia con la que últimamente se colaba en sus pensamientos. Hacía años que ninguna mujer lo lograba y cada vez que había salido con alguna, si es que lo había hecho, lo hacía con mujeres independientes que no buscaban ataduras y que no eran vulnerables. Laura era una intrigante mezcla entre fortaleza y vulnerabilidad. Y le había calado muy hondo, de eso no había duda.

Pero además estaba el asunto de Misty que, por supuesto, tampoco podía sacarse de la cabeza.

A las tres en punto, y sabiendo que las clases habían terminado, sacó el móvil y marcó el número de Laura, que le había pedido la primera noche que se habían reunido para hablar de Misty. Sonó varias veces antes de que ella respondiera.

—Lo siento —se disculpó de inmediato—. Tenía el teléfono en el fondo del bolso. No suelo estar pendiente.

—Parece que tengo la habilidad de pillarte con la guardia bajada.

—¿J.C.?

—Ah, has reconocido mi voz. ¿Debería sentirme halagado?

—Podrías, aunque también podría decir que le he echado un vistazo al identificador de llamadas.

—¿Y lo has mirado?

—No, estaba demasiado ocupada intentando responder la llamada.

—Mira, han cancelado mi última consulta y me preguntaba si tendrías tiempo para un café alrededor de las cuatro y media en Wharton's.

—¿Ni siquiera vas a intentar chantajearme con lo más rico? —bromeó.

J.C. se rio.

—Bueno, sí, supongo que podría sacarle un par de tazas de café a Erik y llevárnoslas al parque.

—Eso sería mejor que ir a Wharton's, y no solo por el café.

—Por los cotilleos —concluyó él.

—Grace es conocida por eso. Más que conocida, venerada. Así que tal vez no sea buena idea darle munición para alimentar los chismorreos.

—Vale, entonces nos vemos en el banco debajo de nuestro roble junto al lago a las cuatro y media. ¿Quieres algo para acompañar el café? Si voy a chantajear a Erik, puedo ir a por todas.

—Sorpréndeme —le dijo sorprendiéndolo a él.

Parecía mucho más animada que el sábado. Tal vez había estado preocupado todo el fin de semana por nada y a lo mejor ya tenía controlado el problema entre Annabelle y Misty.

—Pues entonces nos vemos luego —respondió justo cuando Debra abrió la puerta y le hizo una señal—. Tengo que colgar. Ha llegado mi siguiente paciente.

—Imagino que no será Laura Reed otra vez —dijo Debra cuando iban juntos hacia la sala de reconocimiento.

—Y yo imagino que si hubiera sido ella no sería asunto tuyo —le contestó animadamente.

Ella lo miró con mala cara.

—¿Y si te dijera que estaba pensando en rellenar ese hueco que ha quedado en la agenda a las cuatro?

—Te diría que no lo hicieras —respondió ganándose una petulante mirada.

—¡Lo sabía! —dijo ella con aire triunfante—. Supongo que si no puedo emparejarte con Jan, Laura tampoco es mala sustituta. Aunque no me había imaginado que te gustaran las tímidas y discretas.

—Eso es porque nunca has sabido nada sobre mi gusto en mujeres —le recordó—. No hacías más que lanzarme candidatas esperando que alguna encajara.

—Bueno, tenía que hacer algo. Un buen partido como tú no podía quedarse solo. Habría sido un crimen.

—¿Y eso quién lo dice?

—Creo que hablo por todas las solteras de Serenity.

Él se rio.

—Limítate a la enfermería, Debra. Vuelca en ella toda tu energía.

—Como si te hubiera pedido consejo —asintió hacia la sala de reconocimiento—. Por si lo quieres saber, Johnny Taylor está bien. Es su madre soltera la que echa de menos tu toque especial —sonrió—. Y sé que no me has pedido opinión.

—Te lo agradezco de todos modos —respondió J.C. Christine Taylor no sería la primera madre soltera que llevaba a un niño perfectamente sano para una consulta innecesaria.

Diez minutos más tarde, un sonriente Johnny salía con una piruleta de cereza y su contrariada madre estaba pagando la factura y ni se molestaba en ocultar su decepción por el hecho de que J.C. no hubiera mostrado el más mínimo interés en ella.

Descolgó su chaqueta de la puerta y salió por un lateral

del edificio. Veinte minutos después llegó al parque con cafés y una porción de tarta de lima que esperaba que Laura compartiera con él si lograba convencerla. Por si acaso, había llevado dos tenedores.

La encontró sentada en el banco junto al camino cerca del árbol, pero no debajo. Tenía la cabeza girada hacia el sol y los ojos cerrados.

—¿Echándote la siesta? —le preguntó en voz baja al sentarse.

—Solo disfrutando del día —respondió ella sonriendo, pero sin abrir los ojos—. Me encanta cuando el aire empieza a parecer de otoño. El sábado aún parecía verano, pero hoy por fin estoy sintiendo ese fresquito en el aire. Hace que apetezca el sol.

—He traído café y tarta.

—Ah —murmuró abriendo los ojos y girándose hacia él.

Esa expresión adormilada de su rostro lo dejó atónito porque de pronto no podía dejar de imaginar lo que sería despertar a su lado.

—¿Qué clase de tarta?

—¿Eh? —preguntó él antes de reaccionar y volver al presente.

Ella señaló el envase.

—La tarta. ¿De qué es?

—De lima.

—Perfecto. Una de mis favoritas —volvió a mirar el pequeño recipiente—. ¿Solo una porción? ¿Dónde está la tuya?

—Había pensado que compartirías conmigo aunque fuera un mordisco.

—Deja que la pruebe y después ya veremos.

—Algo me dice que tenemos que establecer las negociaciones ahora —dijo él apartando la tarta—. Seguro que en cuanto la pruebes, voy a salir perdiendo.

—Podría ser.

—Entonces, ¿te comprometes a compartirla?

Ella se le quedó mirando pensativa.

—Sería justo, ya que tú la has comprado.

—Es verdad.

—Pero podría estar riquísima y me has dicho que la habías traído para mí.

J.C. sonrió.

—También es verdad.

—Vale, un mordisco —accedió a regañadientes.

—Tres.

—Dos y es mi última oferta.

J.C. se rio.

—Está claro que la próxima vez no debo meterme entre tu tarta y tú.

—Puede que sea lo más sensato.

—Y creo que le daré mis dos bocados antes de dártela, solo para evitar que te arrepientas.

—Me he comprometido —dijo indignada.

—Vale, pues aquí tienes —le respondió pasándole la tarta y viendo cómo le daba el primer mordisco y dejaba que el relleno de crema de lima se derritiera en su boca. Verla saborear esa tarta resultó excitante, tanto que casi odió ver que se terminaba su parte y le daba el resto. Aun así, por cuestión de principios, lo aceptó. Sin embargo, por muy buena que estuviera la tarta, no resultó tan satisfactoria como verla a ella disfrutar de su sabor.

Laura dio un sorbo de café y lo miró.

—Bueno, ¿por qué me has llamado, J.C.? Seguro que no ha sido solo para poder darme tarta.

—Hoy no he podido sacarme a Misty de la cabeza —respondió admitiendo solo la mitad de la verdad. Cuando ella se mostró algo escéptica, él se encogió de hombros—. Ni a ti. Me quedé preocupado el sábado. Estaba claro que te tomaste muy en serio aquel desagradable incidente.

—Si hubieras oído a Annabelle, tú también te lo habrías tomado muy en serio.

—Estoy pensando que te afectó más porque te recordó algo que te había pasado a ti —sugirió viendo un brillo de verdad en sus ojos a pesar de que ella intentó quitarle importancia.

—Déjalo estar, J.C. Pasó hace mucho tiempo.

—¿Y tú lo has dejado atrás? —le preguntó con escepticismo—. Porque no me da esa impresión.

Ella suspiró.

—Creía que sí, al menos la mayor parte. Pero hay cosas que nunca olvidaré.

—¿Como por ejemplo? —preguntó él sabiendo que probablemente la respuesta importaba más de lo que podría imaginarse.

Ella se mantuvo en silencio y mirando a algún punto en la distancia antes de, finalmente, mirarlo con lágrimas en los ojos.

—En otro momento, ¿de acuerdo? Por favor.

Él le secó con un dedo la lágrima que le caía por la mejilla y asintió a regañadientes.

—En otro momento. Pero no lo olvidaré, Laura.

Los labios de ella se curvaron en una compungida sonrisa.

—De eso estoy segura.

J.C. se recostó en el asiento y forzó un tono de voz más despreocupado.

—Bueno, ¿y qué tal hoy en clase?

—Por fin he mantenido una charla sincera con Misty. Aún se muestra muy reservada, pero al menos ya no niega que existe un problema real entre Annabelle y ella.

—Eso debería bastar para acudir a la directora, entonces —dijo aliviado de que el problema fuera a resolverse pronto.

—Me temo que no. Misty se opone rotundamente y tengo la sensación de que si intento forzar el tema, lo negará.

—¿Y por qué iba a hacerlo? —preguntó J.C. con frustración—. Tiene que saber que esto no está bien.

—Lo sabe, pero está convencida de que acudir a la directora lo empeorará mucho más —lo miró hastiada—. Y podría tener razón. He oído muchas historias sobre Mariah Litchfield y cómo funciona. Ya ha llamado a la madre de Misty unas cuantas veces y Misty está segura de que intenta echarle toda la culpa a ella.

—Podría ser bueno que Diana se implicara en el problema. Seguro que saldría en defensa de Misty.

—Habría pensado lo mismo, pero después de hablar con Misty, no estoy tan segura.

—Conozco a Diana. Es una madre fantástica.

—Siempre lo he pensado, pero me parece que en casa está pasando algo más. No tengo ni idea de qué podría ser, pero creo que Misty no considera que pueda contar con su madre ahora mismo.

—¡Qué desastre! —murmuró J.C. Respiró hondo y dijo con decisión—: Entonces depende de nosotros.

Laura lo miró atónita.

—¿Nosotros? J.C., sé cuánto quieres ayudar, pero no has presenciado nada.

—He visto lo consternada que está Misty. Ha querido dejar el instituto por esto y acudió a mí pidiendo una exención.

—Pero según los datos que tienes, simplemente podría haber tenido un mal día o haber querido dejar los estudios sin motivo en particular.

—Conozco los signos de un acoso cuando los veo —discutió con terquedad. Probablemente lo sabía mucho mejor que ella. Y también conocía las potenciales consecuencias desastrosas que podrían darse si aquello continuaba.

—Y yo conozco a Betty —contestó Laura—. Va a querer pruebas sólidas, incidentes que hayamos presenciado. Y no porque no vaya a creernos a Misty o a mí, sino porque será ella la que tendrá que hacer frente a la ira de Mariah Litchfield.

—No me parece bien que se esté tan pendiente de la chica que está creando el problema mientras la víctima sufre.

Laura lo miró con curiosidad.

—Te veo muy volcado en el tema. ¿Tiene que ver con algo más que con Misty?

Él pensó en cómo de personal le resultaba el asunto, aunque no era algo de lo que hablara nunca. Al parecer, los secretos bien guardados eran algo que Laura y él tenían en común.

—Me preocupo, eso es todo.

No parecía muy convencida, pero por suerte dejó pasar el tema.

—¿Seguro que me avisarás si crees que hay algo que pueda hacer? —insistió él—. Lo que sea, ¿de acuerdo?

—Por supuesto.

—¿Y cómo estás tú? Debes de sentirte tan frustrada como yo.

Por primera vez, él vio hastío y pesar en su mirada.

—Ni te imaginas, pero estoy atada de manos hasta que Misty me dé más información o yo presencie algo más.

—No te preocupa que Mariah vuelque toda su ira en ti, ¿verdad?

En cuanto pronunció esas palabras, pudo ver un brillo de verdadero enfado en sus ojos.

—No hay nada que Mariah Litchfield pueda hacerme —contestó Laura—. Nada que no pueda soportar. Pero llevo en el sistema tiempo suficiente para saber que sin pruebas sólidas, una acusación así podría hacerle más daño a Misty que a Annabelle. Seguro que tú también lo sabes.

J.C. suspiró profundamente.

—Sí, y siento haber sugerido lo contrario, pero es que todo esto me enfurece.

—Créeme, no tienes las de ganar, pero solucionaremos esto, J.C. Cualquier otra cosa sería inaceptable.

Él asintió ante su rotunda declaración y supo con certeza que Misty no podría tener mejor aliada. Lo que le frustraba ahora mismo era no tener esas pruebas de las que ella hablaba para poder apoyarla.

Capítulo 8

Era más tarde de las seis cuando por fin Laura llegó a casa después de reunirse con J.C. en el parque. El teléfono estaba sonando cuando entró y, al ir a contestar, vio que tenía tres mensajes, lo cual no solía ser habitual haciendo tan poco rato que había salido del colegio. Normalmente su teléfono no sonaba hasta la noche, si es que sonaba.

—Vaya, vaya, vaya —dijo Nancy cuando contestó—. Sentada en el parque con el doctor Fullerton compartiendo un café y un picoteo ahí, donde todo el mundo podía veros. ¿Y sigues diciendo que no pasa nada entre los dos?

—Eso es —confirmó Laura—. Porque es la verdad.

—Entonces explícame por qué he tenido cuatro llamadas al móvil antes incluso de llegar a salir del instituto. Todos los profesores que han pasado por allí de camino a casa os han visto sentados el uno al lado del otro acaramelados y con pinta de estar muy a gusto, según cada uno de los documentados y entusiastas informes.

—Me sorprende que no hayas ido hasta allí tú misma para comprobarlo —farfulló Laura colorada de vergüenza.

—Oh, créeme, lo he hecho. Y he de encomiar la precisión del informe. «A gusto» sin duda es el calificativo que yo habría elegido. Otro podría ser «íntimo».

—¿Para ti que dos personas se sienten en un banco de un parque público a beber café es algo íntimo?

—Ey, hace tres años que no tengo una cita, así que yo no puedo hablar —respondió Nancy—. Para mí estrecharle la mano a un hombre que esté disponible ya supone algo íntimo.

A pesar de estar molesta con esa repentina fascinación que había despertado su inexistente vida social, Laura se rio.

—Nancy, eres tú la que dijo que iba a declarar una moratoria a todos los hombres después de tu amarguísima ruptura con Steve. Si quieres salir con alguien, rescinde la moratoria.

—Lo haría si J.C. se hubiera fijado en mí, pero está claro que solo tiene ojos para ti. Debe de ser por esa señal de «no disponible» que llevas en la frente. Los hombres no pueden resistirse a un desafío.

—Si fuera así, estarían detrás de ti. Yo he salido con gente de vez en cuando, así que no es que no esté disponible.

—Pero nunca has salido más de dos veces con un mismo hombre —contestó Nancy—. No dejas de decir que no sirve de nada darles esperanzas cuando sabes que la relación no va a funcionar. Para mí es un misterio cómo puedes saber eso después de solo dos citas.

—En realidad, lo puedo saber después de la primera. Quedo una segunda vez para que no se sientan ofendidos ni piensen que es una decisión desconsiderada. Intento ser justa.

—¿Y cómo explicas todas estas citas con J.C.? ¿No te preocupa su ego?

—Estoy segura de que el ego de J.C. se encuentra en muy buen estado, y no me preocupa porque no estamos saliendo —respondió frustrada—. Mira, acabo de entrar por la puerta y tengo hambre. Voy a ver si hay algo en la nevera para la cena. Con una tarta no me va a bastar.

—Así que has tomado primero el postre. Apuesto a que era la tarta de lima de Sullivan's.

—¿Es que llevas prismáticos en el coche, por el amor de Dios?

—No, simplemente tengo muy buena vista y una fuerte motivación. No malgastes esta oportunidad, Laura. Lo digo en serio. J.C. es un gran partido para cualquiera.

Laura pensó en su amabilidad y compasión, en su ingenio e inteligencia. Que además fuera guapísimo era una ventaja añadida. Con todo ello, le resultaba difícil negar lo que le decía su amiga. Y tampoco podía negar esas chispas que Nancy decía haber visto entre ellos, pero hacía años que había aprendido a desconfiar de las chispas. Esas chispas hacían que la gente cometiera locuras, cosas irresponsables. ¿Es que no había aprendido por las malas?

—Supongo que si me interesara volver a salir con alguien, él sería un candidato genial —admitió—. Pero no es la relación que tenemos. Él no quiere ser el pretendiente de nadie.

—Seguro que podrías hacerle cambiar de opinión.

—No estoy segura de que esté preparada para la humillación que supone que te rechacen después de que la persona en cuestión te haya dicho claramente que no le interesa tener ninguna relación con nadie. Lo siento, pero voy a tener que pasar.

Nancy suspiró exageradamente.

—Qué tonta eres. Bueno, tengo que colgar. Mañana te veo. Tendré que hacerte ver el error que estás cometiendo.

Después de colgar, Laura se sentó en la mesa de la cocina y pensó en las veces que había visto a J.C. últimamente. Esas malditas chispas habían sigo innegables e incluso él había admitido que había pensado en ella, y eso, en cierto modo, resultaba aterrador. ¿Y si de pronto decidía que ya no le tenía tanta aversión a tener una relación con alguien?

Sin embargo, él se había asegurado de que le quedara claro que no acostumbraba a salir con nadie. Y ahora ella se preguntaba por qué, debía de haber alguna historia detrás. Tal vez si pudiera descubrir la respuesta a ese misterio, sabría si estaba tan decidido como ella a ignorar esas condenadas y tentadoras chispas.

—Estás jugando a un juego peligroso, amigo mío —se burló Cal Maddox cuando J.C. apareció por el gimnasio.

J.C. lo miró perplejo.

—¿Juego?

—Con Laura Reed.

J.C. se enfureció.

—¿A qué se supone que estoy jugando con Laura?

—Por lo que me cuentan fuentes muy informadas, últimamente has estado mucho con ella.

—¿Y?

—Hay comentarios —dijo, como si eso fuera suficiente explicación.

—Estamos en Serenity —contestó J.C. encogiéndose de hombros—. Por aquí la gente siempre habla de algo.

Cal se rio.

—Es verdad, pero ahora de lo que se habla es de que Laura y tú tenéis algo. Ya que desde hace mucho tiempo, y basándome en tu negativa a aceptar cualquier cita a ciegas que te proponen, tengo la impresión de que no quieres tener una relación seria con nadie, imagino que no es bueno que hablen de esto.

Por fin J.C. vio por dónde iba. ¡Y eso que decían que las mujeres eras unas grandísimas cotillas!

—¿Estás intentando proteger a Laura? ¿Es eso? —le preguntó a Cal.

—¡Ah, claro! Se la aprecia mucho en el pueblo, sobre todo después de la maravilla que ha hecho con el festival del sábado. Se estará hablando de ello durante años.

—Vale, ¿pero qué tiene eso que ver conmigo?

—Si alguien la hace sufrir, a ninguno de sus admiradores les va a hacer gracia.

—Ah. Pues deja que te asegure que no tengo intención de hacerla sufrir.

Cal no parecía muy satisfecho.

—¿Porque tus intenciones son serias y honorables? ¿Porque no tienes las miras puestas en ella o porque crees que esto es un juego pasajero? Te lo repito, si es solo un juego, es peligroso. La gente va a enloquecer. Y habiendo sido víctima de lo mismo hace unos años, puedo asegurarte que no te resultará divertido.

J.C. lo miró con incredulidad.

—¿Enloquecer? No puedes estar hablando en serio.

—Oh, sí —le confirmó Cal—. Ya he oído a mi mujer murmurando, incitada por alguna otra de las Dulces Magnolias que formaban parte del comité de Laura.

—¿Murmurar? —repitió J.C. desconcertado. Esa era, probablemente, una de las razones por las que era un candidato terrible para otro matrimonio. El funcionamiento de la mente femenina lo superaba.

—Que yo recuerde, dijeron algo sobre «si le hace daño, lo mato». Maddie lo dijo muy en serio.

Y ya que la mirada de Cal no parecía expresar mucha diversión, debía de estar hablando en serio.

J.C. sacudió la cabeza, se alejó unos pasos y volvió.

—He conocido a Laura hace un par de semanas. La he visto unas cuantas veces y ni siquiera han sido citas. ¿Cómo se han podido sacar tanto las cosas de quicio?

—Porque la has visto unas cuantas veces en menos de un mes —le explicó Cal pacientemente—. Según entiendo la lógica del asunto, el compromiso debería ser inminente. Eso sería lo que en Serenity verían conveniente.

—Las mujeres de este pueblo están locas —murmuró J.C.

Cal se rio.

—Ni se te ocurra decir eso en público y, mucho menos, delante de mi mujer o de las demás Dulces Magnolias. ¿No sabes que ya te ven sospechoso en ese círculo porque trabajas con el ex de Maddie? Tienen una opinión penosa de Bill Townsend.

—Eso he oído, pero es un buen médico —respondió J.C. sintiéndose obligado a defender a su socio—. Y ha puesto su vida en orden.

Cal asintió.

—Eso también lo veo. Sin embargo, las mujeres tienen mucha memoria y no se les olvida nada.

—¿Entonces por culpa de Bill nunca me van a dar su sello de aprobación? —preguntó perplejo.

—Decir nunca es exagerar, pero será un proceso.

J.C. sacudió la cabeza. Todo ello parecía mucho más complicado que su tranquila existencia de soltero.

—Cada vez me parece mejor la idea de no salir con nadie en este pueblo.

Cal le lanzó una mirada de decepción.

—Si te alejaras de una mujer genial como Laura por unos pocos obstáculos, entonces no eres el hombre que creía.

—¿Así que me estás animando a salir con ella?

—Claro, pero solo si vas en serio. O al menos creo que ese es el mensaje que debería transmitirte. Pero, claro, no soy más que un hombre. Podría haberlo entendido mal.

—¡Que Dios me ayude!

—Sí, eso sí que te va a venir bien.

En cuanto J.C. entró por la puerta de su casa marcó el número de Laura.

Una vez contestó, le preguntó:

—¿Te has fijado en que en este pueblo todos están como cabras?

Ella se rio.

—Creo que preferirían que los llamaras «excéntricos» o «peculiares». Llevas años viviendo aquí. ¿Hay alguna razón en particular por la que hayas llegado a esa conclusión ahora?

—Cal Maddox me ha soltado un sermón esta noche —le dijo con indignación.

—¿Sobre qué?

—Sobre ti.

La oyó tomar aire desde el otro lado de la línea.

—¿Sobre mí? —repitió Laura al momento—. ¿Y por qué te iba a sermonear sobre mí?

—Al parecer hay una preocupación extrema por que te pueda romper el corazón.

—Ya —contestó ella y se rio—. Lo siento, pero es muy típico. En esta comunidad nadie puede pasar cinco segundos con alguien del sexo opuesto sin que todos metan baza. Me sorprendería que no estén organizando apuestas en Wharton's.

—¿Apuestas? ¿Qué clase de apuestas?

—Sobre cuánto tardaremos en casarnos, por supuesto. Y para que lo sepas, por aquí tampoco estoy teniendo una noche tranquila. Mi teléfono no deja de sonar. Al parecer, sentarnos en el parque no ha sido más inteligente que tomar el café en Wharton's. Hay espías por todas partes.

—Bueno, pues eso me parece igual de locura.

—Y tanto que lo es, pero es una de las cosas que le da a este pueblo su calidez y encanto.

La charla parecía estar divirtiéndola más que amenazándola.

—Esto no te molesta, ¿verdad? —le preguntó él deseando poder llegar al mismo nivel de serenidad que ella adoptaba ante semejante locura.

—Me da vergüenza, pero ¿por qué molestarse o enfadarse? Los dos sabemos la verdad. ¿No es eso lo que importa?

J.C. sintió cómo la tensión de sus hombros por fin empezaba a disiparse. Si ella podía asumir bien las habladurías, él sin duda podría soportarlo.

—¿Cuántas llamadas has tenido exactamente? —le preguntó por curiosidad.

—Cuatro de amigas del instituto y tengo tres mensajes

en el contestador a los que aún no he respondido. Y una llamada me ha pillado justo cuando entraba por la puerta. Sabía lo de la tarta y tengo que admitir que hasta eso me ha dejado atónita.

—¿Y eso no se podría considerar un poco de acoso o algo? Es raro.

—Me ha dicho que simplemente es observadora. No creo que tengamos que preocuparnos por acoso hasta que veamos a gente escondida entre los arbustos en la puerta de nuestras casas para ver si estamos juntos.

Solo pensar en esa posibilidad hizo que J.C. se estremeciera.

—A lo mejor deberíamos quedar y hablar un poco más de esto para pensar en alguna estrategia.

—¿Estrategia para qué? —preguntó ella.

—Para cortar de raíz estos chismorreos.

—¿Y crees que volver a quedar va a ser de ayuda? —le preguntó riéndose—. No servirá más que para echar más leña al fuego.

—Pues entonces tendremos que evitarnos del todo —concluyó J.C. no muy contento con la alternativa.

—Sería lo más inteligente si lo que quieres es acabar con las habladurías —asintió ella, aunque parecía tan poco entusiasmada con el plan como él.

—No me servirá —respondió J.C. sorprendiéndose a sí mismo.

—¿Ah, no?

—Tenemos el problema de Misty —dijo buscando una excusa para cubrir el hecho de que simplemente no quería sacar de su vida a esa inteligente, ingeniosa y atractiva mujer. Al menos no hasta que descubriera por qué le había calado tan hondo y tan rápido.

—Es verdad, pero ya que es un problema del instituto, no tienes por qué involucrarte.

—Misty acudió a mí en busca de ayuda, así que estoy involucrado —dijo corrigiéndola.

—Podría llamarte simplemente para mantenerte al corriente —sugirió Laura.

Su aparente predisposición a dejar de verlo lo molestó.

—Tengo intención de no apartarme de este asunto hasta que esté seguro de que el acoso a Misty ha terminado. No vas a librarte de mí tan fácilmente, Laura. Soy el médico de Misty. Tengo mi parte de responsabilidad en esto y pienso tomármelo en serio.

—Ey, eres tú el que está súper molesto por un poco de chismorreo. Yo solo intentaba buscar un modo de ponerle fin a esto —dijo a la defensiva.

¡Y ahora se había enfadado con él! Eso le pasaba por intentar tener una simple relación platónica con una mujer. ¡Cuánto se complicaban las cosas!

Como el hecho de que en ese mismo momento no pudiera imaginar nada que quisiera más que terminar esa ridícula conversación en la cama, besándola hasta que su indignación diera paso a murmullos de placer. La imagen la tenía muy vívida en la mente, tanto que tuvo que tragar saliva para intentar respirar antes de decir nada.

—J.C., ¿sigues ahí?

—Estoy aquí.

—Bueno, ¿y qué vamos a hacer?

—Vamos a cenar en Sullivan's mañana por la noche —respondió con decisión—. Y esta vez sí que será una cita.

Le pareció oír un ligero grito ahogado al otro lado. ¡Bien! Por una vez había logrado desconcertarla.

—Pues eso no me ha sonado como una invitación.

De pronto, Laura sonó muy remilgada y correcta y él descubrió que ese tono lo excitaba mucho.

—¿Te gustaría cenar mañana en Sullivan's? —le preguntó intentando no apretar los dientes para que no pareciera que esas palabras estaban saliendo en contra de su voluntad.

—Me encantaría cenar. Pero solo una cosa.

—¿Qué?

—¿Tienes idea de lo que vas a provocar?

Él pensó en la respuesta un segundo antes de decir:

—¿En el pueblo? Mucho. ¿Entre nosotros? Ni idea.

Ella se rio.

—De acuerdo, entonces supongo que estamos en la misma onda. La cena podría resultar interesante.

—Oh, no lo dudes —le prometió. Ahora solo tenía que recordar cómo funcionaba eso de las citas. Últimamente la mayor parte de su encanto quedaba reservado a evitar que los niños le mordieran cuando les estaba poniendo inyecciones y dudaba que las mismas técnicas pudieran funcionar tan bien con Laura.

Una vez más, Misty había preparado la cena ya que parecía que su madre no estaba muy dispuesta a hacerlo.

—¿Sopa y sándwiches de queso otra vez? —se quejó su hermano cuando lo llamó para que fuera a la cocina.

—Shh —le dijo lanzando una mirada de advertencia en dirección a su madre.

Jake tenía trece años y eso implicaba que no se estuviera enterando de nada de lo que sucedía. Agarró su sándwich y su cuenco de sopa y se levantó de la mesa.

—Voy a cenar en mi cuarto —dijo según se marchaba.

Misty suspiró y volvió a centrar la atención en su madre.

—Mamá, tienes que comer algo. Si no lo haces, caerás enferma.

Su madre parpadeó como sorprendida, la miró y miró la comida.

—Oh, cielo, no tenías por qué hacerlo. Yo podría haber preparado algo.

—¿Cuándo, mamá? Ya son más de las siete. Además, no es para tanto calentar algo de sopa y preparar unos sándwiches.

—Pero no es tu trabajo —protestó Diana sin muchas ganas. Se tomó una cucharada de sopa de verduras y apartó la cuchara. Dejó el sándwich intacto.

—Mamá, por favor, come más.

—Estoy bien. No te preocupes por mí. ¿Ha llegado tu padre?

Misty frunció el ceño. Si su padre estuviera en casa, ¿no lo sabrían todos?

—Ni rastro de él. Y tampoco ha llamado.

Por un momento su madre pareció salir del letargo.

—Hablando de llamadas, hoy me ha llamado Mariah Litchfield. ¿Qué está pasando exactamente entre Annabelle y tú?

—Ya te dije el otro día que no te preocuparas. Lo tengo controlado.

—Pues no lo parece, según lo que cuenta Mariah. ¿Es que pasó algo en el festival de otoño?

—Ya te lo conté. Annabelle y yo discutimos, pero no fue para tanto.

—¿Seguro? —le preguntó su madre mirándola fijamente. Por primera vez parecía como si de verdad le importara algo más que su propia vida—. Sabes que conozco a Mariah de toda la vida y sé cómo puede ser en lo que respecta a Annabelle. No te metas con esa chica, Misty. Es mejor mantenerse alejado de ella.

—Créeme, eso intento.

—¿No estarás intentando causarle problemas, no? Porque eso es lo que ha dejado caer Mariah.

—Nada de eso —respondió Misty indignada. Estaba haciendo todo lo que estaba en su poder para evitar causar problemas. Annabelle era la que no dejaba de meterse con ella y hacer que fuera imposible—. ¿Y qué le has dicho a la señora Litchfield?

—Que hablaría contigo.

—Pues ya has hablado —dijo Misty incapaz de ocultar la amargura en su voz.

—¿Por qué me da la sensación de que me estoy perdiendo algo?

—Ni idea. Tengo deberes. Me voy a mi cuarto.

Por primera vez se sintió aliviada de que su madre no le discutiera. Ni siquiera le recordó a Misty que le dijera a Jake que bajara a meter los platos en el lavavajillas, lo cual probablemente implicaba que seguirían en la mesa de la cocina a la mañana siguiente. Aunque eso era mejor que hablar sobre Annabelle un minuto más.

Misty volvió a quedarse en clase después de Lengua y Literatura con el fin de dejar que el resto de alumnos se le fueran adelantando para llegar a sus otras clases. La señorita Reed se estaba portando genial en ese sentido, y ni siquiera había hablado con Annabelle ni una sola vez. Es más, últimamente parecía casi tan distraída como su madre, tanto que Misty se preguntó qué estaría pasando en su vida. Era curioso, pero hasta ahora nunca se había planteado cómo serían las vidas de los profes fuera del instituto.

—Misty, más te vale darte prisa si no quieres llegar tarde —dijo poco después la señorita Reed—. A menos que haya algo de lo que quieras hablar conmigo.

—Nada —se apresuró a responder mientras recogía rápidamente sus libros.

Apenas había salido al pasillo cuando se vio rodeada por Greg Bennett y otros dos chicos del equipo de rugby.

—¿Bueno, qué? —le preguntó Greg con una mirada de lo más impúdica—. Por lo que he oído, últimamente te has estado saltando muchas clases. ¿Por qué no una más a cambio de un poco de diversión? ¿Tú y yo en mi coche? Te prometo que lo pasarías bien.

Misty se sintió como si fuera a vomitar allí mismo.

—Apártate, Greg —dijo sacando de lo más hondo de su ser un poco de fuerza.

Él se rio de ella y sus amigos se daban codazos unos a otros sin ni siquiera molestarse en ocultar la gracia que les había hecho ese penoso intento de esquivar a Greg.

—¿Y quién me va a obligar? Tú no, seguro.

—¿Y Annabelle? —sugirió mirándolo directamente a los ojos—. ¿Crees que podría obligarte a apartarte si alguna vez tuviera agallas?

Unas risotadas fueron la respuesta al comentario, cosa que, claramente, enfureció a Greg.

—Annabelle no tiene nada que ver contigo y conmigo.

—Pues ella parece pensar lo contrario. Cree que eres su propiedad privada y estoy harta de llevarme las culpas por ti. No ando detrás de ti, no me interesas y me encantaría no volver a verte nunca —y mirando a sus amigos, añadió—: ¿Habéis captado el mensaje? Pues pasadlo.

Se abrió paso entre los tres a empujones y prácticamente fue corriendo a la siguiente clase. No dejó de temblar hasta que pasó la hora.

Sabía que esa escenita le saldría cara. Lo sabía. Y no porque Greg fuera a decir que lo había rechazado, ya que su ego no se lo permitiría, sino porque esos amigos suyos eran unos bocazas. Annabelle se enteraría por ellos o por cualquiera de las docenas de chicos que habían pasado por delante de ellos, y cuando llegara la noche empezaría a soltar más basura por Internet.

Pero después de que la hubieran llamado «zorra» y de que hubieran hecho circular un millón de rumores asquerosos sobre todos los chicos con los que supuestamente se había acostado, ¿cuánto más podían empeorar las cosas? Al menos por una vez les había plantado cara. Y si podía enfrentarse a Greg, que era un cretino, y sobrevivir a ello, ¿tan difícil sería encontrar el modo de ocuparse de Annabelle?

Tal vez había estado cometiendo un error todas esas semanas al adoptar el papel de víctima. ¿No decían que la mayoría de los acosadores eran en el fondo unos cobardes? Había dado por hecho que no había forma de defenderse sin empeorar las cosas, pero tal vez sí que la había.

Solo tenía que encontrarla. Resultaba alucinante, pero poco a poco estaba empezando a sentirse lo suficientemente fuerte como para hacerlo.

Capítulo 9

Laura hizo lo que pudo por mantenerse alejada de la sala de profesores, aunque al final tuvo que pasar por allí para una reunión de última hora del comité que se celebró justo cuando terminaron las clases.

—Esperaba que te pasaras por aquí en el almuerzo —dijo Nancy en cuanto Laura apareció.

—Tenía que corregir exámenes y he comido en mi mesa —respondió.

Nancy sonrió.

—En otras palabras, que no querías que te molestara con mis consejos. Pero no te preocupes. Ahora tenemos unos minutos. Jessica y Cal me han dicho que llegarían tarde.

Laura la miró con suspicacia.

—¿Les has animado a que lleguen tarde?

—Claro que no —respondió Nancy inocentemente—. Y ahora, ¿has pensado más en lo que te dije anoche sobre salir con J.C.?

Ya que lo de su cena con J.C. se propagaría a la velocidad de la luz, no vio necesidad en ocultárselo a una mujer que era una de sus mejores amigas.

—Un poco —admitió.

—¡Genial! —exclamó Nancy entusiasmada—. Ahora ya estamos llegando a algo. Necesitarás un plan. ¿Cuál es el siguiente paso?

—Estás viviendo la experiencia a través de mí, ¿verdad?

—No lo dudes —respondió Nancy sin vacilar—. Hasta el momento me parece aburrido, pero tengo esperanzas para el futuro.

—Entonces estarás encantada de saber que J.C. y yo vamos a cenar esta noche en Sullivan's y que él mismo lo ha descrito como una cita —anunció apenas conteniendo una sonrisa ante la expresión atónita de Nancy.

—¿Cuándo ha pasado?

—Justo después de hablar contigo. Al parecer, ayer pasó mucho tiempo eludiendo sugerencias bien intencionadas. Yo creía que la conclusión sería que volveríamos a nuestras vidas solitarias y no volveríamos a vernos nunca —se encogió de hombros y se permitió una diminuta sonrisa de satisfacción—, pero él llegó a una conclusión distinta.

—Pues bien por él. Está claro que es más listo de lo que yo pensaba.

—Está licenciado en Pediatría —le recordó Laura—. Dudo que se pueda cuestionar su inteligencia.

—Se puede ser listo, y ser listo —discutió Nancy—. Conozco a muchos hombres excepcionalmente educados que no tienen sentido común. Mi ex es uno de ellos.

Laura agradeció la mención de un tema candente.

—¿De verdad quieres hablar de Steve? Porque si quieres te diré que creo que ya es hora que sigas con tu vida.

—Ahora que lo dices, mejor no hablemos de mi exmarido. Ya lo he superado.

Laura tenía sus dudas al respecto, pero no le vio sentido a intentar presionar a Nancy para que se enfrentara al dolor de su divorcio y así poder seguir adelante con su vida.

—¿Qué te vas a poner para la cena? Necesitas algo especial.

—El otro día me compré un vestido nuevo en la tienda de Raylene. No estaba segura de que pudiera llegar a utilizarlo para una cita, pero me enamoré de él y estaba de oferta. Adelia Hernández me convenció para que me lo quedara.

Nancy se rio.

—Espero que Raylene le esté pagando a esa mujer lo que se merece. Dicen que hasta podría venderles hielo a los esquimales. Yo fui a por una bufanda y me vine con tres trajes. Me gasté hasta el último centavo del cheque de mi pensión del último mes, pero mereció la pena. Si alguna vez voy a algún sitio especial, estaré impresionante.

—A lo mejor deberíamos reunirnos unas cuantas e ir a Charleston o a Columbia a pasar el fin de semana —propuso Laura—. Podríamos ir a algún concierto y cenar en algún sitio chulo.

—Suena genial, pero algo me dice que no vas a tener mucho tiempo para un fin de semana de chicas.

—Por favor. Solo voy a cenar con J.C., no es un compromiso de por vida. Siempre tendré un montón de tiempo para mis amigas. Eso puedes darlo por hecho. Para mí todas significáis demasiado.

—Lo mismo digo —respondió Nancy antes de lanzarle una mirada compungida—. Espero que sigas pensando lo mismo cuando te diga que en realidad no había ninguna reunión del comité social esta tarde. Sabía que intentarías evitar hablar conmigo de J.C., así que concerté una reunión solo para ti. A Jessica y a Cal no les he dicho nada.

Laura la miró indignada por un instante, y después sacudió la cabeza.

—No debo olvidar lo ladina que puedes llegar a ser.

—Es un don —dijo Nancy de pronto sin sentirse nada culpable—. Y además he conseguido lo que buscaba. Recuerda darme un informe completo de la cita mañana. ¿Quién sabe a lo que podría llegar por conseguir esa información? Como has podido comprobar, mi vida es bastante aburrida.

—¿Te apetece pasarte por casa a las seis y media para

desayunar y así te pongo al corriente? —le preguntó medio en broma.

—¡No, por Dios! ¿Y si J.C. está allí?

—J.C. no va a estar en mi apartamento a las seis y media de la mañana —respondió Laura con seguridad.

—Nunca se sabe. Mejor quedamos en Wharton's. Llámame si te surge otro compromiso.

Laura sacudió la cabeza ante el incontrolable optimismo de su amiga.

—Nos vemos en Wharton's, pero recuerda que tenemos que utilizar nuestra voz interior. Grace lo oye todo.

Nancy se rio.

—Hazme caso, para cuando lleguemos allí, ella ya se sabrá toda la historia.

Y, desgraciadamente, Laura sospechaba que Nancy tenía toda la razón.

Hacía mucho tiempo que Laura no se ponía nerviosa por una cita. Aunque últimamente había pasado muchos ratos con J.C., esa noche tenía algo innegablemente diferente. Y eso demostraba cómo las dinámicas entre dos personas cambian de manera espectacular en cuanto se introduce en la relación la palabra «cita» o la posibilidad de que haya sexo. Aún estaba batallando con qué sentía al respecto. Solo unas semanas antes habría jurado que quería una relación con posibilidades reales, pero ahora unos viejos temores habían salido a la superficie para poner eso a prueba.

Estaba claro que J.C. tenía sus propias dudas también. Por mucho que la hubiera invitado a salir, ella no podía engañarse y decirse que estaba encantado por ello. No, sus motivos para no salir con chicas no podían haberse esfumado milagrosamente y estaba segurísima de ello.

Cuando J.C. llamó a su puerta, respiró hondo, se calmó y abrió con lo que esperaba fuera una sonrisa normal y no una especie de mueca nerviosa y congelada. Abrió los ojos de par en par al ver que él llevaba traje en lugar de los pantalones caqui y los polos que solía vestir para el trabajo. El traje elevaba su atractivo a un nuevo nivel, uno que te podía dejar con la boca abierta.

—Estás muy guapo —le dijo sin tartamudear, afortunadamente.

Él sonrió.

—Y tú estás impresionante. ¿Es nuevo?

Ella frunció el ceño al oír la pregunta.

—¿Por qué crees que podría haber salido corriendo a comprar un vestido nuevo solo para salir contigo?

J.C. le tocó un hombro.

—Porque aún llevas la etiqueta.

Laura se sonrojó exageradamente.

—Ay, ¿cómo he podido olvidarme? Sí, el vestido es nuevo, pero no lo he comprado para esta noche. Lo juro. Lo compré la semana pasada porque estaba rebajado y me enamoré de él y Adelia me dijo que me sentaba bien —respiró hondo otra vez—. Y ahora no dejo de hablar. Lo siento.

Él la miraba fijamente, lo cual debería haberla puesto nerviosa aunque, por el contrario, pareció calmarla.

—Pues por lo que se ve, Adelia tiene un gusto excelente.

—Sí que lo tiene.

—¿Estás lista para irnos?

—Deja que me quite esta estúpida etiqueta y lo estaré.

Quince minutos después ya estaban en Sullivan's, donde los recibió Dana Sue en lugar de la jefa de sala. Sonrió a Laura.

—He visto la reserva y he decidido comprobar por mí misma que los dos volvíais a venir juntos esta noche. Se está convirtiendo en un hábito. En cuanto he visto el libro de reservas, me he pasado por Wharton's para hacer mi apuesta.

Laura gruñó.

—Estás avivando la presión, Dana Sue. Me sorprende que en este pueblo una pareja pueda durar más de un segundo con tanta gente interesada en las apuestas. ¿No deberías estar en la cocina en lugar de aquí fuera metiéndote donde no te llaman?

—Mi hija jamás me perdonaría si no le doy el último cotilleo de primera mano. Annie, Sarah y Raylene se han convertido en tus máximas seguidoras desde el éxito del festival de otoño. Ya están pensando en ideas para el año que viene. Están decididas a ver cómo te superas. Creo que les gustaría que nos llevaras a la feria del estado, aunque me parece algo ambicioso.

—Y también acabaría con el propósito de promocionar Serenity, ¿no crees? —le preguntó Laura secamente.

—Bueno, eso también. Dejad que os acompañe a vuestra mesa. Os he dado una privilegiada.

Laura miró a su alrededor cuando los acompañó hasta una mesa en todo el centro de la sala.

—¿Aquí? ¿Para que todos puedan vernos?

—Esa es la idea —dijo alegremente Dana Sue—. O podría meteros en ese pequeño banco apartado en la esquina de allí. Aunque os advierto que si elegís ese, despertaréis más habladurías.

—Quiero la esquina —dijo J.C. con decisión—. Y si tienes uno de esos biombos tan graciosos con el que podamos escondernos, mejor que mejor.

Dana Sue se rio.

—Eso sí que iba a revolucionar las cosas.

J.C. la miró muy serio.

—No estaba bromeando del todo.

—Lo siento, pero el banco apartado es lo mejor que puedo ofreceros.

—El banco está bien —dijo Laura rápidamente antes de que J.C. decidiera que cenaran en alguna otra parte del estado y la sacara por la puerta a rastras.

En cuanto se quedaron solos, lo miró a los ojos. Parecía un poco aterrorizado.

—¿Ya te estás arrepintiendo de tu plan?

—No había ningún plan. Esas palabras salieron de mi boca y aquí estamos.

—También estuvimos aquí la otra noche y no tenías esta cara de pánico.

—Pero aquello fue distinto. No era una cita. Esto sí.

—Y eso cambia las cosas —concluyó sabiendo que era verdad. Y sí que cambiaba las cosas, tanto si dos personas lo querían como si no. ¿No había pensado ella lo mismo hacía un rato?

—Claro que sí.

—Entonces, ¿por qué me has invitado a salir? Ya habías dejado las reglas bien claras y ni mucho menos me esperaba este cambio de actitud.

—Tú sugeriste que dejáramos de vernos para frenar los chismorreos —dijo encogiéndose de hombros—. Pero yo no quería dejarlo.

Parecía tan desconcertado con su propia reacción que ella no tuvo valor de seguir insistiendo.

—¿Puedo preguntarte algo?

Una sonrisa rozó las comisuras de sus labios.

—Puede que haga mucho tiempo que no salgo con nadie, pero creo que dar y recibir forma parte de la velada.

—Vale, entonces, ¿a qué viene la estricta regla de no salir con nadie hasta ahora?

—No se me da bien —respondió sencillamente—. No las citas, sino lo demás.

—¿La relación?

—La relación, el matrimonio, esas cosas. Los hombres Fullerton tenemos historiales muy malos al respecto. Puede que sea cuestión de genética o algo así.

—Tú eres el experto en medicina, pero no creo que los genes tengan mucho que ver con la capacidad de permanencia en una relación. ¿Conoces de primera mano alguno de estos hechos o te estás basando completamente en tu historia familiar?

Lanzándole una mirada de aprobación, le respondió:

—Te has expresado de un modo muy inteligente. Y sí, he estado casado.

—¿Y?

—No duró —respondió con tirantez.

—¿Por algo que hiciste?

Frunció el ceño ante la pregunta.

—Debió de ser.

—Eso vas a tener que explicarlo. O hiciste algo o no lo hiciste. ¿Quién pidió el divorcio?

—Yo.

—¿Porque ya no la querías?

El gesto de J.C. se volvió más serio todavía.

—¿De verdad necesitas todos los detalles? Fue hace mucho tiempo.

—Y obviamente ha dado forma a quién eres, al menos en lo que respecta al modo en que te relacionas con las mujeres, así que sí, ya que soy la mujer que está sentada aquí contigo ahora mismo, necesito saberlo.

—Vale —respondió, deteniéndose antes de añadir con inconfundible renuencia—: Llegué a casa una noche después de un turno muy largo en el hospital durante mi época de residente y me encontré a mi mujer en la cama con el que era técnicamente mi jefe.

Pronunció las palabras de carrerilla, como si quisiera soltar toda esa humillación cuanto antes.

Laura emitió un grito ahogado.

—¡Qué desagradable! —y mirándolo con curiosidad, añadió—: ¿Y cómo puedes tener tú la culpa de eso?

—Debí de ser un marido terrible para que tuviera que engañarme así. Mi padre tuvo la misma mala suerte con mi madre, ella era una infiel en serie y él nunca tuvo las agallas de dejarla.

—Y de ahí la teoría de que los hombres Fullerton son

malas apuestas —concluyó ella—. Vale, puedo aceptar que todos hayáis elegido mal a vuestras mujeres y que eso sea culpa vuestra, pero el mal comportamiento lo tuvieron ellas. Vosotros no las convertisteis en infieles.

Él se encogió de hombros.

—A lo mejor sí. En el caso de mis padres no lo sé porque era muy pequeño cuando las cosas se pusieron mal, así que quién sabe cómo empezaron las infidelidades, pero yo estuve en la facultad, después haciendo las prácticas y después entré como residente. Y todo ello me exigió mucho más de lo que te puedas imaginar. Nunca estaba con ella.

—¿Tu mujer no sabía cómo serían vuestras vidas cuando os casarais?

—Decía que sí, pero dudo que nadie pueda entender lo que significa de verdad vivir con una agenda como esa hasta que lo vives. Yo al principio no lo vi, y eso que veía a los estudiantes de medicina mayores caminando por ahí como zombis una vez empezaban con las prácticas.

—¿Lo ves? Ya estás quitándole responsabilidad a ella —dijo Laura y añadió con furia—: No te merecías lo que te hizo.

Él sonrió.

—Nunca me habían dicho que tuvieras esa vena protectora.

Ella asintió.

—Pues la tengo, y muy pronunciada. Nadie se mete con la gente que me importa.

Por un instante pareció que iba a preguntarle si él contaba como una de esas personas que le importaban, pero por el contrario dijo:

—De ahí tu determinación a arreglar el asunto de Misty.

Laura asintió dispuesta a cambiar de tema; J.C. seguía teniendo esa mirada de agobio de un hombre que había hablado sobre su vida personal más de lo que podía soportar.

—Me sigue sin gustar lo que está pasando. Misty ha estado en clase, pero sé que las cosas no han mejorado. Puedo verlo en sus ojos y en cómo se queda después de clase un momento para evitar cruzarse con Annabelle y sus compinches en el pasillo. Ojalá confiara en mí lo suficiente para dejar que me ocupara de esto de una vez por todas.

—Imagino que se sentirá aliviada de saber que un adulto la cree, que oíste lo que lleva viviendo desde que empezó el curso. A lo mejor por ahora le basta con eso.

—¿Desde cuándo es suficiente que un adulto se quede ahí parado sin hacer nada mientras se producen casos de acoso escolar? —preguntó con frustración—. Quiero que esto termine antes de que las cosas vayan demasiado lejos.

La expresión de J.C. se volvió sombría de inmediato.

—Si en algún momento ves que la cosa se te va de las manos, dímelo, ¿entendido? No me importan ni el protocolo del instituto ni tener o no pruebas. Esto no se va a descontrolar ni va a acabar destrozándole la vida a esa chica.

Laura se quedó impactada con la vehemencia de su tono. No era la primera vez que había sentido que el tema del acoso parecía tener un significado especial para J.C., aunque esa noche, con todas las revelaciones sobre su matrimonio, supuso que podía estar demasiado sensible como para sacar otro tema delicado. Pero ya llegaría al fondo de ese asunto, porque sentía que eso, junto con el desagradable modo en que terminó su matrimonio, eran las claves para comprenderlo.

Y cuanto más lo conocía, más quería saberlo todo sobre eso que le había dado forma al hombre que conocía ahora. Solo esperaba que esas cicatrices de su pasado se lo permitieran.

—¡Tienes que entrar en Internet ahora mismo! —le gritó Katie a Misty cuando ella respondió al móvil—. ¡No me lo puedo creer!

—¿Por qué estás tan nerviosa? —le preguntó Misty aún perdida en el mundo de ficción que había estado creando para una redacción de la clase de la señorita Reed.

—Tú entra —le ordenó Katie—, y lo verás. Te espero.

—¿Te refieres a la página de Annabelle? —le preguntó tecleando el link.

—¿A qué si no? Esta vez ha ido demasiado lejos, Misty. Tienes que contárselo a alguien. Esto tiene que acabar.

Katie podía llegar a ser muy exagerada, pero nunca se ponía tan nerviosa por nada. Una sensación de miedo se posó en su estómago según la página se cargaba.

Y ahí, en mitad de la página, encontró un link que conducía a unas fotos de una chica casi desnuda posando de forma muy provocativa. Parpadeó y volvió a mirar. Y sin necesidad de mirar el comentario inferior donde identificaban a la chica, vio que era ella la de la foto, o al menos lo parecía, pensó casi vomitando.

¿Cómo había podido pasar? ¿Dónde habría encontrado Annabelle unas fotos así? A ella jamás la habían fotografiado de ese modo, casi desnuda, exceptuando alguna embarazosa foto de cuando era bebé y la acababan de bañar. Sus padres la habrían mandado a un internado de chicas en algún lugar remoto solo con que se le hubiera pasado por la cabeza hacer algo así.

—No soy yo —susurró—. Imposible.

—Eso ya lo sé —respondió Katie sin dudarlo—. Pero esta vez ha ido demasiado lejos, Misty. Mañana estas fotos estarán por todo el instituto. La página ya ha tenido como tres mil visitas o así. A saber cuántos chicos del instituto se las han impreso. Algunos profes acabarán viéndolas y ya sabes lo que va a pasar después.

—Que me expulsarán —dijo Misty mareada solo de pensar en los murmullos y la destrucción de la poca reputación que le quedaba.

Y lo peor era lo que supondría para sus padres. Aunque esas fotos no tuvieran nada que ver con ella, porque cualquiera que no estuviera medio ciego podía ver que no tenía ese cuerpo, habría habladurías.

Suspiró profundamente. Al menos ya tenía respuesta a la pregunta que se había hecho anteriormente. Sí, las cosas podían empeorar.

Misty no fue a clase el jueves. Es más, ni siquiera fue al instituto. Laura comprobó las listas de asistencia y vio que directamente no había aparecido por allí. Tampoco habían llamado desde casa para avisar.

Además, sabía que en el instituto estaba pasando algo porque había visto cierto alboroto por los pasillos, susurros y risitas por algo que claramente estaba circulando por allí como la pólvora. Una terrible sensación en la boca del estómago le dijo que tenía que ver con la ausencia de Misty.

Justo cuando terminó la clase, se fijó en que Katie Townsend se dirigía a Annabelle con verdadera furia en los ojos y, automáticamente, fue hacia allí para intervenir.

—¡Eres una rastrera, zorra mentirosa! —gritó Katie dejando impactada a Laura, no solo por las palabras que había empleado, sino por la malicia con que las había pronunciado. Hasta Annabelle, por una vez, se quedó atónita. La expresión petulante que solía lucir por clase se le borró de la cara en un momento mientras sus amigas las miraban a las dos impactadas, esperando a ver qué pasaba.

—¡Ya está bien! —dijo Laura—. Katie, Annabelle, vamos al despacho.

—¡Pero si yo no he hecho nada! —protestó Annabelle indignada—. Me ha atacado. Todos lo habéis oído.

—Eso es, todos lo hemos oído —confirmó Laura—. Y creo que la pregunta más importante sería «por qué».

Vio el brillo de las lágrimas en los ojos de Katie según se acercaban al despacho de Betty Donovan y supo que la aterrorizaba que volvieran a expulsarla. Quería consolarla, pero la situación se le escapaba. Ojalá supiera cómo se iban a desarrollar las cosas a continuación y qué había generado ese estallido tan poco propio de la chica.

Betty salió del despacho, las vio a las tres y les indicó que entraran.

—De acuerdo, señorita Reed, ¿por qué no me cuenta qué está pasando? —dijo Betty.

—Las dos acaban de discutir en mi clase —comenzó a decir Laura y, una vez más, Annabelle la interrumpió protestando que ella no había abierto la boca.

—Si hay alguien que debería tener problemas, esa es Katie —dijo aún irradiando indignación—. Mi madre se te va a echar encima por esto.

—Seguro que sí —contestó Laura—. Pero espero que podamos llegar al fondo de este asunto. Katie, ¿podrías explicarnos por qué le has dicho a Annabelle lo que le has dicho?

Katie sacudió la cabeza mientras miraba a Annabelle con cara de odio.

—Ella sabe lo que ha hecho. Se cree que es una futura súper estrella, pero no es más que basura para *tabloides*.

Betty la miró con el mismo gesto de sorpresa que debía de haber puesto Laura antes.

—Esas son unas palabras muy duras, Katie.

—Se merece eso y mucho más —contestó obstinadamente.

—Aunque lo creas, nosotras no sabemos el porqué —le dijo Laura con delicadeza—. ¿No es hora de que nos enteremos?

Finalmente, Katie se giró hacia ella con gesto suplicante.

—No puedo contarlo, pero prometo que es algo muy, muy, malo.

Betty llevaba siendo directora el tiempo suficiente para saber que habían llegado a un callejón sin salida. Y Laura también lo sabía. Sin embargo, fue Betty quien sugirió:

—Annabelle, ¿por qué no esperas fuera un minuto?

—¿Por qué no me puedo ir a clase? —preguntó con petulancia—. Es Katie la que ha armado el problema.

—Irás a clase cuando lleguemos al fondo de este asunto —dijo Betty—. Y ni se te ocurra marcharte.

Annabelle le lanzó una mirada fulminante a Katie y salió del despacho. A continuación, Betty habló con una de las secretarias para asegurarse de que Annabelle se quedaba fuera antes de volver a cerrar la puerta del despacho.

Cuando se sentó, miró a Katie y a Laura.

—¿Me estoy perdiendo algo?

—Mucho —soltó Katie antes de apretar los labios.

—A lo mejor deberías contárnoslo —apuntó Laura con delicadeza—. Está claro que las cosas se os han ido de las manos.

—Ni se lo imagina —susurró Katie—. Pero no puedo contarlo. Lo he prometido.

Betty se giró hacia Laura.

—¿Hay algo que se te ocurra?

—Creo que está habiendo acoso, pero no lo he presenciado, al menos no en el instituto —respondió mirando a Katie y esperando ver en ella el mínimo atisbo de confirmación. Pero Katie se mantuvo perfectamente quieta y mirando al suelo.

Betty miró a Laura consternada.

—¿Crees que Annabelle Litchfield está acosando a alguien? Katie, ¿es eso verdad? ¿Ha estado atacándote de algún modo? ¿Tiene esto que ver con el hecho de que te saltaras clases?

—A Katie no —dijo Laura en voz baja y mirando fijamente a la chica—. Creo que está acosando a Misty Dawson, pero como ya he dicho, no puedo demostrarlo.

Betty se giró hacia Katie.

—¿Es eso verdad? —preguntó con el tono más delicado que Laura había oído adoptar a la dura directora.

Unas lágrimas salpicaron las mejillas de Katie.

—No puedo decirlo —insistió.

—Pero lo que sea que acaba de pasar con Annabelle ha sido porque intentabas proteger a Misty —supuso Betty.

Katie asintió con pesar.

—De acuerdo —contestó la directora con decisión mientras escribía una nota—. Ve a tu próxima clase, Katie.

Katie la miró sorprendida.

—¿Y ya está? ¿No voy a tener problemas?

—No, a menos que me entere de otro incidente como este. Aplaudo que quieras dar la cara por una amiga, pero hay mejores formas de hacerlo. Déjanoslo a la señorita Reed y a mí.

Katie asintió, miró agradecida a Laura y prácticamente salió corriendo del despacho.

En cuanto salió, Laura miró a la directora.

—¿Y ahora qué?

—Ahora intentamos averiguar qué ha estado haciendo la chica de ahí fuera. Tenemos que tenerlo todo muy claro antes de acusarla de nada.

—Eso pensaba y por eso no he venido antes a hablar contigo. He estado intentando llegar al fondo del asunto.

—Oh, lo haremos —dijo Betty con determinación—. De momento voy a mandar a Annabelle a su siguiente clase. Sé que dará por hecho que ha salido indemne, pero eso es mejor que remover un avispero antes de que tengamos datos y pruebas.

—Lo dices por Mariah Litchfield —concluyó Laura.

—Eso es. Sinceramente, estoy deseando meterme con ella si al final resulta que todo esto es verdad. Por su culpa este instituto ha perdido a dos profesores magníficos. Ya es hora de que podamos darle la vuelta a la tortilla y que pongamos de patitas en la calle a su niñita malcriada y pija —dijo con vehemencia y añadió—: Pero tú no me has oído decir esto, ¿eh?

—Ni una palabra —contestó Laura sonriendo.

La imagen que tenía de Betty Donovan había dado un

vuelco de ciento ochenta grados. Por muy estricta y disciplinante que fuera, y tal vez demasiado entusiasta en ciertas ocasiones, parecía que cuando se trataba de sus alumnos y sus profesores, Betty tenía la misma vena protectora que J.C. había visto en ella.

Capítulo 10

Después de salir del despacho de Betty, Laura fue a buscar a Cal Maddox. Quería que se enterara de lo del incidente entre Annabelle y Katie por ella antes que oírlo por el instituto y, por suerte, lo encontró en su despacho entre clase y clase. La miró sorprendido.

—Normalmente evitas esta parte del edificio. ¿A qué debo tan inesperada visita?

—Ha habido un problema al terminar mi clase de hoy. Ya que Katie ha estado implicada, he pensado que deberías saberlo. ¿O prefieres que llame a Maddie y a Bill? Nunca sé qué hacer en circunstancias así.

—¿Por qué no me cuentas qué ha pasado y te ayudo a decidir? Por favor, no me digas que ha vuelto a saltarse las clases.

Laura negó con la cabeza y pasó a describir el incidente. Aunque Cal había oído cosas mucho peores en el vestuario de chicos, se quedó pasmado cuando Laura le contó lo que Katie había dicho.

—Eso no es propio de ella —protestó—. Maddie jamás toleraría ese lenguaje.

—Créeme, lo entiendo. Y también Betty. Debía de estar tremendamente nerviosa para recurrir a decir algo así.

—¿De verdad crees que puede haber una excusa? —preguntó claramente sorprendido.

Ella asintió y le explicó su teoría.

Cal escuchó con atención y sacudiendo la cabeza mientras ella le describía lo que había oído en el festival del otoño.

—Eso explicaría muchas cosas, ¿no? —dijo al cabo de un momento—. Llevo mucho tiempo enseñando, y me sigue sorprendiendo lo crueles que pueden ser los chavales. Siempre pensé que eran principalmente chicos, pero está claro que las chicas también pueden tener una vena mezquina.

—A mí también me ha impactado —admitió Laura—. Y supongo que no me lo esperaba de una chica que proviene de una buena familia y que tiene toda clase de ventajas. Tal vez ese es el problema. Annabelle se ha salido con la suya muchas veces y ha llegado a creer que tiene derecho a comportarse como quiera.

—Aún no tenemos todas las pruebas —le recordó Cal—. Esto podría ser más complicado de lo que creemos.

—Oh, seguro que sí, pero con Betty al tanto, no dudo que podamos llegar al fondo de esto. He de decir que nunca la había visto tan enfadada ni tan decidida a resolver algo.

—¿Cómo estaba Katie cuando salió del despacho de Betty? ¿Debería ir a ver cómo se encuentra?

—Creo que se sentía aliviada de no haberse metido en líos y orgullosa por haber defendido a Misty. Aun así, no estaría mal que Maddie o tú tuvierais otra charla con ella después de clase. A lo mejor esta vez se sincera, ahora que sabe que lo que sea que está pasando se solucionará tarde o temprano.

Cal asintió.

—Lo haremos. Gracias por informarme, Laura. Si necesitas apoyo en esto, avísame. Me pone enfermo pensar que Misty y Katie hayan intentado solucionar esto solas, que no hayan confiado en ninguno de nosotros lo suficiente para pedir ayuda. Sé que Katie tiene una buena relación con su madre y creía que ella y yo también la teníamos. Me mata que haya estado enfrentándose a esto sin que lo supiéramos.

—Bueno, pero ya no están solas —le aseguró Laura. Es más, el equipo de personas que estaba de su parte aumentaba por minutos.

Paula Vreeland estaba en su jardín podando las flores marchitas y las hojas perennes para prepararlas para el invierno. Aunque tenía música clásica relajante sonando por una radio que tenía cerca, el aire solía arrastrar improperios susurrados sobre los distintos dolores que hacían que una de sus tareas favoritas se le hiciera insoportable.

—Abuela, no sabía que conocieras esas palabras —dijo Katie al salir al jardín por una puerta trasera con una pícara sonrisa.

Paula se estremeció.

—Que las diga no significa que tú puedas decirlas —le dijo con severidad a su nieta—. Y ahora ven aquí y ayúdame a levantarme y después entra y prepáranos unos vasos enormes de limonada. Aquí fuera hace mucho más calor del que me imaginaba.

Katie la ayudó a levantarse y esperanzada la miró preguntando:

—¿También hay galletas?

Paula la miró con cara de diversión.

—¿Cuándo fue la última vez que horneé algo?

—Hace mucho, pero sé que Liz Johnson se pasa por aquí los jueves por la mañana y siempre trae galletas.

Paula se rio.

—Así que por eso me visitas por sorpresa los jueves por la tarde. Creía que era porque me quieres.

Katie le dio un fuerte abrazo.

—Claro que te quiero. Más que a nada.

—Buena respuesta, pequeña. Y ahora ve a por la limonada y las galletas; están en el tarro sobre la encimera, como siempre. Mientras yo recogeré esto.

Cuando Katie volvió a salir con el tentempié, se sentó en la tumbona bajo el sol.

—¿Cómo es que esta tarde no estás pintando? ¿Has terminado el cuadro en el que estabas trabajando la semana pasada? ¿Puedo verlo?

Paula sacudió la cabeza.

—He vuelto a pintar sobre el lienzo, no me estaba gustando cómo estaba quedando.

Lo cierto era que últimamente ninguno de sus cuadros la complacía. Después de llevar muchos años creando ilustraciones botánicas increíblemente detalladas, después de exposiciones por todo el mundo y de incluir su arte en varias colecciones muy prestigiosas, parecía haber perdido algo. Era cierto que su visión no era lo que había sido antes y que su mano tenía menos pulso, pero creía que había algo más. Fuera lo que fuera, había convertido la pintura en una tortura más que en una pasión.

Katie la miró impactada.

—Abuela, era precioso. Podrías habérmelo dado si no te gustaba.

Ella sonrió a su nieta.

—La próxima vez que pinte algo, si te gusta, será tuyo —observó a la habitualmente alegre y vital adolescente y le pareció ver una inusual preocupación en su mirada—. Y ahora dime qué te está pasando últimamente. ¿Cómo va el instituto?

Katie se encogió de hombros.

—Bien, supongo.

Paula frunció el ceño.

—¿Algo va mal?

—No conmigo. Estoy sacando buenas notas y todo va bien en clase.

—¿Entonces cuál es el problema? —durante los últimos años una de sus mayores alegrías era que sus nietos se pasaran por casa y compartieran sus vidas con ella. La pintura la había absorbido demasiado durante años como para prestarle atención a Maddie y su relación aún se resentía por ello. Desde que Maddie y Cal se habían casado, él había trabajado por acercarlas y ella le estaría eternamente agradecida por ello.

Una cosa que también había aprendido era la paciencia. Cuando Katie no respondió de inmediato, esperó y dejó que el silencio se prolongara.

—Una de mis amigas tiene un problema —admitió al cabo de un momento—. He estado intentando ayudarla, pero no sé qué decir, y hoy las cosas se han descontrolado del todo. Me han llevado al despacho de la directora por defender a mi amiga.

Paula la miró fijamente para intentar averiguar si estaba ocultándolo y era la propia Katie la que tenía ese problema.

—Cuéntamelo. Creía que desde que te habían expulsado a principio de curso te habías estado comportando muy bien. No puedes permitirte otra expulsión.

—Lo sé, pero no ha sido culpa mía. Tenía que decir algo —dijo fervientemente—. Era lo correcto.

Una de las cosas que Paula admiraba del modo en que Maddie había criado a sus hijos era que todos habían desarrollado el sentido del bien y el mal.

Sí, claro, su nieto Ty había cometido muchos errores, errores por los que había estado a punto de perder a la chica que había amado durante prácticamente toda su vida, pero había reconocido a tiempo que estaba yéndose por el mal camino. Kyle, gracias a Dios, parecía tan firme como una roca y había sabido elegir a sus amigos con cuidado. Y ahora ahí estaba Katie, tan dulce como cualquier madre o abuela podría esperar de una niña, y con problemas por segunda vez en pocos meses. No tenía sentido.

—A lo mejor deberías dejarme decidir si lo que hiciste estaba o no justificado —le sugirió Paula sin el más mínimo ápice de censura en la voz—. Cuéntamelo.

—Hay una chica que ha estado siendo malísima y cruel con mi amiga. Va a por ella siempre que puede y ha empezado a extender unos rumores muy feos por Internet. Hay habladurías por todo el instituto, pero las cosas han empeorado mucho porque las dos están juntas en algunas clases. Y mi amiga ha dejado incluso de asistir.

—En otras palabras, que una chica está acosando a tu amiga —dijo Paula enfurecida—. ¿Y tu amiga se lo ha comunicado a la directora o a algún profesor?

Katie negó con la cabeza.

—¿Es que en el instituto no hay una política de tolerancia cero cuando se trata de acoso?

—Debería, pero no siempre funciona.

—¿Y qué pasa con los padres de tu amiga? ¿Lo saben?

—No se lo ha contado. Sé que necesita hablar con alguien, pero le da miedo acusar a esa otra chica y que las cosas empeoren —respiró hondo y añadió—: Y esta semana la cosa se ha puesto muy mal.

—¿Cómo de mal?

—Esta chica ha trucado unas fotos que, supuestamente, son de mi amiga. No sé cómo lo ha hecho, pero son horribles.

Paula se quedó paralizada.

—¿Fotos? —repitió no muy segura de querer saberlo.

—Fotos medio desnuda —dijo Katie indignada—. Pero no era mi amiga. Ella jamás haría nada así. Cualquiera podría ver que no es ella, exceptuando la cara, pero eso no ha impedido que las fotos se hayan visto por todo el instituto. Mi amiga ni siquiera ha ido a clase hoy porque está avergonzadísima.

—Me lo imagino —dijo Paula con delicadeza y comprendiendo la profundidad del pesar de su nieta—. ¿Le has contado algo a Cal? Seguro que él podría ocuparse de esto. Sé que querría ayudar.

Katie la miró con frustración.

—Lo haría. Sabe que algo va mal, e incluso me ha preguntado qué está pasando, pero ella no me deja que le cuente nada. Como te he dicho, teme que la cosa empeore.

Paula empezaba a entenderlo.

—¿Pero no te ha dicho que no me lo cuentes a mí, verdad?

Katie sacudió la cabeza, aliviada de que Paula lo entendiera.

—¿Quieres que hable con Cal o con alguien? —preguntó decidida a dejar que fuera Katie la que guiara sus actos ya que había demostrado tanta fe en ella.

—Sí, la profesora Laura Reed. Mi amiga ha estado saltándose su clase y parece muy preocupada. Y hoy me ha defendido cuando hemos ido a ver a la señora Donovan. Se ha asegurado de que no me castigaran porque sospecha lo que está pasando. A lo mejor podrías hablar con ella —le sugirió esperanzada—. Pero no en el instituto. No quiero que mi amiga se entere de quién lo ha contado.

Paula asintió.

—Seré la discreción personificada, lo prometo. A lo mejor querrías decirme de quién estamos hablando porque imagino que la señorita Reed querrá que especifique.

La expresión de Katie ensombreció.

—No creía que tuviera que decir nombres.

—Cielo, no pasa nada —le aseguró Paula—. Entre la señorita Reed y yo nos ocuparemos de esto con mucho tacto y cuidado, pero no creo que podamos arreglarlo sin que me des algún dato más. ¿Y, además, no acabas de decir que se imagina quién está implicado?

Katie hundió la cara en sus manos.

—Misty me va a matar —murmuró lo suficientemente alto como para que Paula captara la información que necesitaba.

Así que Misty Dawson, que se había pasado por su casa con Katie de vez en cuando, era el objetivo de un caso de acoso escolar. Paula enfureció. Era una dulzura de niña, centrada en sus estudios. Nunca había oído una mala palabra sobre ella, aunque últimamente sí que se había hablado por el pueblo sobre el matrimonio de sus padres y la posibilidad de que estuvieran teniendo problemas. Pero claro, tampoco pasaba mucho tiempo en páginas de Internet donde se propagaban maliciosos rumores adolescentes.

Se levantó.

—Vamos dentro. Quiero que me enseñes esos mensajes.

Katie palideció.

—No puedo. Son horribles.

—Razón de más para que yo los vea —dijo Paula con brusquedad—. Y también quiero ver esas fotos.

Katie la siguió lentamente hasta su despacho, pero una vez allí accedió a la página y le señaló primero las reveladoras fotos y después una serie de mensajes en la página de una red social. Paula se sentó para leerlos y una vez más su carácter se encendió.

—¿Y estás segura de quién es esta ídolo de adolescentes?

—Cien por cien segura —respondió Katie detrás de ella.

—¿Y hay más comentarios así?

—Muchos —confirmó—. Puedo enseñártelos.

—Creo que por ahora imprimiré estos —dijo Paula con los labios apretados de furia y, mirando a su nieta fijamente, añadió—: Dime quién está haciendo esto.

—Annabelle —respondió Katie apenas con un susurro.

Paula no pudo ocultar su impresión.

—¿Annabelle Litchfield?

Katie asintió y preguntó:

—¿Ahora vas a reñirme por haberle gritado hoy?

—En absoluto, aunque habría sido sensato involucrarnos a mí o a otro adulto.

—Lo sé —respondió Katie con evidente frustración.

—Pero Misty no te dejaba, y tampoco te deja ahora —añadió Paula entendiendo la situación—. ¿Por qué la odiará tanto Annabelle para hacerle algo así? ¿Qué puede haberle hecho esta chiquilla?

—El novio de Annabelle, Greg…

—¿El capitán de rugby? ¿Greg Bennet?

—Ajá. Le gusta Misty, o a lo mejor solo tiene el ego dañado porque ella no le hace ni caso. Bueno, el caso es que no deja de pedirle salir, aunque ella le ha dicho que no como unas cien veces. Todos en el instituto lo saben porque Greg es demasiado tonto como para no cerrar la boca e ir contándoles a todos las ganas que tiene de bajarle los pantalones a Misty.

Katie se sonrojó al darse cuenta de las palabras que se le habían escapado.

—Lo siento, abuela.

Paula le dio una palmadita en la mano.

—No te preocupes. Al menos ahora entiendo la raíz del problema. Annabelle está celosa y está pagando con Misty el desagradable comportamiento de Greg.

—Exacto —dijo Katie antes de darle un abrazo a su abuela—. Sabía que lo entenderías, lo sabía. ¿Puedes arreglarlo?

—Créeme, me ocuparé de esto —respondió Paula con determinación. Por mucho que Annabelle fuera la niñita adorada de sus padres y el orgullo de Serenity por su preciosa voz, una acosadora era una acosadora. Y si estaba en sus manos, no iba a permitir que aterrorizara a Misty ni un minuto más—. Una cosa más, ¿por qué no ha hablado Misty con sus padres? Deberían saberlo.

—Es probable que se divorcien y ahora mismo están pasando un momento muy malo en casa. Misty no quiere que se preocupen por ella. Y además es humillante, ¿sabes? Las cosas que está diciendo Annabelle son asquerosas. Nadie querría que sus padres lo vieran por mucho que sepan que no es verdad.

—Supongo que tienes razón.

Pero lo cierto era que esos desagradables comentarios

retrataban la mente retorcida de Annabelle Litchfield y no a la pobre Misty. Sin embargo, entendía por qué una jovencita como Misty no podría hacer esa diferencia cuando estaba siendo la víctima de tan terrible acoso.

Misty no había salido de casa en todo el día y estaba segurísima de que su madre ni siquiera se había dado cuenta. Según la información que había leído en Internet, lo más probable era que su madre tuviera una especie de depresión. Se preguntaba si debería llamar a su padre y suplicarle que hiciera algo, ya que sus propios esfuerzos de intentar animarla no habían funcionado lo más mínimo. ¡A saber qué pasaría si se enteraba de lo de las fotos que Annabelle había publicado!

Cada vez que el teléfono sonó durante el día, Misty se quedó paralizada de miedo. Al principio le preocupaba que pudiera ser del colegio para saber por qué no había ido a clase, y después la aterraba que pudiera ser otro padre quejándose de las horribles fotos. Cualquier chaval estúpido podría haberse dejado encendida la pantalla del ordenador con ellas o haberlas impreso y dejado por cualquier parte.

Oía las llamadas desde el piso de arriba, pero su madre ni siquiera se molestaba en responderlas. Así que por una vez se alegró de que su madre estuviera demasiado apática como para importarle quién llamaba.

Estaba empezando a pensar que había logrado pasar el día sin que las cosas hubieran empeorado cuando Jake llegó de clase. Su hermano la vio asomada a las escaleras y subió corriendo con la cara colorada, un ojo ensangrentado y una herida en la mejilla. Le dio un puñado de fotos. Misty se sentó y las lágrimas que había logrado contener todo el día comenzaron a brotar.

—¿Eres tú? —le preguntó Jake con la voz llena de indignación.

—¿Estás loco? —preguntó furiosa por el hecho de que su hermano hubiera necesitado preguntárselo.

—Eso es lo que les he dicho a unos chicos del instituto, pero no me han creído.

—¿Te has metido en una pelea por mi culpa? Lo siento mucho.

—No pasa nada —dijo sonriendo con chulería—. Deberías haber visto cómo ha quedado el otro —se sentó a su lado—. ¿Quién ha podido hacerte esto?

—Has visto la página, Jake. Sabes quién lo ha hecho.

El chico abrió los ojos de par en par.

—¿Annabelle? ¿Por qué? ¿Pero qué le has hecho?

—Cree que estoy por su novio.

—¿Greg? ¡Pero si es un capullo!

Misty sonrió por primera vez en todo el día.

—No podría estar más de acuerdo contigo.

—¿Los han visto mamá y papá?

—No, y no quiero que se enteren de nada. Las cosas ya están bastante mal por aquí.

—Pero a lo mejor podrían ayudarte. Creo que querrían.

—Ya has visto a mamá, apenas puede aguantar el día a día. Y papá ni siquiera viene.

—Se van a enterar, no se lo puedes ocultar. Se pondrán de tu lado.

Misty deseó poder estar tan segura de eso como su hermano.

—O podrían creerse lo que ven.

—De eso nada.

—Tú te lo has creído —le recordó.

—Pero solo por un segundo. Lo siento. Ni siquiera debería haberlo dudado un momento.

—Pero te has peleado por mí. Gracias.

—¡Nadie habla de mi hermana como estaban hablando los chicos esos! —dijo con bravuconería—. No me importa cuántas veces me pongan el ojo morado. Siempre te defenderé.

Conmovida, Misty lo abrazó con fuerza hasta que el chico se quejó.

—¡Para!

—Si tú me defiendes, yo te abrazo.

—¿Aunque me estés haciendo daño en las costillas?

Ella lo miró seria.

—¿Tan mal se ha puesto la pelea?

El niño se encogió de hombros como quitándole importancia.

—Lo suficiente.

—¿Has tenido problemas con los profes?

—No, he esperado a salir del edificio antes de meterme con esos chicos. Soy listo, ¿eh?

—Supongo que lo sabremos cuando sepamos cuántos padres llaman a los nuestros quejándose de los chavales a los que has pegado.

—Vaya, eso no lo había pensado. ¿Crees que lo contarán? Si fuera yo, no querría que mis padres se enteraran de que un chaval me ha pegado porque estaba diciendo cosas desagradables sobre su hermana.

Misty lo miró sorprendida. Al parecer, Jake tenía un código de honor y de sentido común y eso la hizo querer más aún a un niño al que había considerado un plomazo casi todo el tiempo.

J.C. se había dado una buena paliza en el gimnasio y sabía que lo había hecho en un intento de aplacar el deseo que sentía por Laura. Su cita había ido demasiado bien. No solo se había abierto a ella de formas que jamás se habría esperado, sino que la atracción que había sentido por ella se había intensificado. Había resistido las ganas de besarla cuando la había llevado a casa, pero había estado a punto. Algo le había dicho que una vez cruzara esa línea, estaría perdido y toda su determinación se esfumaría en un instante.

Al mirar al otro lado del gimnasio se fijó en que el entrenamiento de Cal también parecía algo más intenso que de costumbre. Se secó la cara con una toalla y fue hacia allí.

—¿Va todo bien? Pareces alterado.

—Ni te lo imaginas —murmuró Cal dejando las pesas que había estado levantando—. ¿Tienes un momento? Me gustaría hablar de esto con una persona objetiva al tema y algo me dice que serías la persona perfecta.

—Claro, tengo tiempo —dijo J.C. Si gracias a eso evitaba volver a su casa vacía, podía sacar mucho tiempo.

—Vamos a la cafetería a por algo de beber y nos lo llevamos a la terraza. No creo que haya nadie allí. Para esto necesitamos algo de intimidad.

Una vez en la cafetería, Cal compró dos botellas de agua.

—¿Tienes hambre? ¿Te apetece otra cosa?

—Con el agua me vale —respondió agarrando una de las dos botellas.

—Ponlo en mi cuenta —le dijo Cal al chico detrás del mostrador y salió fuera.

Ya había anochecido. Aunque el aire parecía más el de un día de verano húmedo que un día de finales de otoño, había una ligera brisa que removía las hojas de los robles que daban sombra a la terraza. También podía captarse en el aire el aroma de alguna flor, aunque J.C. no podía identificarla. Olía muy bien y muy parecido al perfume de Laura, ahora que lo pensaba.

—¿Qué pasa? —preguntó cuando Cal parecía estar perdido en sus pensamientos.

—Estoy intentando decidir hasta dónde te puedo contar.

—Soy bueno guardando secretos —le recordó J.C.—. Lo de la confidencialidad entre paciente y médico me sirve de buen entrenamiento.

—De acuerdo —dijo Cal con satisfacción—. Sé que has estado preocupado por Misty Dawson.

J.C. se detuvo antes de que la botella de agua llegara a tocar sus labios.

—Así es.

—Bueno, pues creo que la cosa se ha puesto muy fea.

Cal describió lo que le habían contado sobre un incidente en clase entre Annabelle Litchfield y su hijastra.

—No sé exactamente qué hizo que Katie reaccionara así, pero tuvo que ser algo muy malo. Es una niña muy templada.

—¿Y Laura intervino?

Cal asintió.

—Y al parecer sabía bastante sobre lo que había pasado entre las dos como para convencer a Betty de que no castigara a Katie.

—¿Y Annabelle?

—Se ha librado por el momento.

J.C. se quedó pasmado.

—¿Cómo es posible?

—Su madre —dijo Cal sucintamente—. La directora no quiere castigar a Annabelle de momento hasta que sepa al cien por cien que Mariah no tendrá nada en lo que apoyarse cuando salte a defender a su hija. Y no puedo culpar a Betty, Mariah puede resultar terrorífica.

—Eso he oído. ¿Y cómo se lo ha tomado Laura?

—Creo que la ha conmocionado, pero es fuerte como una roca. En ningún momento ha vacilado ni ha dejado de creer que Katie tenía razón. Y la respeto por eso, sobre todo cuando sabe que, probablemente, se va a convertir en el primer blanco de Mariah.

J.C. lo miró con verdadera preocupación.

—¿Cómo de malo podría ser esto para ella?

Cal se rio por primera vez desde que había comenzado esa seria conversación.

—Me imaginaba que sería lo que más te preocuparía. Pues podría pasarlo muy mal, pero Laura es lo suficientemente dura y decidida como para enfrentarse a lo que sea que venga. Y si se confirman estas sospechas de acoso, el pueblo entero se pondrá de parte de Laura si es necesario. Hemos tenido algunos incidentes a lo largo de los años y la comunidad entera ha actuado con dureza con los chicos implicados. Todo el mundo quiere lanzar el mensaje de que no es aceptable que un joven se tenga que ver acosado. Es inexcusable de la forma que sea.

J.C. asintió.

—Me alegra oírlo y acabas de confirmar lo que pensaba de Laura. Misty y Katie tienen suerte de tenerla con ellas.

—¿Y tú? ¿Tienes suerte de tenerla en tu vida últimamente?

J.C. se planteó negarlo, pero dudaba que Cal, o cualquier otra persona del pueblo, fuera a creerlo.

—Sí, yo también soy afortunadísimo.

Y más consciente de ello a cada día que pasaba.

Capítulo 11

Laura estaba agotada cuando llegó a casa; nunca había agradecido tanto tener toda una noche por delante sin nada que hacer. Había terminado de corregir exámenes antes de salir del instituto y ya tenía preparada la clase para el día siguiente. Podría darse un baño de burbujas, tomarse una copa de vino y una ración de pizza y meterse en la cama.

Sin embargo, antes de que hubiera terminado de ver el correo, alguien llamó a la puerta. Abrió y vio a Annie, Raylene y Sarah cargadas con bolsas llenas de patatas fritas y a saber qué más.

—¿Habíamos quedado? —preguntó sabiendo perfectamente que no.

—No, pero mi madre me ha contado que has tenido un día horrible —dijo Annie—, así que hemos venido a ofrecerte apoyo moral. Es lo que hacemos las Dulces Magnolias. Mamá, Maddie, Jeanette y Helen no han podido venir, pero nos conocemos muy bien el protocolo y hasta Raylene casi puede recrear los margaritas letales de Helen.

—¿Qué quieres decir con «casi»? —preguntó Raylene indignada—. Los últimos que hice fueron una bomba. Te dejaron por los suelos.

Annie sonrió.

—Pero eso es porque soy un peso ligero y, además, no estoy segura de que dejarnos por los suelos fuera el propósito. Creo que solo tenían que relajarnos un poco.

—Bueno, pero eso también puedo hacerlo —contestó Raylene y girándose hacia Laura añadió—: ¿Tienes batidora?

—Claro.

—¿Y mucho hielo?

—Sí, pero no tengo ni lima ni tequila.

—Ah, tenemos los ingredientes necesarios. Nunca vamos a ningún sitio sin ir preparadas.

—¡Pues entonces vamos a empezar la fiesta! —dijo Annie con euforia.

Sarah sonrió a Laura.

—Pareces aturdida. A lo mejor deberías sentarte en el salón y dejar que nosotras trabajemos. Encontraremos lo que nos haga falta.

Aunque no dudó ni por un segundo que pudieran manejarse bien sin su ayuda, Laura no pudo evitar unirse a ellas mientras prepararon en menos de quince minutos lo que parecía un auténtico banquete acompañado de margaritas.

—He hecho trampas —admitió Annie—. Mi madre ha hecho el guacamole, ha tardado unos dos minutos. Yo hubiera tardado una eternidad y no me habría salido ni la mitad de rico.

—Yo he comprado las cosas —confesó Sarah—. Raylene sí que ha cocinado algunas cosas, así que tenemos garantizado que es comestible. Puede que no sea chef, y esto jamás lo diría delante de Dana Sue, pero os juro que Raylene es tan buena como ella.

—Créeme, mamá lo sabe —dijo Annie—. El otro día la pillé pidiéndole una receta a Raylene.

Sarah abrió los ojos de par en par.

—¿En serio?

Raylene asintió.

—Sí —confirmó y con gesto petulante añadió—: No tengo permiso para decir cuál porque quiere incluirla en la carta de Sullivan's. Le he dado permiso para que se acredite todo el mérito.

—Pero eso no es justo —protestó Annie.

Raylene se encogió de hombros.

—Yo lo sabré y es lo que importa. Creo que es increíble que tu madre, la chef con más renombre de la región, quisiera mi receta.

Laura se dejó invadir por la conversación y empezó a relajarse sin ni siquiera haber probado todavía ni un sorbito de margarita. Le bastó con que esas mujeres se hubieran enterado de que había tenido un mal día y se hubieran pasado por allí para animarla.

Raylene sirvió los margaritas en las copas que ellas mismas habían llevado, los pasó y alzó el suyo.

—Por la noche de margaritas y las amigas —brindó.

Laura le dio un trago y a punto estuvo de atragantarse.

—Está un poco fuerte, ¿no?

—He utilizado la receta de Helen y la he cargado un poquito más.

Annie sonrió.

—¡Así que tenemos otra peso ligero! —exclamó Annie triunfante—. Me alegra no ser solo yo.

—Bueno, venga, vamos a comer algo y a sentarnos antes de caer redondas —dijo Sarah y mirando a Laura añadió—: Y así luego nos cuentas lo que ha pasado hoy en clase.

—No estoy segura de que sea una buena idea —protestó Laura.

—No pasa nada —dijo Annie—. Creo que ya conozco casi todos los detalles, así que puedo contarlo yo y tú me corriges si me equivoco. Así no te sentirás como si estuvieras contando cosas del instituto.

Sorprendida de que Annie pensara que conocía ya los detalles, y sin dudar de su palabra, Laura asintió.

Una vez todas estaban en el salón y después de que hubieran asaltado el plato de burritos, los fríjoles y el arroz que había preparado Raylene, junto con un montón de patatas fritas y guacamole muy picante, Annie relató lo que su madre le había contado sobre el incidente en el instituto.

Y, para sorpresa de Laura, ninguna de las mujeres se mostró especialmente sorprendida al oír que Annabelle Litchfield podía estar acosando a otra chica.

—Es por esa madre que tiene —dijo Sarah—. Mariah es tremenda, ¿sabéis que le tiró los tejos a Travis, no?

Hasta Raylene y Annie se quedaron perplejas.

—¿Nos lo habías contado? ¿Cuándo pasó? —preguntó Annie.

—El Cuatro de Julio, después de que hubiéramos hecho la retransmisión y hubiéramos alabado la interpretación de Annabelle del himno nacional durante las celebraciones en la plaza del pueblo. Entré en el estudio y allí estaba, de lo más efusiva y prácticamente echándosele encima.

—¿Y qué hizo Travis? —preguntó Raylene.

—No lo suficiente, en mi opinión. Simplemente le dio las gracias por haber ido a la radio. Yo quería arrancarle el pelo. Tardé un poco en aceptar que él estaba siendo educado y que mi reacción podría haber sido demasiado exagerada y le habría dado muy mala publicidad a nuestra emisora.

—Pero no pensaste que Travis estuviera interesado, ¿no? —preguntó Annie con gesto de duda—. A lo mejor todavía era un poco pronto, pero todo el mundo sabía que eras la única mujer del pueblo para la que tenía ojos.

Sarah asintió.

—Por aquel entonces aún me costaba un poco creerlo —sonrió—. Ahora no tanto.

—Bueno, eso espero —dijo Laura—. Aún tengo que abanicarme cuando os oigo a los dos por la radio. Ese hombre está coladito por ti.

La sonrisa de Sarah aumentó.

—Sí, ¿verdad? ¿No es alucinante? ¡Y es mi marido!

Annie se dirigió a Laura.

—Hablando de hombres, mamá también me ha dado un informe completo de tu cena con J.C. en Sullivan's.

—Venga, cuenta —dijo Raylene con interés.

Laura se sonrojó tremendamente.

—Vamos, chicas, solo fue una cena.

—Pero te gusta, ¿verdad? —insistió Sarah—. Quiero decir, ¿a qué mujer no le gustaría? Está buenísimo, es un hombre de éxito y hasta ahora había sido decididamente inalcanzable. ¿Cómo lo has logrado, Laura?

—Obviamente, siendo irresistible —dijo Annie sonriendo a Laura—. Dadle a ella también el mérito que merece. Es tan buen partido como él.

—Bueno, eso sobra decirlo —comentó Raylene—. Es más, diría que Laura es el premio gordo. J.C. ejerce con Bill Townsend, así que eso no es muy recomendable.

—Un momento —protestó Annie—. Hasta Maddie no tiene nada en contra de él en ese aspecto. Lleva a los niños a J.C. y me lo recomendó cuando me negué a llevar a los míos a Bill.

Sarah asintió.

—Recuerda, fue Maddie quién insistió para que contratara a J.C. antes de que su matrimonio con Bill estallara por los aires. Ella misma lo entrevistó y dijo que encajaría muy bien en Serenity.

—Sigo diciendo que ser socio de él lo hace sospechoso —dijo Raylene con terquedad—. Y si Maddie fuera totalmente sincera, ella también te lo diría. Seguro que solo lleva a sus niños a la consulta de J.C. porque no quiere acercarse a su exmarido y porque los demás pediatras están a muchos kilómetros. Ninguna madre quiere para sus hijos un médico que no esté accesible.

Laura las escuchó con diversión.

—¿Entonces le damos el visto bueno a J.C. o no? —

preguntó en broma—. Y no es que lo que digáis vaya a ir a misa, pero os pregunto por curiosidad.

—Visto bueno —dijo Annie de inmediato.

—Estoy de acuerdo —contestó Sarah.

—Y yo no me pronuncio —respondió Raylene—. Si Maddie, Dana Sue y Helen estuvieran aquí, imagino que darían un voto negativo.

—Helen está hastiada —dijo Annie–, y es por todos esos divorcios que lleva en el trabajo. Nunca perdona a los hombres que les han hecho daño a sus amigas, como Bill hizo daño a Maddie. Rechazaría a J.C. porque lo relaciona con Bill. Aún siente algo de recelo hacia mi padre, aunque desde que mamá y él se reconciliaron, ha intentado olvidar que básicamente lo arrastró por los suelos durante el divorcio. Pero mi padre ha hecho que las cosas sean sencillas porque no le guarda ningún rencor. Es más, su deporte favorito es hacerla de rabiar.

Laura se recostó en su asiento.

—Me encanta cómo funciona este pueblo.

—¿Y las noches de margarita? —preguntó Annie esperanzada—. ¿Te apuntas a la siguiente que hagamos de verdad?

—Contad conmigo —respondió. Los margaritas no importaban mucho, pero la amistad que esas mujeres habían demostrado al pasarse por allí esa noche no tenía precio.

J.C. llevaba horas llamando a Laura y aún no había podido contactar con ella. Su conversación con Cal lo tenía preocupado. Tenía el presentimiento de que ella se habría tomado muy a pecho el incidente porque, aunque seguro que lo había afrontado con fortaleza, la situación no estaba resuelta ni mucho menos. Seguro que estaría preocupadísima por Misty porque hasta él mismo estaba bastante nervioso por el último giro que había dado la situación.

Cuando ya no pudo aguantar ni un minuto más, se metió en el coche y fue hasta su apartamento. Llegó alrededor de las diez, justo a tiempo de ver a Annie Townsend, Sarah McDonald y Raylene Rollins saliendo del edificio. Le parecía que se tambaleaban un poco, tal vez demasiado para ponerse detrás del volante.

—Buenas noches, chicas.

—¡Es J.C.! —dijo Annie con euforia—. ¿Qué haces aquí?

—He venido a ver cómo está Laura. ¿Qué tal vosotras?

—Hemos tenido una noche de margaritas en su casa —respondió Sarah.

Él frunció el ceño.

—¿Noche de margaritas? ¿Y qué es eso exactamente?

—Algo que hacemos las Dulces Magnolias cuando alguna necesitamos un poco de apoyo tras un día duro —explicó Annie con cuidado de elegir las palabras adecuadas.

—Así que esta noche aquí se ha consumido una buena cantidad de tequila —concluyó él con una sonrisa.

—Mucha —apuntó Sarah con la cabeza de un lado para otro como la de esos ridículos muñecos de los coches.

—Creo que me hago una idea. ¿Y si os llevo a todas a casa? Me parece que sería una vergüenza que a la mujer del jefe de policía le pusieran una multa por conducir bajo los efectos del alcohol —dijo mirando a Raylene.

—No voy a conducir. Conduce ella —respondió señalando a Annie, que puso cara rara—. ¿O es Sarah? ¿Es que no hemos designado conductora para hoy?

J.C. sacudió la cabeza.

—Tanta confusión que veo me dice que no. Venga, os llevo yo.

Las tres mujeres se subieron al coche sin protestar e incluso lograron darle las indicaciones a sus respectivas casas. Raylene fue la última en bajar.

—Retiro lo que he dicho antes —dijo la mujer al salir del coche.

—¿Y qué has dicho antes?

—Que me guardaba mi opinión sobre si eras un príncipe o un capullo, pero resulta que eres un caballero. Bien por ti —añadió asintiendo con la cabeza.

Él sonrió ante su voto de confianza.

—Gracias.

—Aunque lo que yo piense da igual. Estoy segurísima de que Laura te considera un príncipe. Eso sí, si le haces daño, eres hombre muerto.

—Eso he oído. Buenas noches, Raylene.

Esperó hasta que ella entró en casa y se dirigió a casa de Laura, no muy seguro de qué se encontraría allí al llegar. Y, para su sorpresa, aunque tenía los ojos un poco brillantes, no parecía que los margaritas que se había tomado la hubieran perjudicado mucho.

—No parece que seas la que ha salido peor parada de la fiesta —le comentó cuando ella lo invitó a pasar.

—¿Cómo lo sabes?

—Me he encontrado con las chicas fuera y me he ofrecido a llevarlas a casa. No estaban para conducir.

—Qué amable eres.

—Bueno, soy un príncipe, ¿no? Al menos eso es lo que me ha dicho Raylene que habéis votado antes.

Un intenso rubor trepó por el cuello de Laura hasta llegar a sus mejillas.

—¿Te ha dicho eso?

—El alcohol suele soltarle la lengua a la gente —le recordó—. Por cierto, ha cambiado el voto. He pensado que debía decírtelo por si supone algo para ti.

—¿En serio?

—Dice que, después de todo, soy un caballero.

—¡Vaya! Impresionante. Antes se ha resistido.

Él se acercó y le colocó un mechón de pelo detrás de la oreja. Su caricia se posó en su sonrosada mejilla.

—¿Importaba su opinión?

Ella lo miró fijamente y sacudió la cabeza.

—A mí no.

—Estoy pensando que ya no quiero ser un caballero —admitió—. ¿Qué te parecería eso?

Laura tragó saliva con dificultad, aunque no desvió la mirada.

—Me parecería que hay veces en las que ser un caballero está altamente sobrevalorado.

Él sonrió.

—Me alegra saberlo.

—¿Estabas pensando en hacer un cambio tan drástico esta noche? —preguntó con la voz algo entrecortada.

—Sí, pero lo de los margaritas me ha hecho pensar que se me ha acabado el tiempo. Quiero que tomes esta decisión con la cabeza muy despejada.

Ella lo miró con decepción.

—¿De verdad has venido aquí esta noche para seducirme?

—Lo cierto es que he venido porque me he enterado de lo que ha pasado en el instituto. He intentado llamarte, pero no respondías.

—Como tenía visita, he dejado que saltara el contestador.

—Bueno, pues me he preocupado, y por eso he venido a ver cómo estabas.

—Gracias. Eres un cielo.

Él sonrió.

—¡Vaya noche llevo! Primero Raylene me llama «caballero» y ahora tú me dices que soy un «cielo».

—No dejes que se te suba a la cabeza. Seguro que tienes montones y montones de defectos, aunque ahora mismo no se me ocurre ninguno.

—Creo que me concentraré en el hecho de que no has descartado que me vayas a dejar seducirte uno de estos días.

—No, eso no lo he descartado en absoluto.

—Entonces mejor en otro momento —dijo él agachándose para rozar sus labios. Pudo saborear un toque a zumo de lima, tequila y sal que permanecía en sus labios, aunque el beso ya habría resultado lo suficientemente embriagador sin eso.

«Tenía razón», pensó mientras la soltaba con renuencia. Ahora que la había besado, incluso aunque hubiera sido un simple roce, se sentía perdido. Pero, por extraño que pareciera, no lo aterrorizó tanto como había esperado.

—Buenas noches, Laura. Ya hablaremos mañana.

Al marcharse, miró hacia atrás y vio que estaba tocándose los labios como si estuviera ligeramente deslumbrada. ¡Vaya! El efecto había sido mutuo.

Laura se sorprendió cuando, la mañana siguiente a la noche de margaritas, recibió una llamada de Paula Vreeland preguntándole si podían quedar a tomar el té en la terraza del The Corner Spa. Paula era una leyenda en el pueblo. Como artista con renombre internacional que era, sus obras originales se pasaban del presupuesto de Laura, pero había logrado comprar un grabado que tenía colgado en un lugar privilegiado de su pequeño apartamento.

Aunque le había parecido que el spa era un lugar algo raro para quedar, no le había resultado más extraño que la propuesta en sí. Tenía que admitir que le había podido la curiosidad. Llegó cinco minutos antes y encontró a la señora Vreeland ya allí, charlando con su hija Maddie.

—Laura, qué alegría verte —dijo Maddie—. Mi madre me ha dicho que ibas a venir. Supongo que ya que estás aquí no puedo hacerte una matrícula, ¿no? Tenemos descuentos especiales para profesores.

—Un día de estos —respondió Laura mirando con envidia la sala de ejercicios inundada de luz del sol y con vistas a una arbolada. Hacer ejercicio ahí con aire acondicionado sería mucho más agradable que los demasiado escasos y sudorosos paseos que se daba por el parque.

Paula le lanzó a su hija una mirada de reprimenda.

—No he invitado a la señorita Reed para que pudieras vender matrículas.

Maddie se rio.

—Forma parte de mi trabajo atraer a nuevas clientas. ¿Por qué no salís a la terraza? Ahí fuera se está muy tranquilo. Os llevaré algo de la cafetería. ¿Os apetece algo en especial?

—He oído que los batidos de fruta son increíbles —admitió Laura—. ¿Podría probar uno?

—Claro. ¿De fresa y plátano?

—Perfecto.

—Y yo me tomaré un vaso de té dulce —dijo la señora Vreeland—. Y a lo mejor una de esas magdalenas de arándonos de Dana Sue.

—¿Baja en grasa? —preguntó Maddie.

Paula arrugó la nariz.

—Si puedo elegir, no —respondió de inmediato.

Una vez se hubieron acomodado en una mesa de hierro forjado en la terraza, Paula la miró directamente y le dijo:

—Seguro que te estás preguntando por qué te he llamado así, de pronto.

—Tengo curiosidad —admitió Laura—, pero también se lo agradezco. Me moría por conocerla desde que compré uno de sus preciosos grabados y me enteré de que vivía aquí mismo, en Serenity. No sé por qué, pero nunca me he cruzado con usted por el pueblo.

—Las alabanzas y una adquisición son las mejores formas de ganarse el corazón de un artista —dijo Paula con una carcajada antes de ponerse seria—. Pero me temo que lo que tengo que decir es un tema delicado.

Laura escuchaba con cada vez mayor consternación según la mujer iba contándole lo que había estado pasando entre Misty Dawson y Annabelle Litchfield. Cuando Paula le pasó una hoja con los mensajes impresos, además de las fotos de una chica casi desnuda que decía ser Misty, emitió un grito ahogado. Era mucho peor de lo que había imaginado.

—No tenía ni idea. No me extraña que Misty no apareciera por mi clase y me sorprende hasta que pisara el instituto —suspiró—. Aunque, bueno, ahora hace varios días que no viene y ha intentado poder evitar las clases por completo.

—¿Y cómo pretendía hacerlo?

—Fue a ver a J.C. Fullerton y le suplicó que le redactara una justificación médica para poder quedarse en casa. Él se negó, pero ninguno de los teníamos la más mínima idea de por qué tenía tantas ganas de salir del instituto. La chica no contó nada y solo en las últimas semanas me he podido hacer una ligera idea de qué estaba pasando. Esta es la prueba que necesitaba para llevar esto al siguiente nivel y ponerle freno.

—Por suerte alguien me lo ha contado y decirte que me he quedado impactada es decir poco.

—Lo mismo me ha pasado a mí —admitió Laura.

Paula asintió.

—Me lo imaginaba. Y ahora, ¿qué vamos a hacer con esto? Está claro que hay que tratar el tema con delicadeza, pero en el instituto no hay cabida para esta clase de tortura a un alumno, y menos a uno tan brillante y sensible como Misty.

—No podía estar más de acuerdo con usted.

Las dos se quedaron en silencio unos minutos, sopesando qué hacer a continuación.

Al cabo de un momento, Laura miró a la señora Vreeland directamente.

—En algún momento u otro he tratado con todos los padres de mis alumnos y Mariah Litchfield no va a llevar esto bien, ¿verdad? Sé que Betty Donovan se estaba esperando una explosión monumental, incluso sin saber cómo de mal están las cosas.

Paula respondió con una sonrisa compungida.

—Sinceramente, me temo que se va a desatar un infierno.

Laura suspiró.

—Me temía que fuera a decir eso. Supongo que tendremos que reunir todas las pruebas antes de hablar con Annabelle y su madre.

—Sin duda es una decisión prudente. Si no te importa, me gustaría mantenerme al margen de esto de manera pública a menos que sea necesario. Cualquiera podría entrar en Internet y encontrar estas pruebas, así que dudo que sea necesario que mi nombre se vea implicado.

—Puedo entender que quiera proteger a su fuente. A nadie le llevaría mucho tiempo adivinar quién es —aunque Katie Townsend se hubiera negado a hablar con Cal, debía de haber acudido a su abuela. Qué suerte que hubiera encontrado el modo de involucrar a un adulto sin quebrantar la confianza de Misty.

—Pero acudiré si me necesitáis en cualquier momento —le aseguró Paula—. No se puede tolerar esta clase de comportamiento. Aparte de intentar proteger a mi fuente, me sentiría totalmente cómoda pronunciándome públicamente en contra de esto —sonrió brevemente—. Y hay muy poco que Mariah Litchfield pueda hacerme. No me preocupa mi reputación, solo me preocupa mi fuente.

—Entendido —dijo Laura—. No creo que tengamos ningún problema para encontrar a gente que se pronuncie en contra de esto una vez salgan las pruebas —tenía la sensación de que J.C. lideraría esa cruzada y tenía toda la intención de involucrarlo a la primera oportunidad que le surgiera.

Paula la miró con aprobación.

—Katie me dijo que te volcarías en esto. Te admira mucho y ahora entiendo por qué.

—Gracias —dijo Laura verdaderamente complacida, no tanto por la aprobación de Paula Vreeland, sino por la fe que Katie tenía en ella—. No voy a abandonar a estas chicas.

Se pensó si pedirle o no consejo a la señora Vreeland.

—¿Puedo pedirle opinión sobre una cosa?

—Por supuesto.

—Está claro que entiende lo delicada que es esta situación, sobre todo con unas fotografías tan desagradables publicadas en Internet. He oído que los padres de Misty están teniendo problemas. Normalmente acudiría directamente a ellos, pero no quiero empeorar la situación.

—Entiendo tu preocupación —dijo Paula—, pero ¿de verdad tienes elección? Una vez le hayas llevado esta información a Betty y ella haya tomado medidas contra Annabelle, expulsión temporal, sino expulsión definitiva, todo el pueblo hablará de ello, hará preguntas y, tristemente, entrará en Internet para ver las pruebas. Diana y Les Dawson se merecen estar preparados para esto. Tienen que saber lo que le está pasando a su hija antes de que todo se haga público, o más público de lo que es ya. Sean cuales sean sus problemas, seguro que querrán estar al lado de su hija.

Laura suspiró.

—Opino lo mismo —respondió aunque a regañadientes.

Y desgraciadamente no había tiempo que perder. Los Dawson tenían que ser su prioridad. Ya iría a buscar a J.C. después y le pondría al corriente. Ahora mismo era más importante que Misty tuviera un sistema de apoyo a que lo tuviera ella.

—¿Podríamos volver a quedar aquí? —le sugirió Paula—. Me gustaría que me pusieras al día de lo que va pasando, si no te importa. No voy a descansar bien hasta que sepa que ya se está solucionando esto y que Misty vuelve a estar a salvo. Y querré que me avises si se te ocurre algo en lo que pueda ayudar.

—Por supuesto. Y no puedo decirle lo mucho que significa para mí que Katie y usted me hayan confiado esta información. Haré lo posible por no decepcionarlas.

—Estoy segura de ello. Serenity tiene suerte de tenerte

aquí. No todos los profesores estarían dispuestos a ir en contra de Mariah Litchfield.

Laura no podía creerlo.

—No puede ser.

—Mariah es la acosadora original del pueblo —le confirmó Paula—. ¿De dónde crees que ha aprendido Annabelle a ser tan despiadada? Ese exterior dulce que Mariah le muestra al mundo para salirse con la suya oculta un montón de maldad. Hubo un tiempo en el que soñaba con llegar al estrellato, pero quedarse embarazada le puso punto y final a esa ambición. No solo está viviendo su sueño a través de su hija, sino que está llena de rabia y resentimiento. Ten cuidado, Laura. Aunque en este caso estás de parte de los ángeles, no saldrás ilesa.

Laura asintió.

—Estoy totalmente preparada para ello —dijo con firmeza y pensando en cómo Vicki Kincaid la había protegido de los insultos de otros alumnos y de la estrechez de miras de algunos padres que pensaban que una adolescente embarazada debía ser expulsada en lugar de permitirle terminar sus estudios.

Ahora rezaba por poder estar a la altura del ejemplo que aquella mujer le había dado.

Capítulo 12

Laura dudó si llamar a los Dawson para avisarles de que se dirigía hacia allí, pero al final optó por presentarse sin más en su puerta. No quería arriesgarse a que le pusieran excusas para retrasar el encuentro, pero, por supuesto, lo que no podía haberse imaginado era la situación que se encontró allí.

Misty abrió la puerta y su gesto se volvió de consternación al verla.

—Señorita Reed —susurró saliendo y cerrando la puerta tras ella—. ¿Qué está haciendo aquí? Si es porque he faltado a clase casi toda la semana, he estado mala. El lunes llevaré un justificante. Lo prometo.

Impulsivamente, Laura le apretó la mano con fuerza.

—No pasa nada, Misty. Ya lo sé todo. Y lo entiendo todo.

Misty se alarmó; sus ojos lo reflejaron claramente.

—No lo entiendo, ¿qué es lo que sabe?

—Sé lo de Annabelle y los mensajes y las fotos que ha colgado en Internet —le respondió con delicadeza—. ¿Por qué no pasamos y hablamos de ello? ¿Están tus padres en casa? Deberíamos sentarnos todos a hablar sobre el mejor modo de enmendar esta terrible situación en la que te has visto metida desde que empezaron las clases.

—No, por favor —se apresuró a decirle Misty—. No

puede decirle nada a mi madre. No está bien y mi padre no está en casa.

—Pues tienes que llamarlo y decirle que venga a casa —le dijo Laura con firmeza—. Seguir ignorando esto no es una opción, Misty. Una vez todo esté en marcha para castigar a Annabelle, saldrá a la luz y no se lo podrás ocultar. ¿No sería mejor contárselo ahora y prepararlos? Tú no tienes culpa de nada de esto. Eres la víctima de un acoso implacable.

A Misty se le llenaron los ojos de lágrimas.

—¿Y si mi madre y mi padre no se lo creen? ¿Y si piensan que he hecho todas esas cosas que Annabelle ha publicado? No lo entiende, señorita Reed. Me odiarán, y aquí las cosas ya están demasiado mal. No sé cuánto más podrá aguantar mi madre.

Parecía tan asustada que, por un instante, Laura se preguntó si estaría haciendo lo correcto. Pero en el fondo de su corazón sabía que no tenía elección. Los Dawson tenían derecho a saber que algo tan grave estaba afectando a su hija, eso sin hablar del impacto que podría tener en su futuro si seguía faltando a clase para huir del acoso y de las burlas de sus compañeros.

—Misty, sé que quieres protegerlos, pero no puedes. No es posible. Esto saldrá a la luz —ella había intentado por todos los medios ocultarles su embarazo a sus padres, pero había sido imposible. No era algo que se les hubiera podido ocultar. Y esto tampoco lo era.

—No se sabrá —insistió Misty—. No, si lo dejan pasar. El lunes volveré a clase. Me mantendré alejada de Annabelle y haremos como si nunca hubiera pasado nada. Los chicos dicen cosas horribles de los demás todo el tiempo. Se supone que tenemos que enfrentarnos a eso, ¿no? Es la actitud madura que debemos adoptar.

—Misty, esta situación no es positiva en absoluto, ni siquiera sé por dónde empezar —dijo Laura preguntándose qué clase de mensaje les estaban transmitiendo los adultos a los chicos para hacerles sacar semejante conclusión—. Antes de nada, lo que Annabelle te ha estado haciendo está mal. Es una violación de la política del instituto, por no decir un acto criminal. Imagino que muchos de esos mensajes llegan al nivel de calumnias, pero eso tendrá que arreglarlo un abogado. No puedo ignorarlo. Y, en segundo lugar, los abusones y acosadores no paran hasta que se ven obligados a hacerlo. No deberías sufrir ni un segundo más.

—Pero lo haré —le suplicó Misty—. No pasa nada. Puedo soportarlo, si con eso mis padres no se enteran nunca. No se imagina lo mal que están las cosas para ellos ahora.

Laura tenía que entender exactamente qué había detrás de ese obvio pánico que invadía a Misty.

—Vamos a sentarnos en el porche un minuto. ¿Por qué no me dices por qué crees que estaría bien que Annabelle saliera de esto indemne? ¿Qué está pasando aquí que hace que te resulte tan complicado hablar con tus padres?

—Ya se lo he dicho. Mis padres no pueden enfrentarse a esto ahora. Pronto se divorciarán y mi madre está histérica por ello. Mi padre ni siquiera pasa por aquí y esto les dará una razón más para discutir.

—Pero siguen siendo tus padres. Querrán ayudarte —insistió Laura rezando por que eso fuera cierto. ¿Tan ensimismados estaban que no le verían importancia al problema de Misty?

—Pero no quiero que me ayuden —repitió Misty—. Puedo salir de esto. Encontraré el modo.

—Hasta el momento tu forma de atajar el problema ha sido faltando a clase —le recordó Laura—. Pero eso ha dejado de ser una opción.

—Entonces pensaré en alguna otra cosa —dijo la adolescente con auténtica bravuconería—. Annabelle ya no puede hacer cosas más graves de las que ha hecho.

—Si eso crees, deja que te diga que me parece que estás equivocada. Te diré lo que sé sobre los acosadores. Si consideran que lo que están haciendo ya no tiene el impacto deseado, pasan al siguiente nivel. No tienes más que fijarte en lo que ha pasado esta semana. Volviste a clase con actitud valiente, intentaste mostrarle a Annabelle que ya no podía hacerte más daño, y después ha colgado esas fotos.

—Pero a lo mejor si Annabelle sabe el problema en el que podría meterse y que voy a dejar que salga indemne, decide parar —sugirió Misty esperanzada—. No sé, a lo mejor estaría agradecida.

—¿De verdad lo crees? —preguntó Laura.

Misty se recostó en el asiento claramente incapaz de defender su postura.

—Probablemente no —admitió con renuencia—. Pero si la expulsan del instituto por mi culpa, todas sus amigas van a odiarme e irán a por mí en Internet. Me arrinconarán en el cuarto de baño o en los pasillos entre clase y clase para atormentarme y no sé si eso podría soportarlo más.

—O se darán cuenta de que en Serenity a nadie se le permite salirse con la suya cuando se hace lo que Annabelle te está haciendo. Habrás ayudado a lanzar un mensaje muy claro a todos sobre el acoso escolar.

Misty sacudió la cabeza.

—No creo que vaya a funcionar así —dijo sonando derrotada.

—Confía en mí —le respondió Laura.

—Lo hago, pero… —se le apagó la voz.

—Pero estás asustada —terminó Laura por ella.

Misty asintió.

—No te culpo, pero ya hay mucha gente de tu parte, Misty. Ahora tienes apoyo. Vamos a parar esto. Te lo prometo.

Aunque Misty seguía sin parecer convencida del todo, Laura volvió a pedirle hablar con su madre.

—Vamos a terminar con esto. Pase lo que esté pasando en su vida ahora mismo, sé lo importante que eres para ella y creo que va a sorprenderte.

Misty emitió un enorme suspiro.

—Vale —dijo y fue a la cocina.

Diana Dawson se quedó asombrada al ver a Laura con Misty.

—Señorita Reed, ¿qué está haciendo aquí? ¿Se ha metido Misty en algún problema en el instituto? —preguntó alarmada.

Laura intentó ocultar su asombro ante el aspecto desaliñado de Diana. Siempre la había visto perfecta, pero ese día parecía hundida y agotada. Llevaba ropa arrugada, su melena, normalmente sometida a caros cuidados, estaba despeinada y no llevaba ni gota de maquillaje. No le extrañaba que Misty estuviera preocupadísima por ella.

—Misty no se ha metido en ningún lío —le aseguró Laura al sentarse frente a ella en la mesa—. Pero en el instituto hay un problema. He pensado que su marido y usted deberían enterarse por mí antes de que las cosas se vayan de las manos.

—Tiene que ver con Annabelle Litchfield, ¿verdad? —dijo Diana sorprendiendo a Laura e incluso a Misty, por lo que indicó su exclamación de asombro.

—Mamá, ¿ya sabes algo? —le preguntó Misty preocupada—. ¿Qué has oído?

—Sé que esas llamadas de Mariah no eran por «nada», como querías que creyera —respondió. Pareció como si se armara de fuerzas y valor antes de mirar a Laura y decir—: Cuénteme.

Laura la informó sin dar todos los detalles de las mentiras y porquerías que Annabelle había colgado en Internet y, aun así, Diana mostró el primer signo de estar viva de verdad desde que Laura había llegado.

—Esa imbécil rastrera —dijo acaloradamente antes de dirigirse a Misty—. Cielo, ¿por qué no me lo has contado?

—Porque las cosas que estaba diciendo eran demasiado desagradables y tú ya tenías bastante con lo de papá.

—Lo que yo esté pasando o no nunca será suficiente

para impedir que te defienda —respondió Diana claramente despierta de su previa apatía—. ¿Y ahora qué? —le preguntó a Laura.

—Voy a llevarle a Betty Donovan las pruebas que tengo y ella seguirá los procedimientos necesarios para asegurarse de que se frena a Annabelle.

—Mariah no se va a quedar de brazos cruzados —predijo Diana—. Eso podemos darlo por hecho. La cosa se va a poner fea.

—Podríamos dejarlo pasar —suplicó de nuevo Misty.

Su madre le agarró la mano.

—De ninguna manera. Esto no se va a ignorar.

—Pero me sentiré más humillada todavía si todo el pueblo habla de esto. ¿Y qué pasa con las fotos? —preguntó con tono lastimoso—. Ahora todo el mundo las va a ver.

—En cuanto llegue a casa voy a hacer una llamada para ver qué hace falta para que las retiren de inmediato. Empezaré con Helen Decatur-Whitney y si ella no puede hacer nada, hablaré con Carter Rollins.

—¿El hermano de Carrie? —dijo Misty consternada—. ¿Se lo vas a decir al jefe de policía?

Laura asintió.

—Imagino que entre Helen y él sabrán qué hacer legalmente para ponerles fin a esos mensajes maliciosos y borrar los antiguos.

—Gracias —respondió Diana—. ¿Y usted nos dirá qué va pasando y qué tenemos que hacer?

—Absolutamente —Laura vaciló antes de preguntar—: ¿Qué pasa con el señor Dawson? ¿Le informa usted o lo hago yo?

Diane se puso recta.

—Yo se lo contaré. Aunque últimamente a mí no me escuche mucho, se preocupa por Misty y Jake y se involucrará.

—Mamá, no me utilices para intentar traer a papá de vuelta a casa —le suplicó Misty.

—En esta ocasión no se trata de mí ni de lo que yo quiera —le aseguró su madre—. Hará lo que haga falta por apoyarte. Lo siento si todo lo que ha estado pasando aquí te ha hecho dudar por un segundo, pero tu padre te adora. Lo único que me gustaría es que nos lo hubieras contado tú mucho antes. No deberías haber tenido que enfrentarte a esto sola.

—Jake me ha ayudado un poco —admitió—. Me ha defendido en el instituto.

Diana se quedó impactada.

—¿Por eso tiene el ojo morado?

Misty asintió.

—Me puse mala cuando me enteré de que había visto las fotos, mamá. Es algo tan retorcido. Y también me pongo mala de pensar que papá se entere de todo esto. Se va a sentir totalmente desilusionado conmigo.

—Eso jamás —dijo Diana para tranquilizarla—. Tu padre entenderá que todo son mentiras. Esto retrata lo mezquina que es Annabelle, no a ti.

Aunque Misty no parecía convencida del todo por las palabras de su madre, a Laura le pareció ver un ligero brillo de esperanza en sus ojos por primera vez en mucho tiempo.

Para cuando había salido de casa de Misty, ya era demasiado tarde para encontrar a Helen en su despacho, pero sabía que la abogada solía pasar por Sullivan's para ver a su marido, el chef del restaurante, de camino a casa. Helen incluso estaba allí cuando Laura había cenado con J.C. la otra noche.

Así que, tal como esperaba, la encontró en un banco situado en una esquina en el fondo, rodeada de papeles y con un sándwich a medio comer a un lado.

—Helen, siento molestarte, pero ¿tienes un minuto?

Helen levantó la mirada, parpadeó como si estuviera volviendo a la realidad, y sonrió.

—Laura, claro. Siéntate. Me temo que estaba tan absorta con la cantidad de fondos que el marido de mi clienta le ha estado ocultando que ni siquiera te he visto.

—¿Seguro que tienes un momento? Si no fuera importante, no te molestaría.

—Solo estoy matando el tiempo hasta que Erik pueda tomarse un descanso. Mi madre se queda esta noche unas horas con mi hija, así que supongo que voy a tener una cita con mi marido. Por desgracia, el local está abarrotado y no puede salir de la cocina. Hazme caso, si quieres pasar tiempo con un hombre durante el fin de semana, no salgas con un chef.

Laura sonrió.

—Al menos lo que tú pierdes lo gana el cliente. Los postres de Erik son increíbles.

—Créeme, lo sé muy bien —respondió con pesar—. Creo que he engordado cinco kilos desde que nos casamos solo por probar sus experimentos —le sonrió—. Me he enterado de que ayer se celebró una mini noche de margaritas en tu casa. Siento habérmela perdido, pero imagino que Raylene dio en el clavo con los margaritas.

—Eran letales, si a eso te refieres. Fue divertido y exactamente lo que necesitaba después de un día horrible.

—Ese es el objetivo —dijo Helen con expresión seria—. He oído un poco de lo que está pasando con Misty Dawson. ¿Puedo ayudar en algo?

Laura sonrió.

—Eso es justamente lo que esperaba que me pudieras contar —la puso al tanto de la situación y le enseñó las hojas impresas que Paula Vreeland le había dado—. Entiendo que esto es la punta del iceberg. La persona que me los ha dado no ha impreso ni la mitad de todo lo que hay publicado online.

Helen abrió los ojos de par en par mientras leía las hojas y hasta emitió un grito ahogado al ver algunas fotos.

—¡Tienes que estar de broma! Cualquiera puede ver que estas fotos están trucadas.

—Claro, pero mientras tanto, suponen una enorme vergüenza para Misty, como te podrás imaginar. ¿Qué podemos hacer para que las retiren lo antes posible?

—Esto se sale un poco de mi campo de experiencia, pero haré algunas llamadas y veré qué puedo hacer. Imagino que te ocuparás de esta situación en el instituto.

—Llamaré a Betty y seguro que se pondrá con ello el lunes por la mañana a primera hora —le confirmó Laura.

—¿Y qué pasa con los Dawson? Deberían entablar una demanda por su cuenta.

—Creo que Diana aún está impactada, y no estoy segura de que pueda contárselo a su marido todavía. Acabo de estar en su casa hace un momento.

Helen asintió.

—La llamaré y le explicaré las opciones que tienen. ¿Cómo está Misty?

—Aterrorizada —respondió Laura con sinceridad—. Cree que ir a por Annabelle va a empeorarle las cosas en el instituto. Se ha estado saltando un par de clases prácticamente desde que empezó el curso por culpa de esto y cuando colgaron las fotos, empezó a quedarse en casa. A menos que manejemos esto bien, me preocupa mucho el impacto que pueda tener en ella. Hasta el momento ha logrado mantener sus notas altas, pero no asistir a clase le pasará factura, incluso a alguien tan brillante como ella.

—Está en el penúltimo curso, ¿verdad?

Laura asintió.

—Y cuenta con poder entrar en una facultad de primera.

—Entonces este año sus notas son cruciales —concluyó Helen—. ¿Podrías concertarnos una cita con Betty Donovan el lunes a primera hora de la mañana? Vamos a tener que coordinar qué va a hacer el instituto, qué quieren los Dawson y qué puedo hacer yo.

—Y en cuanto a tu tarifa… —comenzó a decir Laura.

—No hay tarifa —respondió de inmediato con gesto

adusto—. Esto corre de mi cuenta. No hay nada que odie más que los acosadores y abusones. Toda mi carrera se ha basado en ir detrás de hombres que abusan de sus mujeres y las acosan de un modo u otro. Será un placer frenar a esta niña.

—Gracias —respondió Laura con total sinceridad—. Eres un auténtico ángel.

Helen se rio.

—Imagino que en este pueblo podrías encontrar a mucha gente que te diría lo contrario.

Comenzó a recoger sus papeles.

—Voy a decirle a Erik que tengo que irme a casa y así empezaré a hacer esas llamadas —le prometió a Laura—. Te llamaré en cuanto sepa algo y el lunes por la mañana nos vemos en el instituto. Ya me dirás la hora. Cancelaré cualquier compromiso que tenga en la agenda si veo que me coincide con algo. Esto es demasiado importante como para malgastar un solo segundo.

Laura estaba a punto de levantarse y marcharse también cuando Dana Sue se acercó con gesto serio.

—El tema de Misty Dawson ha llegado a un punto crítico, ¿verdad? Por eso estabas hablando con Helen.

Laura asintió.

—¿Hay algo que pueda hacer? Todos queremos ayudar.

—Solo intentad acallar cualquier rumor que podáis oír. A esta pobre niña ya la han humillado bastante.

—Eso haremos —le prometió Dana Sue—. ¿Por qué no te quedas? Te traeré el especial de la noche. Es barbo frito, el favorito de J.C., y sé de buena tinta que ahora mismo viene hacia aquí para tomarse uno.

Laura enarcó una ceja.

—¿De buena tinta?

Dana Sue sonrió.

—Vale, le he llamado y le he dicho que estabas aquí y que parecía que necesitaras compañía.

—¿Cómo he logrado estar tantos años en este pueblo esquivando el radar de los entrometidos? —preguntó con una mezcla de diversión y exasperación.

—Porque ninguna te habíamos visto antes con el hombre perfecto para ti.

—¿Y el consenso es que ese hombre es J.C.? ¿Aunque trabaje con Bill Townsend? He oído que en algunos círculos eso es un gran punto en contra.

Dana Sue se encogió de hombros.

—Ey, todo el mundo tiene sus defectos, aunque hasta el momento ninguna hemos visto que comparta ninguno de los rasgos menos atractivos de Bill.

—¿Entonces lo habéis investigado? —preguntó solo medio en broma.

—Del todo —respondió Dana Sue sin mucha pinta de que no estuviera hablando en serio.

—Impresionante.

Y justo en ese momento apareció J.C., miró a Laura con gesto preocupado y se giró hacia Dana Sue.

—Gracias por el aviso.

—De nada, cuando quieras. Os llevaré una botella de vino. ¿Tinto o blanco?

Él miró a Laura.

—Blanco, creo.

Laura asintió y después de que Dana Sue se hubiera ido, lo miró con diversión.

—¿No bastaba con el príncipe y ahora vas en plan caballero de brillante armadura para rescatar a la damisela en apuros?

—No sabía que necesitaras que te rescatara. Al menos, no exactamente. Solo sé que has entrado aquí con pinta de estar muy preocupada y que te has sentado con Helen. No parecía que hubieras quedado con una amiga para pasar un rato divertido.

—Es verdad —confesó—. Ha sido otro día perfectamente horrible —lo miró fijamente—. ¿Te importaría que no habláramos de ello ahora mismo? Tengo que evadirme un momento antes de volver a la carga.

—Me gustaría ayudar.

—Y cuento con ello, créeme. Dame solo una hora de charla intrascendente y algo de buena comida y te lo contaré todo.

—De acuerdo. Lo que necesites. ¿Qué me dices de los Panthers?

Ella lo miró atónita como si no entendiera nada.

—¿Los Panthers?

—Los Carolina Panthers. El equipo de rugby de Charlotte.

—Sé que probablemente esto cambiará la impresión que tienes de mí, y no de forma positiva, pero los únicos partidos de rugby que sigo son los del instituto.

Él la miró asombrado.

—Pues eso sí que está muy mal.

Ella sonrió.

—¿Eso me saca de la carrera?

Él le agarró la mano.

—Lo siento, demasiado tarde para eso. Vas en primera línea —se encogió de hombros y añadió—: Y lo cierto es que eres la única participante.

A pesar del día tan pésimo que había tenido, no pudo evitar permitirse una mínima sonrisa de satisfacción ante esa revelación.

J.C. vio esa leve sonrisa rozar los labios de Laura y ocultó la suya. Era agradable ver que las sombras de su mirada habían desaparecido. Cuando había llegado la había encontrado totalmente hundida. Le debía una bien grande a Dana Sue por haberlo avisado. Por una vez no le molestaban las tendencias entrometidas de la gente del pueblo.

Acababa de salir del gimnasio cuando ella le había llamado y gracias a que se había duchado y cambiado de ropa después de entrenar, pudo ir directamente al restaurante.

Ya que ahora Laura parecía perdida en sus pensamientos, aprovechó el momento para observarla. A pesar del agotamiento que había detectado, aún estaba bien peinada y su ropa perfecta. ¿Cómo podía una persona llevar todo el día trabajando y tener tan buen aspecto? Como hombre que era, no le importaría pasarse un par de horas despeinándola y arrugándole la ropa. En cuanto ese inapropiado pensamiento se le pasó por la cabeza, intentó aplastarlo, pero el daño ya estaba hecho. Le bullía la sangre y no tenía nada que ver con el entrenamiento previo.

Pero fuera lo que fuera lo que Laura estaba pensando, no era la distracción que él había esperado darle.

—Te veo un poco desolada. Está claro que lo que sea que ha pasado sigue metido en tu cabeza. A lo mejor deberías contarlo.

—Supongo que me va a resultar imposible sacármelo de la cabeza aunque sea por un rato —lo miró a los ojos—. J.C., es mucho peor de lo que me había imaginado.

—Entonces tiene que ver con Misty.

Ella asintió.

—Tenía pensado llamarte después, pero primero he tenido que hablar con Helen y luego pretendía irme a casa, llamar a Betty Donovan y después a ti.

Él pudo ver auténtico pesar en su mirada e inmediatamente respondió a ello y no al salvaje e inesperado instinto que le había hecho querer tomarla en sus brazos.

—Cuéntame —le dijo con dulzura—. Ya sabes que quiero ayudar a Misty en todo lo que pueda —vaciló y preguntó—: ¿Prefieres no hablar de esto aquí? Podríamos pedir la comida para llevar e ir a mi casa. O a la tuya. Donde te sientas más cómoda.

Ella pareció pensárselo y asintió.

—Seguro que podemos hablar aquí porque la mesa está muy apartada, aunque me sentiría mucho mejor en cualquier otro sitio. Puede que haya sido un error contarle aquí a Helen todo lo que le he contado. ¿Te importa?

—Claro que no. Deja que avise a Dana Sue —y cuando volvió a la mesa, dijo—: Tendremos la comida lista en unos minutos. Y ahora toca decidir. ¿Tu apartamento o mi casa?

Ella le sonrió.

—¿Tu casa? Estás dando un gigantesco salto de fe conmigo, ¿eh? Creía que tu casa era de acceso restringido para las mujeres. ¿Y si empiezo a formarme ideas descabelladas?

J.C. se rio.

—Tus ideas no pueden ser mucho más descabelladas que las mías últimamente. Creo que te gustaría venir a mi casa.

—¿Quieres ver si encajo con el mobiliario de piel y la pantalla de televisión gigante? —bromeó.

—Laura, tú encajarías en cualquier sitio que estuvieras —le respondió con total sinceridad.

—Entonces quieres comprobar si mi presencia allí provoca que te dé un ataque de pánico.

—Lo único que me da pánico últimamente es el hecho de que estar contigo no me asusta —confesó—: Y eso en sí es totalmente aterrador.

Parecía asombrada por su declaración aunque claramente complacida. Justo en ese momento, J.C. vio a Dana Sue acercarse, se levantó, le pagó la comida y extendiéndole una mano a Laura dijo:

—Vamos.

Condujeron hasta casa en silencio y una vez allí, mientras ella merodeaba y contemplaba los cuadros originales de Paula Vreeland con expresión de asombro, él colocó la comida en platos y sirvió el vino.

—Vamos al salón. Creo que estaremos más cómodos.

Ella se rio.

—Justo lo que había imaginado. Mobiliario de piel y

una pantalla plana gigante. Eres muy predecible, excepto por los cuadros de Paula Vreeland. Eso sí que ha sido toda una sorpresa. Qué envidia. Yo solo tengo un grabado.

—¿También te gusta su obra?

—Me encanta. Está exquisitamente detallada.

—¿La conoces?

—Solo la he visto una vez. ¿Y tú?

—Trabajo con su exyerno, a quien por cierto no quiere mucho, así que intento mantenerme alejado de ella. Es una pena porque me encantaría decirle lo mucho que admiro su trabajo.

—Pues entonces deberías. Seguro que le encantaría oírlo a pesar de tu desafortunada conexión con un hombre al que detesta.

J.C. le pasó una copa de vino y después se sentó frente a ella. Pudo percibir que, a pesar de no ser la primera mujer que había pisado esa casa, sí que era la que de verdad parecía sentirse cómoda ahí. La desconcertante idea sacudió su habitual calma; una brecha más en su armadura.

Decidió que había llegado el momento de centrarse y de volver a marcar las distancias entre él y esas emociones que siempre conducían al desastre a los hombres Fullerton.

—Bueno, ¿qué sabes de Misty? —preguntó sabiendo que el cambio de tema cortaría de raíz cualquier atmósfera íntima.

Laura le detalló la información que le habían dado y le pasó las hojas de los mensajes. J.C. los leyó cada vez más asqueado. Creía conocer a Misty lo suficiente como para saber que ninguna de esas desagradables acusaciones podía ser verdad.

—¿Y no hay duda de que Annabelle está detrás de esto?

—Por lo que dicen, su identidad de Internet es bien conocida por los demás chicos del instituto y hoy mismo se estaban pasando las fotos allí. Por qué ningún profesor nos hemos dado cuenta es algo que se me escapa. En los pasillos he visto algunos grupos de alumnos riéndose y aún estoy furiosa conmigo misma por no haberme acercado a ver qué era eso que encontraban tan divertido.

—¿Alguna idea de por qué la ha tomado con Misty?

—Es por un chico, por supuesto. A esa edad, ¿no trata todo sobre lo mismo?

—Supongo que había olvidado lo que es enfrentarse a todas esas hormonas alborotadas, aunque sin duda veo muestras de ello en mi trabajo. Sin embargo, estoy más acostumbrado a ver un embarazo no deseado que algo como esto. ¿Y ahora qué? —preguntó mirándola a los ojos.

—He hablado con Helen. Va a hacer todo lo que pueda para retirar los mensajes y las imágenes, pero no tengo ni idea de cuánto tiempo puede tardar eso. Hablaré con Betty esta noche o mañana y concertaré una reunión para el lunes por la mañana —se encogió de hombros—. Y entonces ya veremos qué pasa.

—No me gusta ser brusco, pero siento cero de empatía por Annabelle Litchfield. Sea lo que sea lo que le hagan, no me parecerá suficiente.

—Esta no es la primera vez que te tomas este tema como algo personal —le dijo asombrándolo con su perspicacia.

J.C. intentó eludir más preguntas.

—Sí, de acuerdo, he visto el trágico desenlace que puede haber cuando algo así se descontrola. Los acosadores tienen que enfrentarse a consecuencias graves. No me importa lo jóvenes que sean o lo inocentes que los consideren sus padres. Está mal y punto.

Laura asintió.

—De eso no hay duda.

La miró pensativo.

—Tú te muestras igual de vehemente con el tema. ¿Has tenido alguna experiencia así?

Ella evitó mirarlo, pero al final asintió.

—Hace años.

—No puedo imaginar que alguien la tomara contigo.

Laura sonrió.

—Me parecía mucho a Misty en algunos aspectos, era una cerebrito y muy tímida. La única diferencia entre nosotras es que ella es mucho más lista de lo que fui yo a la hora de relacionarse con un cretino.

—¿Y qué quiere decir eso?

—Que ha sabido muy bien darle calabazas a Greg Bennet. Cuando el chico malo del instituto empezó a fijarse en mí, perdí la cabeza y pensé que estaba enamorada y que él también —vaciló y finalmente lo miró y continuó—: Me quedé embarazada y él me dejó tirada en cuanto pudo.

La furia de J.C. se removió al imaginarse a esa tímida chica asustadísima al encontrarse con un embarazo no deseado.

—¿Qué pasó?

—Mis padres se plantearon mandarme a vivir con unos familiares fuera del pueblo, pero después decidieron que dejarme en el instituto sería un castigo mejor. También insistieron en que diera al bebé en adopción —los ojos se le llenaron de lágrimas—. Así que eso hice.

—Pero los otros chavales debieron de convertir tu vida en un infierno.

Ella asintió.

—Si no hubiera tenido una profesora que se puso de mi parte, no sé si podría haberlo superado, pero estaba decidida a que me graduara y fuera a la universidad, así que no podía decepcionarla. Supuse que si ella estaba dispuesta a dar la cara por mí, yo tenía que dar la cara por mí misma.

—¿Y el bebé?

Mientras sacudía la cabeza, las lágrimas se deslizaban por sus mejillas.

—No sé dónde está. Fue una adopción cerrada. Rezo cada día por que esté con una familia que la quiera, que la apoye si comete la clase de errores que cometí yo.

—Y por eso estás apoyando a Misty.

—¿Cómo no iba a hacerlo?

J.C. sintió el dolor que Laura había sentido, vio la fuerza que esa experiencia le había dado y se enamoró un poco.

—Quiero estar allí el lunes —dijo con decisión—. ¿Me avisarás para decirme la hora?

Ella se secó las lágrimas y asintió.

—Claro, en cuanto hayamos quedado, aunque seguro que estarás ocupado con tus pacientes. ¿Te supondrá algún problema?

—Se tendrá que encargar Bill. Esto me importa demasiado como para no estar allí. Quiero asegurarme de que todo el mundo entiende lo grave que es este problema.

—¿No crees que nadie vaya a dejarlo pasar, verdad?

—Estoy seguro de que Serenity no es la clase de pueblo que apoyaría a un acosador, sea quien sea.

—Espero que no, pero dado con quién estamos tratando, creo que lo mejor es estar preparado para cualquier eventualidad.

Pasara lo que pasara, él no se quedaría sentado mientras se atormentaba a otro joven y el culpable salía indemne. Una vez, con sus consecuencias trágicas y personales, ya había sido suficiente. Y al igual que Laura las tenía, él tenía sus razones para no dejarlo pasar.

Capítulo 13

Después de que Laura Reed se marchara, Diana se dirigió a su querida hija.

—No creo que puedas llegar a entender nunca lo mal que me siento por no haber estado a tu lado mientras has estado sufriendo todo esto. Me avergüenza no haber visto todo el dolor por el que estabas pasando.

—No importa —dijo Misty con firmeza—. Tú también has tenido lo tuyo.

—Pero eso no es excusa. Soy adulta y soy madre. Debería haber visto que algo iba mal. Mi trabajo es protegeros a Jake y a ti, y he fallado.

—No has fallado —dijo Misty con lágrimas en los ojos—. Eres la mejor madre del mundo.

Diana sonrió ante la incondicional defensa de su hija.

—Tal vez lo fui una vez —respondió sinceramente—, no últimamente. Pero voy a solucionar esto, cielo. Te lo prometo. Y no me refiero solo al problema con Annabelle, sino a todo. Voy a remontar.

Le sonrió.

—Que esto te sirva de lección, Misty. No dejes nunca volverte emocionalmente dependiente de un hombre hasta el punto de no saber quién eres sin él. Quería tanto que tu padre se quedara, que he perdido la perspectiva de todo lo demás, incluyendo de cómo soy como persona. Lo creas o no, hubo una vez en la que tuve mis propios objetivos y eran completamente independientes de nosotros como familia. Tengo que volver a intentar alcanzarlos, pero primero voy a devolverle la estabilidad a mi familia.

—Mamá, creo que es demasiado tarde para arreglar las cosas con papá —dijo Misty con expresión vacilante como si temiera que decir esa verdad en alto fuera demasiado para Diana.

—Creo que tienes razón, aunque no quería aceptarlo. Pero eso es una cosa que tenemos que solucionar tu padre y yo y tenemos que hacerlo ya para no haceros daño ni a Jake ni a ti. Supongo que tenía esperanzas de que volviera en sí y regresara a casa —y con una expresión compungida añadió—: Qué ilusa, ¿verdad?

—Bastante —confirmó Misty.

Diana le agarró la mano por encima de la mesa.

—¿Quieres que hablemos un poco más de lo que pasa con Annabelle antes de que llame a tu padre?

Misty negó con la cabeza.

—Y tampoco quiero estar aquí cuando se lo cuentes.

—Puedes quedarte en tu cuarto, si quieres. ¿Por qué no subes unos vasos de leche y unas galletas para tu hermano y para ti?

Misty abrió los ojos asombrada.

—¿Has hecho galletas?

El gesto de impacto de su hija resultó demasiado revelador. Estaba claro que las cosas llevaban mucho tiempo sin ser lo que deberían haber sido.

—Sí, aunque estaba un poco distraída, así que a lo mejor están algo quemadas por los bordes, pero creo que son comestibles.

Misty pegó un salto de la silla y la abrazó.

—Gracias, gracias, gracias.

—Son solo galletas —contestó Diana a la vez que comprendía que para Misty significaban mucho más; eran una pista que indicaba que las cosas podrían volver a la normalidad, o al menos a lo que debería ser la nueva normalidad de su casa. La impactó ver lo poco que sus hijos habían esperado de ella últimamente.

Cuando Misty llenó un plato con las galletas de chocolate que siempre habían sido sus favoritas y sirvió dos vasos de leche, le dio otro abrazo a Diana y subió las escaleras llamando a Jake.

—¡Hay galletas! —canturreó—. ¡Las ha horneado mamá!

Diana volvió a cerrar los ojos para contener más lágrimas, agarró el teléfono inalámbrico decididamente y se lo llevó fuera.

—Les, soy yo —dijo cuando su marido respondió—. Tienes que venir.

—¿Es por alguna nueva crisis que te hayas inventado? —le preguntó él con tono resignado—. Déjalo ya, Diana. No voy a volver a casa.

Ella respiró hondo ante sus duras y razonablemente desconfiadas palabras, y dijo:

—Eso ya lo he aceptado por fin, pero tienes que venir. Hay un problema con Misty y es serio.

—¿Qué le ha pasado a Misty? —le preguntó con auténtico pánico en la voz—. ¿Ha tenido un accidente? ¿Está bien?

—Está bien físicamente, pero no te vas a poder creer por lo que ha estado pasando sola porque los dos hemos estado demasiado preocupados como para prestarle atención.

Él respiró hondo y respondió:

—Por Dios, no estará embarazada, ¿verdad?

—No, pero en lugar de ir lanzando conjeturas, ¿podrías venir, por favor, para que pueda ponerte al corriente?

—Estaré allí en veinte minutos —contestó de inmediato.

Diana apagó el teléfono con un suspiro. Independientemente de lo que había pasado entre los dos, y por mucho que se hubiera deteriorado su matrimonio, no podía negar que Les adoraba a sus hijos. Tal vez no siempre sabía el mejor modo de demostrar ese amor, pero sabía que podía contar con él para apoyar a sus hijos. Era ella la que tenía que acostumbrarse a la idea de vivir sin él.

Y ya no tenía ninguna duda de que debía encontrar el modo de hacerlo.

Con galletas o no, la noche se estaba volviendo la peor de la vida de Misty. Su padre había ido tras la llamada de su madre e incluso desde su cuarto podía oírlos en el salón, discutiendo como siempre. Cuando ya no pudo soportarlo, salió a las escaleras y siguió escuchándolos. Sí, sabía que escuchar a escondidas estaba mal, pero estaban peleándose por culpa suya, así que suponía que tenía derecho a oír lo que estaban diciendo.

—¿Cómo has podido dejar que pase algo así? —gritó su padre—. Dices que lleva pasando desde que ha empezado el curso. ¿No deberías saber cuándo a tu hija le están haciendo la vida imposible? Si estás demasiado ensimismada como para prestarle atención a lo que les pasa a Misty y a Jake, a lo mejor debería luchar por su custodia.

Eso fue la gota que colmó el vaso. Bajó corriendo las escaleras y entró en el salón.

—¡No! —le gritó a su asombrado padre—. ¡Ni se te ocurra echarle la culpa a mamá! No lo sabía porque yo no quería que lo supiera. Ella ya estaba demasiado hecha polvo por tu culpa y me parecía que no podría soportar nada más.

Su padre pareció flaquear ante el ataque.

—Oh, cielo, lo siento —respondió acercándose.

Misty se apartó.

—Demasiado tarde. Y además, ¿qué sientes? ¿Lo que me ha pasado? ¿Habernos abandonado? ¿Qué? Sentirlo no ayuda en nada.

—Creo que todos necesitamos calmarnos —dijo Diana con un tono increíblemente fuerte.

Misty miró a su madre asombrada, era la primera vez en meses que parecía ella misma.

—Vamos a sentarnos y a hablar de esto —añadió con el mismo tono decidido.

Por increíble que pareciera, su padre se sentó en el sofá a su lado y su madre al otro.

—Misty, los dos sentimos mucho que nos hayamos ensimismado tanto en nuestro propio drama que no nos hemos dado cuenta de que tenías un problema —dijo Diana con delicadeza.

—No te disculpes por papá —dijo Misty con disgusto.

Su padre la rodeó con el brazo y en esa ocasión ella no se apartó, sino que se apoyó en él como buscando su apoyo tal como había hecho siempre.

—Lo siento muchísimo, pequeña, pero ahora ya lo sabemos todo y estamos de tu parte al cien por cien. Vamos a solucionar esto pase lo que pase.

—Yo solo quiero que pase —respondió Misty, que una vez más intentó recibir algo de apoyo para lo que creía que era la mejor solución—. A lo mejor podríamos hacer como si esto no hubiera pasado nunca.

Su padre la abrazó con más fuerza.

—Créeme, puedo entender por qué querrías eso, pero sabes que no estaría bien dejar que Annabelle se saliera con la suya, ¿verdad? No es solo por ti, podría hacerle esto a cualquier otro. Los acosadores no siempre eligen un solo objetivo así que es esencial que aprenda una lección y que sea rápido.

—Pero se cree que soy la única chica que va detrás de su novio, por eso la ha tomado conmigo —insistió Misty.

Su madre le lanzó una mirada inquisitiva.

—¿Y vas detrás de él?

—Claro que no —le respondió Misty indignada.

—¿Pues entonces qué te hace pensar que no haya otra chica que pueda mirar por casualidad a Greg y que Annabelle no vaya a enloquecer por eso? ¿O que él se esté insinuando a unas cuantas chicas más y que ella aún no lo sepa? Hoy eres su objetivo, pero mañana podría serlo otra. Hay que detenerla. Cielo, lo entiendes, ¿verdad?

Misty suspiró con resignación.

—Supongo.

—Sabes que tu madre tiene razón —dijo su padre mirando a su madre con aprobación por primera vez en meses—. Y el lunes por la mañana estaremos allí contigo mientras la directora decide cómo llevar el tema. Tu madre me ha dicho que Helen Decatur-Whitney ha llamado antes y que se está ocupando del aspecto legal para retirar de Internet todas esas barbaridades. Podría tardar un poco más de lo que nos gustaría, pero le ha asegurado a mamá que se hará. Tu profesora se ha puesto en contacto con ella.

—La señorita Reed ha sido genial —dijo Misty—. Incluso cuando no le contaba qué estaba pasando, me dejó claro que estaba de mi parte. Creyó en mí desde el principio.

—Pues entonces me parece que estamos en deuda con ella —dijo su padre.

Se levantó y Misty lo miró esperanzada al preguntarle:

—¿No podrías quedarte esta noche? —le suplicó sabiendo que ahora era ella la que se estaba haciendo ilusiones. Sin embargo, que su padre se quedara no era una opción, ni siquiera dadas las circunstancias.

La miró con tristeza y le dijo:

—No es una buena idea, cielo, pero puedes llamarme al móvil siempre que me necesites.

—No vas a volver nunca, ¿verdad? —concluyó y miró a su madre—. Sé que soy la que lo ha dicho antes, pero esperaba que…

—Lo siento, peque. No puedo hacerlo. Pero pasaremos mucho tiempo juntos. Tu madre y yo nos encargaremos de ello.

Misty quería odiarlo por haberse marchado, pero ¿cómo podía hacerlo? ¿No llevaba meses asumiendo que su matrimonio había terminado? Era su madre la que había estado viviendo en el mundo de los sueños. Su madre y tal vez Jake, aunque él no decía mucho al respecto. Tenía dieciséis años. No debería actuar como un bebé.

Se levantó y corrió a sus brazos.

—Te quiero, papá.

—Yo te quiero más —le susurró él.

Cuando lo miró a la cara antes de que él se diera la vuelta para marcharse, Misty vio que tenía las mejillas empapadas en lágrimas.

Después miró a su madre y vio que, aunque sus mejillas también estaban húmedas, ya no parecía tan hundida, sino más bien resignada y algo más fuerte. Le agarró la mano a Misty.

—Todo saldrá bien —le aseguró—. Todos vamos a estar bien.

Pero por mucho que lo deseara, Misty no podía creerlo del todo.

Cuando Laura llamó a Betty Donovan el domingo para ponerla al corriente despertó en ella una furia inmediata.

—¿Dices que hay fotos de una chica semidesnuda en Internet y que Annabelle las ha trucado para que aparezca en ellas la cara de Misty?

—Sí —confirmó Laura—. Helen Decatur-Whitney está trabajando para que se retire todo, así que me he asegurado de sacar copias de todos los mensajes y de las fotos por si lo lograba antes de que yo pudiera contártelo. Helen también tiene copias y estoy casi segura de que ha hablado con Carter Rollins para asegurarse de que la policía tiene todo lo que pueda necesitar por si los Dawson quieren presentar cargos. Ha mencionado algo sobre invasión a la intimidad, fraude y calumnia cuando he hablado con ella hoy. También ha hablado de ello con la madre de Misty.

—¿Pero de momento nadie se ha puesto en contacto con la madre de Annabelle?

—Ahora todo está en tus manos, al menos en lo que concierne al instituto —confirmó Laura—. Helen ha propuesto que nos reunamos mañana por la mañana para decidir cuál será el siguiente paso. Cree que deberíamos tener un plan que abarque todos estos aspectos.

—Sí, probablemente sería lo más sensato —dijo Betty—. Le preguntaré a Hamilton Reynolds si quiere venir. Como presidente del consejo escolar, debería saber lo que está pasando. No vamos a poder mantener esto oculto.

—Y J.C. Fullerton también quiere asistir.

—No estoy segura de qué podría aportar. ¿Tú tenías pensado incluirlo en la reunión? Sé que os habéis estado viendo últimamente.

Laura captó cierto tono en la voz de Betty; era como si adoptara una actitud juiciosa en lo que respectaba a la vida social de sus profesores.

—La implicación de J.C. no tiene nada que ver conmigo. Misty acudió a él para intentar librarse de las clases cuando las cosas empezaron a írsele de las manos. Como no le dio ninguna explicación, él y yo llevamos semanas intentando llegar al fondo del asunto. Está muy preocupado por la situación y quiere hacer algo. Lo ve como su responsabilidad ya que es su médico.

—De acuerdo entonces —respondió Betty aparentemente resignada—. Parece que mañana vamos a ser unos cuantos. A las nueve en punto en mi despacho.

—Avisaré a J.C. y a Helen. Tú puedes llamar a los Dawson, ¿o prefieres que lo haga yo?

—Yo los llamo. Quiero que sepan que estoy volcada en esto.

Laura odió tener que sacar el tema, pero sentía que debía hacerlo.

—¿Y qué pasa con los Litchfield?

—No les diré nada hasta que hayamos decidido cómo actuar. Quedaré con ellos mañana por la tarde.

—¿Quieres que esté allí?

—Deja que lo piense y veamos qué tal va la reunión de mañana por la mañana. No sé si quedar con ellos a solas o llevar todo el apoyo posible.

—Sé que no me has pedido opinión, pero yo optaría por estar acompañada.

—Por mucho que odie decirlo —dijo Betty con pesar— también me inclino por eso. Sabemos que Annabelle va a negarlo todo, y que Mariah va a saltar en su defensa. Lo único que no tengo claro es si el señor Litchfield se mostrará más razonable.

—Razón de más para tener alguna voz de la razón contigo. He sido testigo de algunas cosas y Helen tiene pruebas impresas. No podrán negar eso.

Betty soltó una risita aunque carente de humor.

—¿No has visto que Mariah está totalmente ciega ante lo que hace su hija? Es como si llevara las gafas de sol más grandes del mercado —respiró hondo—. Pero no hay que preocuparse. Creo que a Annabelle la hemos pillado con las manos en la masa. Y si puedo salirme con la mía, mañana será el último día de esa niña en el Instituto Serenity durante mucho, mucho, tiempo.

—¿Crees que van a expulsar a Annabelle? —le preguntó Katie a Misty entre susurros el lunes cuando la vio en la puerta del instituto.

—Una parte de mí espera que no —admitió.

Katie la miró anonadada.

—¿Cómo puedes decir eso? Yo creo que ni la cárcel le sería suficiente.

—Pero eso es porque eres un poco sanguinaria —dijo Misty agradecida de tener una amiga tan leal.

—No, es porque se lo merece después de todo lo que te ha hecho. No me puedo creer que aún pienses que debería salir indemne.

—No es porque no esté enfadada, ni porque crea que no

se lo merece, sino porque no puedo evitar pensar en lo que van a hacer sus amigos. Podrían hacerme la vida imposible por haber hecho que la expulsen.

—Eso solo lo harán si son unos imbéciles como ella.

—¿Y no crees que es probable que lo sean? Venga, ¿quién más le haría la pelota? Solo idiotas que creen que se acordará de ellos cuando se convierta en una súper estrella de la música.

—¡Ya! Como si eso fuera a pasar. Probablemente ni siquiera admitirá que es de Serenity porque no es lo suficientemente elegante para ella. Seguro que hasta deja a Greg a la primera oportunidad porque, aunque aquí sea el chico guay, no deja de venir de una granja. Algún día se despertará y decidirá que no es lo suficientemente bueno para ella.

—Ojalá llegara a esa conclusión viendo que es un mentiroso y no por quién es su padre. No tiene nada de malo ser granjero ni ser el hijo de un granjero; lo único malo es ser un capullo.

—Estoy de acuerdo. Bueno, creo que debería ir a clase. Ojalá pudiera ir a la reunión contigo.

—Sí, ojalá. Voy a necesitar una cara amiga.

—Ey, ahí todos van a estar de tu parte —le recordó Katie—. No te van a juzgar a ti, juzgarán a Annabelle y ella ni siquiera va a estar en la reunión, ¿no?

Misty asintió. Pero aunque no tuviera que ver a Annabelle esa mañana, sabía que antes de que terminara el día tendría algún enfrentamiento con ella. Y eso la aterraba.

—Quiero a esa chica fuera del instituto y lejos de mi hija —dijo Les Dawson antes de que Betty pudiera siquiera comentar lo que fuera que hubiera preparado para la reunión.

Laura miró a la directora con compasión. Por fin ahora entendía mejor la dificultad del papel que desempeñaba, de tener que verse entre padres furiosos, profesores y normas.

—Créanme, comprendo totalmente su rabia —le dijo Betty al padre de Misty—. Si mi hija hubiera sido víctima de estos desvergonzados rumores, yo también estaría rabiosa, pero hay procedimientos que debemos seguir.

—Con tal de que uno de ellos sea echar a Annabelle del instituto, esos procedimientos me parecerán bien. De lo contrario, sacaré a Misty del instituto y armaré un escándalo que hundirá a este distrito escolar.

—Papá, no —protestó Misty.

—Les, no creo que tengamos que recurrir a amenazas —dijo Hamilton Reynolds, el presidente del consejo escolar—. Aquí todos entendemos lo que está en juego.

Fue J.C. quien intercedió en ese momento.

—A lo mejor tenemos que pensar en cuáles van a ser los siguientes pasos. Betty, ¿tienes algo pensado? ¿Qué hay que hacer ahora?

—Ya que la mayor parte del acoso ha tenido lugar en Internet y bajo un alias… —comenzó a decir la directora.

—Aquí también han pasado cosas —dijo Misty con voz tan baja que casi costaba oírla—. En los pasillos. Las cosas que publicaba son las mismas cosas que me decían sus amigas y ella y también Greg Bennett y sus colegas.

Betty suspiró.

—Eso me temía, pero al menos no tenemos duda de quién está detrás de todo esto.

Helen fue la siguiente en intervenir.

—He estado hablando con Carter Rollins y con un juez. Pronto deberían confirmarnos quién registró ese alias y me sorprendería que fuera otra persona distinta a Annabelle. Una vez eso esté confirmado, será imposible que niegue que ha liderado esta campaña en contra de Misty.

—Me gustaría tener esa prueba en mano antes de llamar a los Litchfield —dijo Hamilton Reynolds antes de levantar la mano para frenar una protesta inmediata del padre de Misty—. Sé que quiere que esto se solucione de inmediato, y yo también. Pero también quiero que nos aseguremos de que lo tenemos todo bien atado en el aspecto legal.

—Tiene razón —dijo Helen—. Es mejor tomarnos un poco de tiempo ahora porque una vez esta pelota empiece a rodar, la cosa se va a precipitar. Mariah Litchfield no se va a quedar sentada viendo cómo a su hija la expulsan del instituto, no si cree que existe la más mínima posibilidad de que nos hayamos saltado algún procedimiento. Sacará las uñas para proteger a su hija y le dará la vuelta de algún modo para que parezca que ha sido una venganza de alguna compañera de clase celosa.

—Eso es absurdo —dijo Diana Dawson indignada—. No creo que se atreva a darle la vuelta a esto y hacer que Misty parezca la culpable —se estremeció y sacudió la cabeza—. ¿Pero qué estoy diciendo? ¡Claro que lo hará! Ya me ha llamado una vez para quejarse de cómo trató Misty a Annabelle en el festival de otoño.

—Esa es su forma de actuar —dijo Betty con resignación—. Y por eso el comportamiento de esa pobre chica es tan despreciable, porque su madre nunca la ha hecho responsable de nada.

—Ya os dije que empeoraríamos las cosas —apuntó Misty en voz baja y, girándose a J.C., añadió—: Debería haberme dado un justificante para faltar a clase.

J.C. la miró con comprensión.

—Ya hemos dejado claro que no podía hacer eso. Y, aunque ahora no lo parezca, esta situación va a mejorar mucho. Calculo que para las vacaciones de Navidad ya te habrás olvidado de todo esto.

Misty le lanzó una mirada de incredulidad.

—¿Está de broma? Cuando llegue Navidad no podré ni asomarme por el instituto.

—Lo siento. Tienes razón. Hará falta tiempo para que las cosas mejoren, pero a lo mejor te ayudará un poco saber cuánta gente estamos de tu parte. Todos los que estamos aquí queremos ayudarte a superarlo.

—Y Katie Townsend ha sido un apoyo inquebrantable en todo esto también —le recordó Laura—. No te va a dejar y seguro que tienes muchos otros amigos con los que puedes contar.

—¿Quién? Katie es la única que no se ha acobardado ante Annabelle y su grupo.

Betty la miró compasivamente.

—Sé que eso es lo que puede parecer, Misty, pero es solo porque ninguno entendíamos qué estaba pasando. A partir de ahora todos los profesores estaremos alerta. Si alguien intenta tomarse la revancha por lo que sea que pase con Annabelle, se los detendrá. Aquí estarás a salvo.

Pero Laura pudo ver que Misty seguía algo escéptica, ¿y cómo no iba a estarlo? Hasta ahora el sistema la había fallado miserablemente. E incluso ella, que había estado más al corriente del tema que los demás, había tardado semanas en juntar las piezas.

—Misty, ¿qué podemos hacer para convencerte? ¿Qué te gustaría que pasara o se hiciera?

—Quiero que todos nos olvidemos de esto. Por favor.

A pesar de ver que su hija no estaba nada contenta con la situación, Les dijo:

—De eso nada. Helen, quiero que se haga todo lo necesario, ya sea aquí, en los tribunales o donde haga falta. Nadie le hace la vida imposible a mi hija y sale indemne.

—¿Ni siquiera aunque sea lo que yo quiero? —suplicó Misty.

—Lo siento, cielo —le respondió con delicadeza—. Pero ni siquiera así.

J.C. se levantó.

—A lo mejor Misty y yo podríamos ir a dar un paseo mientras vosotros solucionáis esto —la miró—. ¿Te parece?

Aliviada de tener una excusa para escapar, la niña asintió. Él miró a sus padres y ambos asintieron; la expresión de Diana era de absoluto alivio.

—Volveremos en un momento —dijo J.C. abriendo la puerta.

Laura miró a su alrededor y vio los rostros exhaustos de todos los presentes. Supuso que su aspecto no estaba menos demacrado.

—Decidamos lo que decidamos —dijo mirando a Betty—, tenemos que asegurarnos de que esta niña esté protegida de más acoso. Creo que ya ha soportado bastante.

—Estoy de acuerdo —respondió Betty de inmediato.

—¿Deberíamos sacarla del instituto? —preguntó Diana vacilante—. Sé que suena algo extremo, pero a lo mejor sería más feliz en otra parte.

Les sacudió la cabeza.

—O tal vez piense que se la está castigando aunque no sea ella la que ha hecho nada.

—Pero a lo mejor volvería a sentirse a salvo —argumentó Diana.

Hamilton Reynolds le dio una palmadita en el brazo.

—Sé que su instinto es protegerla, pero creo que Les tiene razón. Llevarla a otro instituto trasmitiría el mensaje equivocado a todo el mundo. Dicho eso, no obstante, debería ser decisión de Misty. Y tal vez no deberíamos preguntarle hasta que nos hayamos ocupado de Annabelle y hayamos visto cómo resultan las cosas.

—Estoy de acuerdo —dijo Helen—. Y, sinceramente, no creo que tengamos que esperar mucho. Creo que podremos ponernos con ello hoy o mañana a más tardar. Betty, te llamaré en cuanto sepa con seguridad que tenemos pruebas irrefutables de que Annabelle colgó esos mensajes.

—Quiero estar aquí cuando habléis con esa chica y sus padres —insistió Les.

—No creo que sea buena idea —respondió Hamilton Reynolds.

—Yo estaré aquí —le dijo Helen a Les—. Tus intereses y los de Misty estarán protegidos y tendréis la oportunidad de ver a los Litchfield cuando emprendamos acciones legales.

Diana asintió.

—Helen tiene razón. No ganamos nada montando una escena solo porque nos gustaría arrancarle el pelo a esa niña.

Les la miró con gesto de sorpresa.

—¿Tú también?

Diana asintió con una leve sonrisa.

—Ni te lo imaginas.

Laura lo vio tomarle la mano a Diana y apretarla con fuerza. A lo mejor no se reconciliaban, pero al menos habían encontrado un punto importante en el que estaban de acuerdo. Y por lo que sabía de matrimonios que se estaban desmoronando, eso era un paso hacia la conciliación.

Capítulo 14

—¿Te apetece que demos un paseo hasta el pueblo y nos tomemos algo en Wharton's? —le preguntó J.C. a Misty una vez habían dejado atrás la tensa reunión.

Ella lo miró con sorpresa.

—¿Pero no sería como hacer novillos?

Él se rio.

—Probablemente, pero estás conmigo y tu directora y tus padres lo saben, así que creo que solo por esta vez podemos hacerlo —la miró con gesto serio—. Solo por esta vez.

—Entendido —respondió y, mirándolo de soslayo, añadió—: ¿Sabe? Cuando me saltaba las clases nunca llegué a salir del instituto.

—¿En serio? ¿Y qué hacías?

—Me quedaba en el hueco de alguna escalera después de que sonara la campana y hacía los deberes. Eran solo dos clases —dijo encogiéndose de hombros—. Al menos hasta que colgó esas fotos. Después me escondí en mi cuarto, en mi casa.

—¿Con el permiso de tu madre?

Sacudió la cabeza.

—Tuve mucho cuidado y, de todos modos, en ese momento ni siquiera se daba cuenta de muchas cosas que pasaban en casa. Ahora está mejor. Es lo único bueno de todo esto. Es como si la hubiera despertado o algo.

—Ya sabes lo que dicen, no hay bien que por mal no venga.

Ella puso los ojos en blanco.

—Eso es una tontería.

—Puede, pero suele ser verdad. Aunque a veces hay que mirar mucho para encontrar lo bueno en lo malo.

Cuando llegaron a Wharton's, Grace logró ocultar su sorpresa al verlos y fue lo suficientemente sensata como para no hacerles muchas preguntas sobre por qué Misty no estaba en clase. J.C. no supo si fue una muestra de discreción rara en ella o si ya se había enterado de lo que estaba pasando y sabía que era mejor no hablar del tema delante de la joven.

—¿Qué puedo serviros a media mañana? —preguntó con alegría—. Si os apetece, os puedo preparar unos huevos o tortitas. ¿O preferís un helado? ¿Una hamburguesa? ¿Un batido?

A Misty se le iluminaron los ojos y miró a J.C.

—Me apetecería mucho un batido de chocolate.

—Claro que sí —asintió él guiñándole un ojo a Grace para indicarle que estaba a punto de romper su juramento de mantenerse alejado de batidos hipercalóricos—. Que sean dos, Grace.

Una vez la mujer se retiró, Misty lo miró con curiosidad.

—¿Cómo es que está siendo tan amable conmigo? Le puse en un compromiso cuando fui a su consulta, pero no parece enfadado.

—Porque no lo estoy. Me alegró que sintieras que podías venir a hablar conmigo, aunque no pudiera ayudarte como tú querías.

—La señorita Reed y usted están saliendo por mí, ¿verdad? —dijo de pronto muy complacida consigo misma—. Ese es otro ejemplo de que no hay bien que por mal no venga…

J.C. sonrió.

—Pues la verdad es que sí.

—¿Va en serio con ella? Porque es guay. No querría que le hiciera daño.

—Parece que ese es el consenso general por el pueblo, que hacerle daño a la señorita Reed sería muy mala idea.

Ella ladeó la cabeza y lo miró.

—Entonces, ¿cree que se casarán?

J.C. sabía que debería estar acostumbrado a la precocidad de los niños en estos tiempos, pero siempre le sorprendía que nunca le pusieran freno a su curiosidad.

—No creo que sea un tema que deba hablar contigo —dijo de pronto sintiéndose increíblemente incómodo y mayor.

—¿Lo dice porque soy pequeña?

—No, porque es un tema del que deberíamos hablar la señorita Reed y yo antes de que lo habláramos con nadie más. Y, antes de que te hagas ideas raras, eso no significa que estemos hablando del tema.

—Pero no lo ha descartado, ¿a que no? —insistió con determinación—. Porque si es así debería decírselo, ya sabe, para que no se haga ilusiones.

J.C. se rio ante su persistencia. Al menos ahora estaba sonriendo y eso fue algo que agradeció.

—¿Por qué no cambiamos de tema?

—¿Y hablar de qué? ¿De Annabelle?

—Estaba pensando más bien en hablar sobre cómo te sientes en el instituto últimamente.

—Asustada —respondió sin vacilar—. Sé que debería sentirme bien por tanta gente que está de mi lado y todo eso, pero no se imagina cómo son los chicos.

—La verdad es que sí, y no solo porque sea pediatra.

Ella lo miró con escepticismo.

—Todos los mayores dicen que lo saben, pero no es verdad.

—¿Y si te dijera que tengo experiencia de primera mano con el tema del acoso escolar? ¿Me creerías entonces?

—¿Usted sufrió acoso? No me lo creo —dijo con claro asombro—. ¿Por qué? ¿Es que era un empollón o un friki o algo así?

—No fui yo. Fue mi hermano pequeño. Tenía algunos problemas y los chicos del cole le hicieron la vida imposible. Eran desagradables con él en su cara a la mínima oportunidad que tenían.

Misty abrió los ojos de par en par.

—Pero usted lo defendió, ¿verdad? Quiero decir, eso es lo que hacen los hermanos. Hasta mi hermano pequeño lo ha hecho y ha acabado con un ojo morado —dijo claramente orgullosa de él.

—Eso es lo que deberían hacer los hermanos —confirmó J.C.—. No pegarse, necesariamente, pero sí dar la cara por alguien que es más débil.

—Yo no soy más débil que Jake —dijo indignada.

—Es verdad, pero eras tú la que estaba sufriendo acoso.

—¿Y qué pasó con su hermano? —preguntó prestándole toda su atención e ignorando el batido que Grace acababa de servirle.

—La cosa empeoró cuando dejé de ir al mismo colegio. No se lo contamos a nuestros padres, y ahora me doy cuenta de que deberíamos haberlo hecho. Si los profesores vieron lo que pasaba, no hicieron nada por intervenir, al contrario de la señorita Reed.

—Debió de sentirse muy solo.

—Sí —respondió Jake intentando olvidar el resto. No podía mencionar el trágico final. Solo quería que Misty viera que no estaba sola—. Te cuento esto para que entiendas lo importante que es para mí, para la señorita Reed y para tus padres asegurarnos de que estás a salvo y que puedes volver a ser una estudiante feliz y despreocupada. Lo solucionaremos cueste lo que cueste. ¿Puedes intentar confiar en que vamos a protegerte? Ya no estás sola en esto, Misty.

Ella siguió mirándolo con escepticismo.

—Quiero creerle, pero no pueden estar en todas partes por muchos que sean. Y las cosas se publican en Internet.

—Creo que todo parará en cuanto los demás chicos vean lo grave que es esto y qué podría pasarles. No solo habrá un castigo en el instituto, sino que también habrá consecuencias legales.

Ella volvió a encogerse de hombros.

—Supongo.

—Y estaremos a tu lado, Misty. Lo prometo —dijo con sentimiento, aunque sabía que ahora mismo a ella le sonaría a promesa vacía—. Bueno, y ahora vamos a volver al instituto a ver qué decisiones han tomado mientras nosotros hacíamos novillos.

Pagó los batidos y volvieron dando un paseo.

Justo en la puerta del despacho de Betty, Misty le sonrió.

—Hacer novillos con usted es mucho más divertido que esconderme en el hueco de la escalera.

—Bueno, pues la próxima vez que sientas que no tienes más opción que faltar a clase, llámame. Pero ten claro que no tengo por costumbre justificar las faltas de asistencia.

Ella sonrió.

—Ya, lo entiendo.

—Y si no me localizas, acude directamente a la señorita Reed.

La sonrisa de Misty aumentó.

—¿Cree que se iría de novillos conmigo?

—Lo dudo, pero te ayudará. No lo olvides, ¿vale?

—Vale —respondió algo más convencida.

J.C. esperaba que lo creyera, que entendiera que por muy desesperada que estuviera, Laura y él estarían apoyándola. No como le había pasado a su hermano. Ya había dado de lado a un niño y no volvería a hacerlo.

Como era de esperar, la reunión con los Litchfield se

descontroló muy rápidamente, pensó Laura mientras escuchaba. Annabelle miraba al frente en silencio y malhumorada mientras Betty les explicaba a sus padres con todo detalle cuál era la política del instituto con respecto al acoso escolar.

Mariah estrechó la mirada mientras escuchaba.

—¿Por qué nos está contando esto?

—Porque tienen que saber que este asunto es serio. No nos tomamos a la ligera el acoso.

Sin embargo, antes de que Betty pudiera pasar a describir el comportamiento de Annabelle, Mariah se giró y se dirigió a Laura.

—Todo esto es por usted, ¿verdad? —dijo con fuego en la mirada—. Me he enterado de cómo se comportó con Annabelle en el festival. No sé por qué la tiene tomada con mi hija, pero no se saldrá con la suya. Haré que la despidan antes de que acabe la semana.

Don Litchfield se dirigió a su mujer.

—A lo mejor deberíamos oír el resto antes de que emprendas una cruzada, Mariah. ¿Qué ha hecho supuestamente Annabelle, Betty?

—Su hija tiene una cuenta en una red social —comenzó a decir.

Don se quedó perplejo.

—No es para tanto. Todos los jóvenes la tienen.

Betty asintió.

—Pero no todos utilizan esos sitios para levantar rumores desagradables sobre sus compañeros y colgar fotos trucadas de ellos posando prácticamente sin ropa —dijo con frialdad.

De pronto Don ya no parecía tan seguro como antes.

—¿Está diciendo que Annabelle ha hecho eso? —preguntó Mariah furiosa e incrédula—. ¡Está tan loca como ella! —añadió mirando a Laura.

—Basta, Mariah. Quiero oírlo todo. Betty no nos estaría diciendo esto si no estuviera segura. De lo contrario, se estaría exponiendo a una demanda por difamación —dijo mirando fijamente a la directora—. ¿No es así?

—Totalmente. Los abogados del sistema escolar están al corriente.

—Adelante —dijo él con tirantez.

Algo en el tono del hombre hizo que Annabelle se pusiera más derecha en su asiento. Por primera vez hubo una expresión de verdadero miedo en su mirada y Laura pensó que por fin estaba dándose cuenta de que el jueguecito había terminado, que la habían pillado.

—¿Reconocen a esta chica? —preguntó Betty mostrándoles las malditas fotos.

Don palideció.

—Se parece a Misty Dawson, al menos creo que es ella. Pero seguro que no es su cuerpo. Es una niña delgadita y poca cosa.

—Annabelle las colgó en Internet.

Don miró a su hija.

—Annabelle, ¿qué sabes de esto?

Ella se encogió de hombros y su padre la miró con dureza.

—Eso no es una respuesta. ¿Cómo han aparecido estas fotos en tu página? ¿Las colgaste tú?

Mientras esperaba una respuesta, le pasó las fotos a su mujer.

—¿También quieres intentar defender esto, Mariah?

Mariah miró las fotografías y se tapó la boca con la mano. Se giró hacia su hija con gesto furioso al ver que todos los planes que tenía para ella empezaban a desmoronarse.

Debía de estar viendo el final de otro sueño, pensó Laura sintiendo por la mujer más compasión de la que habría imaginado nunca.

—Tú jamás colgarías unas fotos tan repugnantes como estas, ¿verdad, cariñito? —le preguntó Mariah con voz temblorosa.

Annabelle miró al suelo y se limitó a parpadear a modo de respuesta.

—¡Annabelle! —gritó su padre por fin captando su atención—. ¿Lo has hecho tú? Y si me dices que no, me gustaría oír una explicación buenísima sobre cómo ha podido pasar.

Annabelle le lanzó una mirada desafiante, se cruzó de brazos y volvió a mirar al suelo permaneciendo en testarudo silencio.

Betty intervino.

—Hay más —dijo en voz baja—. Aquí tienen unos cuantos mensajes que ha publicado sobre Misty. Hay muchísimos más, si necesitan más pruebas de que este caso de acoso escolar ha sido muy desagradable y grave. Y por las fechas pueden ver que no ha cesado aún.

Mientras Don leía las páginas y sus ojos se iban abriendo cada vez más, Betty añadió:

—Mientras tanto me gustaría que pensaran qué esperarían que hiciera yo si fuese al revés, si fuese Annabelle la víctima de este tormento.

Don intentó pasarle las páginas a Mariah, pero ella las rechazó.

—Ya he visto suficiente y no creo ni por un minuto que Annabelle tenga algo que ver con esto —dijo con auténtica bravuconería—. Alguien debe de haberle quitado la contraseña y haber colgado las fotos y los comentarios. ¿Por qué se iba a molestar en atacar a Misty Dawson?

Betty miró a Laura, indicándole que podía responder.

—Creemos que es porque Annabelle se ha enterado de que Greg Bennett le ha pedido salir a Misty en varias ocasiones. Y en lugar de culpar a Greg, ha pagado su rabia con Misty.

Mariah puso cara de no creerse nada.

—¡Por favor! ¡Greg sabe que tiene suerte de que una chica como Annabelle lo mire siquiera! ¿Por qué iba a engañarla?

—Porque puede —dijo Laura—. Y para que lo sepa, Misty ha rechazado todas sus insinuaciones, pero eso no lo ha detenido y no ha hecho sino enfurecer a Annabelle más todavía —miró a la chica, que por fin había levantado la cabeza ante la mención de Greg—. ¿No es así?

Annabelle se había ido ruborizando a medida que Laura hablaba y se giró hacia ella furiosa.

—¡De acuerdo, sí, odio a Misty! No tiene derecho a estar con Greg. Es mi novio.

—Misty nunca ha tenido ningún interés en Greg. Nunca lo ha animado a nada —le recordó Laura con delicadeza—. Es Greg el que va tras ella.

Aunque parecía algo rabiosa por la seguridad y la calma con que Laura hablaba, Annabelle no renunciaría a seguir haciéndose la víctima.

—Pues algún mensaje debe de estar lanzándole para que él no deje de seguirla. ¡No es más que una zorra!

Hasta Mariah por fin se quedó consternada ante la malicia del tono de su hija.

—Annabelle, ya es suficiente. No estás ayudando.

—Ya he oído bastante —dijo Don con resignación y mirando a Betty añadió—: ¿Y ahora qué?

—No tengo más opción que expulsarla unos días y supongo que los Dawson emprenderán acciones legales. Al mínimo incidente, Annabelle será expulsada indefinidamente.

A Laura le pareció que por fin Annabelle se estaba mostrando afectada en lugar de desafiante, pero fue la reacción de su madre la que la sorprendió. Mariah estaba verdaderamente impactada, como si no supiera dónde terminaría todo eso.

—Pero eso se verá reflejado en su expediente —protestó—. Don, no podemos permitir que el futuro de Annabelle quede destruido por una broma infantil.

—Lo que ha hecho Annabelle no tiene nada de infantil. Ya es mayorcita para entender muy bien lo que hace.

Como ha dicho Betty, tenemos que pensar en cómo se sentirían ustedes si esto se lo hubieran hecho a Annabelle. Querríamos una solución.

—Pero es nuestra hija, tenemos que estar de su lado.

—Yo siempre estoy de su lado —dijo él—, pero a veces eso significa asegurarnos de que aprende que los actos tienen consecuencias.

—¿Y si la sacamos del instituto y ya está? —suplicó Mariah—. Podríamos llevarla a una escuela privada y nada de esto tendría que salir a la luz. ¿No sería mejor para todos?

—¿Me mandaríais a un internado? —preguntó Annabelle con los ojos como platos.

—Pero no lejos —dijo Mariah, que se apresuró a suavizar la propuesta—. Hay colegios excelentes en Charleston o Columbia. Sé que ya es tarde, pero seguro que podríamos mover unos hilos y encontrarte sitio en alguna parte. No lo veas como un castigo, cielito. Tendrás muchas más oportunidades. Harás mejores amigas, de esas que duran toda una vida, amigas de buenas familias y con contactos geniales.

—¿Y de dónde va a salir el dinero para ese colegio privado tan caro? —preguntó Don—. ¿De los ahorros para la universidad? ¿De dónde?

—Se lo pediré a mis padres —respondió Mariah con desesperación—. Cuando se lo haya explicado, querrán ayudarnos.

Don sacudió la cabeza.

—Estoy en contra de esto, Mariah. Annabelle tiene que quedarse aquí y aprender la lección. Siempre la has sacado de los apuros cada vez que ha hecho algo malo y eso tiene que parar.

—Hablaremos de esto en casa —dijo Mariah negándose a echarse atrás.

—Y mientras tanto, Annabelle quedará expulsada durante dos semanas —añadió Betty—. Me aseguraré de que le lleguen sus tareas para que no se quede atrás. Cuando pasen dos semanas, ya veremos cuál es la situación. Si deciden que quieren trasladarla, avísenme.

—¿Puedo volver a mi última clase para poder despedirme de mis amigas antes de que me destierren?

—Me temo que no —respondió Betty—. Y no puedes entrar aquí hasta que se levante la expulsión. Y eso incluye participar en todas las actividades escolares. No podrás asistir al partido de los viernes ni ejercer de animadora.

Por fin pareció asumir lo que el castigo implicaba.

—Pero Greg confía en que esté allí —protestó débilmente.

—Seguro que se las apañará sin ti por esta vez —le contestó Betty con tono inflexible.

—Supongo que también tendré que alimentarme a base de pan y agua —comentó la chica con amargura.

—Pues no sería mala idea —murmuró su padre—. Voy a plantarme delante de ti mientras publicas en tu página una disculpa sincera a Misty. Y una vez lo hayas hecho y el mensaje haya circulado, no volverás a tener acceso a Internet. Y creo que también será mejor que te quitemos el móvil para que no puedas escribir a nadie. ¡Venga, vámonos!

Laura esperó hasta que la puerta se cerró tras ellos antes de dirigirse a Laura.

—Ha ido mejor de lo que me esperaba. Don Litchfield parece un hombre muy razonable, un padre preocupado que entiende el gran error que ha cometido su hija.

—Eso parece, pero yo no lo celebraría todavía. Algo me dice que Mariah solo está calentando motores.

—¿Crees que decidirán cambiarla de instituto? Eso sería una bendición para Misty.

—Podría, pero tengo mis dudas. Todas esas escuelas tan maravillosas de las que ha hablado Mariah tienen la misma política estricta en temas de acoso escolar. Y una vez se enteren de por qué los padres de Annabelle quieren cambiarla a estas alturas del otoño, no creo que la reciban con los brazos abiertos.

—¿Y no crees que podrían lograrlo por otras vías, si ellos o los abuelos tienen dinero suficiente?

—Posiblemente, pero esa parte de mí que aún cree en la justicia espera que no sea así.

Paula había recibido una llamada de Laura Reed pidiéndole que su encuentro se retrasara a las cinco y media, así que supuso que las cosas estarían bajo control o, al menos, en vías de resolverse.

Mientras guardaba sus pinceles, frustrada de nuevo por no poder plasmar los detalles de ese cuadro con tanta precisión como quería, Katie entró por la puerta trasera.

—¡Abuela, es precioso! —dijo maravillada al situarse a su lado.

Paula la miró.

—¿Eso crees?

—Es tan real que casi puedo olerlo. Es un lirio, ¿verdad? ¿Cómo lo haces? Cuando yo hago un dibujo nunca se parece a lo que me he imaginado en mi cabeza.

—Se necesitan años de práctica para hacerlo bien. ¿Te interesa la pintura?

Para su decepción, Katie negó con la cabeza.

—Es demasiado frustrante.

Paula le sonrió.

—Para hacer las cosas muy, muy, bien, tendrás que enfrentarte a la frustración de vez en cuando. Por eso suelen decir que soy una perfeccionista. Por ejemplo, ahora mismo podría enseñarte todas las cosas de este cuadro que me parece que están mal.

—Imposible —protestó Katie—. Dan ganas de tocarlo para ver si es una flor o un dibujo. Hasta tiene ese aspecto ceroso de los pétalos y los puntitos diminutos y ese tono rosáceo e incluso gotas de rocío. ¡Está perfecto!

—Pues es tuyo. Me encantaría que te lo quedaras. Pero prométeme que no dejarás que nadie lo exhiba en ninguna exposición mía dentro de unos años para que ningún crítico pueda decir que, claramente, había perdido mi toque.

—Abuela, deja de decir eso —dijo Katie con impaciencia—. No has perdido tu toque en absoluto.

Paula sonrió ante esa fiera defensa.

—Gracias, cielo. Y bueno, dime, ¿qué te trae por aquí? Y sobre todo un lunes, cuando sabes que Liz no ha traído galletas.

—Quería darte las gracias. Hoy ha habido una reunión en el instituto y creo que por fin Annabelle ha recibido lo que se merece. Llevo todo el día sin hablar con Misty, y nadie ha visto a Annabelle esta tarde, pero creo que eso significa que la han expulsado. Y sé que es porque fuiste a hablar con la señorita Reed —la abrazó con fuerza—. Muchas gracias.

—Solo hice lo que tenía que hacer y tú te mereces llevarte el mérito por haber acudido a mí. Gracias a ti pude guiar a la señorita Reed en la dirección correcta para resolver esto.

Por un instante, Katie se mostró alarmada.

—No le dirías que te lo conté yo, ¿verdad?

—Te prometí que no lo haría —le aseguró Paula—, aunque tienes que saber que probablemente se lo habrá imaginado. Pero no te preocupes. Me quedé muy impresionada con ella. Sabe que la situación merece discreción y, de hecho, voy a reunirme con ella para que pueda contarme cómo han salido las cosas —miró el reloj—. Es más, será mejor que me quite esta pintura de las manos y vaya al The Corner Spa ahora mismo. No quiero hacerla esperar.

Una vez más, la frente de Katie se arrugó con gesto de preocupación.

—Mamá no sabe nada de esto, ¿verdad? ¿Ni sobre lo que he hecho?

—Por mí no, pero recuerda que tu madre está casada con Cal y seguro que él ya lo habrá relacionado todo. No es que no me hiciera muy feliz que confiaras tanto en mí como para contármelo, pero tienes que entender que siempre podrás confiar también en tu madre.

—Lo sé —dijo sinceramente—. Pero es que le había prometido a Misty que no se lo contaría ni a mamá ni a Cal, así que tenía que encontrar el modo de ayudarla sin romper esa promesa.

—Entendido. ¿Quieres venir conmigo al spa?

—No, tengo la bici. Me iré a casa. Quiero llamar a Misty para ver qué ha pasado. Si te parece, me llevaré el cuadro en otro momento.

—Perfecto. Puede que lo retoque un poco más hasta que esté mejor.

Katie le sonrió.

—¿Recuerdas lo que me decías cuando era pequeña y quería ser más guapa? Decías que era imposible mejorar la perfección.

Paula se rio.

—Eras exactamente como Dios quería. Este cuadro… —sacudió la cabeza— no lo es tanto.

—Bueno, pues a mí me parece perfecto —dijo Katie con firmeza—. Tengo que irme, abuela.

—Vale. Ten cuidado de camino a casa.

—Siempre lo tengo —contestó marchándose por la puerta trasera.

—¡Y ponte el casco! —le gritó Paula.

—Hecho —respondió Katie cuya voz se fue disipando a medida que se alejaba por la calle.

Paula sonrió al entrar en casa. ¡Quién tuviera otra vez la mitad de esa energía!

Capítulo 15

Lo único que quería Laura era ir directa a casa, meterse debajo de las sábanas y dormir una semana entera para compensar la tensión acumulada ese día y demasiadas noches en vela desde que esa situación había alcanzado un punto crítico. Pero había prometido quedar con Paula Vreeland.

Parecía que ya se había filtrado la noticia de lo que había pasado en el instituto porque Maddie Maddox la vio al llegar al The Corner Spa y la llevó a un lado para decirle:

—No me puedo creer lo que he oído. ¿Estará bien Misty?

—Supongo que depende de lo que pase a continuación —respondió Laura.

—Pero han expulsado a Annabelle, ¿no?

—Durante dos semanas —confirmó.

Maddie sacudió la cabeza.

—¿En qué estaba pensando esa chica?

—Claramente, no estaba pensando. Estaba actuando movida por la rabia y sin pensar en las consecuencias, ni hacia Misty ni hacia ella misma.

—¿Cómo se lo ha tomado Mariah? ¿Lo pagará contigo y con Betty?

—Al principio me ha amenazado —admitió encogiéndose de hombros—, pero después de ver tantas pruebas, creo que se ha olvidado de mí y se ha centrado en salvar a su hija.

—Al menos ya sé qué hacíais mi madre y tú en la terraza el otro día. ¿Cómo es que estaba al tanto de esto?

Laura se estremeció ante la pregunta y Maddie reconoció al instante que se sentía incómoda con la pregunta.

—No importa. No debería habértelo preguntado. ¿Has vuelto a quedar con ella?

Laura asintió.

—Le prometí que la informaría.

Maddie alzó la mirada y sonrió.

—Pues aquí está. Hola, mamá.

—Maddie, ¿no seguirás intentando venderle una matrícula a Laura, verdad?

—La verdad es que estoy pensando que debería regalarle un periodo de prueba de seis meses para darle las gracias por haberse ocupado de lo que ha pasado en el instituto. Puede que no conozca todos los detalles, pero sí que sé que gracias a que ha intervenido todo está saliendo bien.

—Secundo esa idea sin dudarlo —dijo Paula.

Maddie sonrió a Laura.

—¿Qué me dices? ¿Seis meses gratis?

—¿Estás segura? —preguntó Laura muriéndose por aceptar, pero dudándolo—. Solo estaba haciendo mi trabajo.

—Tonterías. Has ido más allá y lo sabes. No seas modesta. La modestia está sobrevalorada.

Maddie se rio.

—Y tú lo sabes bien, madre. Todo lo que sé de la confianza en uno mismo lo he aprendido de ti.

Paula parecía sorprendentemente complacida con el comentario.

—Me alegra saber que no he sido una madre tan terrible como pensaba.

—Nunca has sido terrible —protestó Maddie consternada—. Solo estabas un poco absorta en tu mundo.

—Y eso nunca es bueno en una madre, no hay excusas —contestó Paula antes de dejar la discusión—. Pero bueno, borrón y cuenta nueva. Espero que te lo haya compensado últimamente.

Maddie la abrazó.

—Sabes que sí. Y ahora salid a la terraza. Se está genial, puede que sea uno de los últimos días antes de que haga demasiado frío para sentarse fuera. Os traeré algo de la cafetería. Laura, ¿otro batido de frutas? Hoy tenemos de mango y papaya y respondo por él. Me he tomado dos antes de decirle a Susie, la chica de la cafetería, que me frenara.

—Oh, sí, por favor —dijo Laura con ganas—. El último estuvo fabuloso y eso de mango y papaya suena aún mejor. Si sigo bebiendo estas cosas voy a necesitar matricularme.

—Y yo quiero una magdalena bien cargada, no sé si me entiendes —dijo Paula—. A mí no me van esas chorradas bajas en grasa.

—Hecho. Voy a por ello. Ahora mismo vuelvo.

Una vez estuvieron sentadas en la terraza y Maddie les había llevado el tentempié y las dejó solas, Paula miró a Laura con preocupación.

—Parece que hayas tenido un día agotador.

—Unos días agotadores. Saber todo lo que se jugaban estas dos chicas me ha hecho sentirme muy presionada y nerviosa por hacerlo bien.

—Entonces estoy más agradecida todavía por que me hayas concedido un rato para informarme.

—Si no fuera por usted, habría sido mucho más complicado solucionar esto. Soy yo la que está agradecida —le dijo Laura con total sinceridad—. Así es como están las cosas.

Le señaló los primeros pasos que se habían dado en la reunión.

—Sinceramente, espero que los Litchfield manden a Annabelle fuera, pero por ahora no lo sabremos. Su padre parece inclinado a dejarla aquí para que se enfrente a las consecuencias de sus actos.

—Pues creo que en eso tiene razón, aunque para Misty sería mucho más sencillo si se marchara. ¿Y qué tal está Misty?

—Aliviada por un lado, aunque también aterrorizada por si las amigas de Annabelle retoman lo que ella ha empezado.

—Seguro que no —dijo Paula con incredulidad antes de sacudir la cabeza—. ¿Pero en qué estoy pensando? Es totalmente posible. Los niños y los adolescentes pueden ser tremendamente crueles y con esas edades las lecciones no se asimilan tan fácilmente, ¿no crees?

—Ese es mi miedo —admitió Laura.

Paula pensó en la situación.

—¿Sabes? Hay una persona que podría intervenir. ¿Conoces a Frances Wingate?

—Nos hemos visto alguna vez, aunque se jubiló mucho antes de que yo empezara a dar clase en Serenity.

—Bueno, conoce a muchos padres del pueblo y es muy respetada por su sinceridad y por su estricta disciplina. Me pregunto si habrá algún modo de que podamos sacar provecho de eso.

—¿Cómo? —preguntó Laura ansiosa por probar lo que fuera con tal de que la situación mejorara.

—Deja que lo piense y hablaré con Frances. Ha tenido algunos problemas de salud últimamente, pero sé que querría ayudar en todo lo que le sea posible. Se me ocurre que dé una llamada de atención a los padres en alguna reunión para que estén pendientes de qué hacen sus hijos, tanto en clase como en Internet. Después de todo, son los adultos los responsables de que sus hijos hagan estas cosas. Deben de permitirles acceso ilimitado y sin censuras a Internet porque, si no, esto no habría pasado.

—Hablar con los padres sería una gran idea. Se lo propondré a Betty a ver qué opina.

Paula sacudió la cabeza.

—Primero espera a que hable con Frances. Tengo que

estar segura de que está dispuesta. Te llamaré en cuanto hable con ella y ya veremos qué hacemos desde ahí.

Laura asintió.

—Gracias por pensar en eso. Aunque me gustaría creer que todo esto parará porque han expulsado a Annabelle, en el fondo sé que puede no ser así. Vamos a tener que estar atentos para asegurarnos de que las cosas mejoran para Misty en lugar de empeorar.

J.C. llevaba dando vueltas frente a la puerta de Laura desde las seis. ¿Dónde estaba? Sabía que debía de estar agotada después de lo sucedido ese día y quería mostrarle el apoyo que necesitaba. Había llevado una botella de vino y tenía pensado pedir comida de Rosalina's si ella le dejaba.

Eran casi las siete cuando Laura llegó en su coche y salió de él con aspecto de estar cargando con todo el peso del mundo sobre sus hombros. Al verlo, su expresión se iluminó solo ligeramente.

—No esperaba encontrarte aquí.

J.C. le lanzó una mirada compungida.

—Y no te ha hecho mucha gracia, ¿verdad? ¿Ayudará en algo si digo que he venido para ofrecerte ayuda y apoyo y que después me iré?

Ella pareció intrigada por su contestación.

—¿Ayuda y apoyo? Explícate, por favor —dijo mientras se dirigía al edificio y abría la puerta.

—Vino —comenzó a decir él sacando una botella de la bolsa—. Pizza y ensalada de Rosalina's —sacó la carta de comida para llevar—. ¿Lo ves? Vengo completamente preparado —por último señaló su última sorpresa, la que creía que superaría a las demás—. Y tarta de chocolate de Sullivan's.

Ella abrió los ojos de par en par e inmediatamente agarró la caja.

—Trae.

Sonriendo, J.C. subió el brazo para alejarla de su alcance.

—No hasta que te hayas dado un baño o una ducha y te hayas relajado con una copa de vino mientras yo me encargo de pedir la cena.

—No me lo había planteado antes, pero ¿eres una especie de santo?

J.C. se rio.

—Lo dudo, aunque si esto evita que me eches a la calle, lo interpretaré como una buena señal de que estoy en camino de mejorar mi imagen.

Ella lo miró con curiosidad.

—¿Es que tu imagen tiene algo de malo?

—Soy culpable por asociación.

—Ah, por tu relación con Bill Townsend. Claro. Pero no creo que eso se te siga teniendo en cuenta. Creo que ya te lo han dicho algunas de las Dulces Magnolias, ¿no? Y resulta que sé que hay muchas madres que piensan que eres maravilloso —sonrió—, sobre todo las solteras.

Aunque lo dijo alegremente, él adoptó gesto serio.

—Sabes que nunca he salido con ninguna, ¿verdad? Las madres solteras suelen ser vulnerables y no son buena pareja para un hombre que, como yo, no busca nada permanente.

Ahora fue ella la que frunció el ceño.

—Mensaje recibido.

Se giró para moverse, pero él la agarró del hombro e insistió en que lo mirara.

—El mensaje no iba dirigido a ti —le dijo mirándola fijamente—. Cuando nos conocimos algo cambió, Laura. No puedo explicarlo, y no estoy del todo seguro de qué pasará entre nosotros, pero estoy más abierto a las posibilidades de lo que me habría esperado nunca. ¿Te puede bastar eso por ahora?

Esperó con la respiración entrecortada y esa reacción lo sorprendió. Nunca había sentido esa clase de inseguridad a la espera de la decisión de una mujer. Cuando se había aventurado a tener alguna que otra cita discreta, había sido él el que había tenido el control. Ahora quedaba claro que algo había cambiado y que Laura tenía la sartén por el mango, y eso lo desconcertaba.

—¿De verdad estás abierto a las posibilidades? —le preguntó mirándolo a la cara.

—Completamente abierto —confirmó—. Lo cual no significa que esté contento con eso. No es fácil darle la espalda a una convicción sobre las relaciones que tengo arraigada desde hace mucho tiempo.

Ella sonrió.

—Sí, puedo entender lo duro que debe de ser echarse atrás en una actitud una vez la has adoptado. Todo ese orgullo masculino y la determinación se ven afectados.

—Algo así.

Pero había más, por supuesto. Existía un riesgo para su corazón, un riesgo que había jurado no volver a correr nunca.

Complacida con la conversación que había mantenido con J.C. y sintiéndose sorprendentemente optimista, Laura se concedió el capricho de meterse en la bañera mientras él esperaba a que llegara la comida de Rosalina's. Había algo increíblemente sexy en el hecho de saber que estaba al otro lado de la puerta mientras ella estaba ahí sumergida en un mar de perfumadas burbujas.

Cerró los ojos y vio la repentina imagen de lo que pasaría si la puerta se abría y un J.C. desnudo se metía en la bañera con ella. Prácticamente podía sentir sus manos deslizándose por su cuerpo, sentir su resbaladiza piel junto a ella, imaginar su inconfundible excitación.

—¡Laura!

El sonido de su voz la sorprendió tanto que se incorporó rápidamente y salpicó la mitad del agua fuera de la bañera.

—¿Estás despierta? —le preguntó él con voz de diversión.

¿Despierta? ¡Ahora estaba tan espabilada que tardaría una semana en volver a dormir!

—Estoy despierta —respondió con una voz algo temblorosa.

—Ha llegado la comida, pero tómate tu tiempo. He metido la pizza en el horno para que se mantenga caliente.

De pronto la idea del ajo, el queso y la salsa de tomate hizo que se le hiciera la boca agua y cayó en la cuenta de que no había almorzado y que, por muy delicioso que hubiera estado, el batido de papaya y mango no había sido suficiente para saciarla. Estaba muerta de hambre. O tal vez era la frustración sexual lo que la tenía ansiando comida de pronto.

Salió de la bañera, se secó y se puso unos leggins y una camiseta cómoda que apenas le llegaba a las rodillas. Aunque era algo que solía llevar por casa, tenía la sensación de que tenía un rollo más de «ropa de la mañana siguiente» que hacía que resultara rotundamente sexy. Con el pelo recogido en un moño despeinado, mechones sueltos enmarcándole la cara, y un ligero toque de pintalabios, pudo imaginarse cuál sería la reacción de J.C. Estaría muy bien que se quedara tartamudeando, sobre todo porque así era como la hacía sentirse a ella a menudo.

Cuando entró en la cocina, vio que él parecía sentirse como en casa. Había puesto la mesa, había servido el vino y el aroma a pizza llenaba la sala.

—Eres muy mañoso, viene muy bien tenerte cerca —le dijo pillándolo desprevenido mientras aclaraba la tabla de cortar que, al parecer, había usado para añadirle algún ingrediente más a la ensalada de la casa de Rosalina's.

—Mi objetivo es complacer —le respondió él al girarse. Después le guiñó un ojo—. ¡Madre mía!

Ella sonrió.

—¿Me puedes interpretar esa expresión, por favor?

—¿Es que nos hemos acostado y no me he enterado? Porque ese es el aspecto que tienes, como si hubieras salido de mi cama.

—Aún no —le respondió con tono suave y mirándolo fijamente—. Y mi cama está más cerca.

Y mientras esas atrevidas palabras salían de su boca, vio que era exactamente el momento que había estado esperando, la oportunidad de animar un poco las cosas entre los dos, de llevar su relación al siguiente nivel. Era arriesgado, pero ¿qué era la vida sin riesgos? Aburrida y triste, eso es lo que era, y ella ya había vivido todo eso durante mucho tiempo. Se negaba en rotundo a dejar que un error del pasado condicionara todo su futuro.

Él la miró con gesto extrañado.

—¿Laura? ¿Qué estás diciendo exactamente?

—Si no te lo imaginas, eso es que no debo de haberlo dicho bien.

—Parece como si ya no tuvieras hambre de comida —le dijo con cierto rodeo.

Ella sonrió.

—Sí que tengo hambre, pero de otra cosa. Me ha pillado por sorpresa. ¿Qué me dices?

Él sacudió la cabeza como si intentara aclararse las ideas.

—Llevas sorprendiéndome desde el día que nos conocimos.

—¿Y lo del hambre? ¿En qué situación te encuentras?

Él avanzó dos pasos hasta situarse justo delante de ella, se agachó y le rozó los labios.

—Creo que en la misma que tú —dijo con sinceridad antes de tomarla en sus brazos para darle un beso más largo, más intenso y más increíble que nada que Laura se hubiera imaginado ni en su fantasía de la bañera.

Cuando la soltó después de lo que parecía una eternidad, lo miró asombrada.

—Para ser un hombre que, supuestamente, ha perdido práctica, besas muy, muy, bien.

Él se rio.

—¿Miramos a ver si hay algo más que pueda recordar cómo hacer?

—Me parece una idea excelente —respondió ella pasando por delante para apagar el horno—. Y, recuerda, soy profesora. Creo en el valor de hacer algo una y otra vez hasta que te salga bien.

—Laura Reed —murmuró—. Eres una provocadora. ¿Quién lo iba a decir?

—Yo no, eso seguro —respondió riéndose—. Pero parece que sacas una faceta de mí que no sabía que existiera —o una que había decidido restringir decididamente hasta que dejara de poner en peligro su corazón.

—¿Y es algo bueno?

Ella asintió.

—Sí, creo que puede que sí. Aunque también da miedo.

—Y que lo digas —le contestó J.C. con ironía—. ¿Has puesto a prueba tus límites o ese dormitorio sigue siendo una opción?

—No es una opción —le respondió ella solícitamente y sonrió ante su gesto de decepción—. Es más bien una necesidad.

J.C. la levantó en brazos antes de que pudiera cambiar de opinión y salió al pasillo.

—Lo sabía —dijo justo dentro del dormitorio—. Una decoración recargada y muy de chica.

Ella le dio una palmada en la mejilla.

—Bueno, no pasa nada, seguro que eres lo suficientemente hombre como para soportarlo.

Él la miró fijamente a los ojos.

—Haré todo lo que pueda —respondió al tenderla sobre la cama y apartar los cojines.

Y resultó que eso que pudo hacer fue tan increíble que la dejó sin aliento.

Era casi medianoche cuando Laura miró a J.C. mientras devoraban la pizza fría y el vino templado. Llevaba una camiseta muy grande y él únicamente los boxers.

—No me esperaba que fuera a ser así —le dijo con sinceridad.

Él sonrió.

—¿Así cómo?

—Fácil, supongo —respondió tras intentar buscar la palabra adecuada—. Me he sentido cómoda, como si nos conociéramos de toda la vida.

J.C. se quedó algo asombrado con sus palabras.

—¿Tú también lo has sentido?

—No dejaba de pensar que me despertaría para darme cuenta de que habíamos cometido un terrible error, que habíamos hecho algo que cambiaría las cosas entre los dos y tal vez arruinaría la amistad que tenemos.

—Pues creo que puedo decir con tranquilidad que hemos ido más allá de la amistad.

—¿Y no te da miedo? —le preguntó mirándolo con seriedad.

—No tanto como me había esperado. ¿Y a ti?

—Estoy un poco nerviosa, pero en el buen sentido. ¿No es así como se siente uno cuando sale de su zona de confort y entra en territorio nuevo?

—¿Qué crees que pasará ahora?

Laura contuvo una sonrisa al ver el gesto de pánico que a él le costó ocultar.

—Más de lo mismo, supongo. Esta noche, mañana, cuando sea.

—¿Y eso es todo?

—No voy a ir corriendo mañana por la mañana a reservar iglesia, si eso es lo que te preocupa. Y tampoco voy a ir corriendo a Wharton's para ver quién ha ganado la apuesta.

—¿Han apostado a ver cuándo nos acostábamos?

—Es más que probable, pero me refería a la apuesta de la boda. Y a eso aún no hemos llegado —se encogió de hombros como quitándole importancia al tema, esperando reconfortarlo—. Puede que nunca lleguemos a eso.

En lugar de parecer aliviado, J.C. frunció el ceño por la ligereza con que había hablado.

—¿Entonces esto para ti es solamente una aventura?

—No —respondió pacientemente—. Ya te he dicho que me parece bien que tengamos más de lo mismo. Creo que eso implica algo que continúe durante un periodo de tiempo indefinido.

—¿Hasta que surja algo mejor?

Por un instante se quedó desconcertada por ese tono de amargura hasta que entendió que lo que él esperaba de las mujeres que pasaban por su vida era que se marcharan. Eso era lo que había hecho su madre y lo que había hecho su mujer. Le agarró la mano.

—J.C., esta noche ha sido impresionante. Y las últimas semanas han sido geniales. Espero que sigamos viviendo cosas buenas, o incluso geniales. No quiero anticipar un final antes de que siquiera hayamos empezado. Y tú tampoco deberías hacerlo. Eso no es decir que esto no pueda terminar, pero sí que significa que si acaba, no será porque yo no me haya entregado al máximo. Si no puedes hacer lo mismo, entonces tal vez deberíamos descartar esta noche como algo que ha pasado sin más.

—Yo no quiero descartar nada —declaró él con impaciencia en la voz. Respiró hondo—. Estoy entregado durante el tiempo que dure.

—¡Hombre valiente! —lo alabó ella.

Él frunció el ceño.

—Pero prométeme una cosa.

—¿Qué?

—Cuando quieras que terminemos, dímelo. No dejes que me entere de otro modo.

Ella sabía que se refería al modo en que había descubierto a su mujer con otro en la cama.

—Te prometo que siempre seré franca contigo —le dijo con seriedad—. Pero ahora mismo puedo decirte que tendrás que esperar mucho, antes de que me vaya, si es que me voy.

Él sonrió claramente aliviado, lo cual resultaba conmovedor.

—Me parece muy bien.

Laura estaba en su aula después de clase al día siguiente cuando Sarah McDonald entró con Raylene y seguida de Annie.

—No te vas a creer a lo que ha llegado hoy Mariah Litchfield —dijo Sarah prácticamente temblando de indignación—. Habría venido antes, pero me he entretenido en la emisora y después he tenido que buscar a Raylene y a Annie para saber qué habían oído ellas antes de venir a hablar contigo.

Laura suspiró y soltó el boli con el que había estado corrigiendo exámenes.

—Dime —respondió resignada.

—Se ha presentado en la emisora esta mañana y quería que Travis la sacara al aire para poder hablar de la despiadada campaña levantada contra su preciosa hija. ¿Y quieres saber quiénes están los primeros de su lista?

—Betty Donovan y yo, imagino.

—¡Bingo! Le habría arrancado ese huesudo cuello que tiene.

—¿Y qué ha hecho Travis? —preguntó Laura.

—Le ha mostrado la puerta, gracias a Dios. Si le hubiera hecho el más mínimo caso también le habría arrancado el cuello a él. Pero me ha mirado y lo ha sabido.

—Supongo que ella siente que tiene que defender el inexcusable comportamiento de su hija. Está desesperada por lanzar una campaña de desprestigio antes de que sea demasiado tarde para reparar la reputación de su hija. El extremo al que ha llevado las cosas Annabelle no resulta nada atractivo y supongo que Mariah sabe que será Misty la que despierte la simpatía y el apoyo de todos.

—Ni te atrevas a defenderla —dijo Raylene—. Su siguiente parada fue Wharton's, donde ha intentado convencer a Grace. Lo he oído todo, tal y como ella ha pretendido. Todos los que estaban allí lo han oído. Hablaba de que todo el mundo estaba juzgando mal a la pobre Annabelle y que Misty era la verdadera culpable.

—¿Y alguien se lo ha tragado? —preguntó Laura con el corazón en la garganta.

—Ni por un segundo —respondió Raylene—. Y menos después de que Grace terminara de criticar a Mariah por haber convertido a su hija en una niñata malcriada y engreída.

Raylene bajó la voz e imitó a Grace furiosa:

—Mariah Litchfield, a absolutamente nadie le va a importar si esa hija tuya tiene una voz de ángel si se comporta como una sierva del diablo. Tienes que parar esto ahora mismo.

Raylene sonrió.

—Después de eso todo el mundo ha empezado a vitorearla. He de decir que me he sentido orgullosa de formar parte de esta comunidad y feliz en el nombre de Carrie y Mandy por estar plantándole cara al acoso escolar. Odiaría que algo así les pasara a las hermanas de mi marido.

Durante un diminuto instante, Laura casi se compadeció de Mariah. Debía de ser terrible darse cuenta de que no había nada que pudiera decir o hacer para rescatar a su hija de ese lío en el que ella sola se había metido. La princesa del pueblo estaba a punto de convertirse en una paria con solo diecisiete años. Una vez más se preguntó si Annabelle no estaría mejor en un colegio lejos de Serenity donde pudiera empezar de cero.

—Saber que Misty tiene tanto apoyo es genial —dijo Laura eligiendo con cuidado sus palabras.

Sarah frunció el ceño.

—¿Y por qué no pareces más contenta?

—Porque Laura teme que al final los demás acabemos haciendo también un poco de acoso —supuso Annie—. ¿Tengo razón?

Laura asintió.

—Lo que ha hecho Annabelle está fatal y Mariah solo se está comportando como una madre. Está intentando defender a su hija. Odiaría ver a todo el pueblo confabulado contra ellos.

—¿Cómo puedes ponerte de su lado? —preguntó Sarah con gesto de incredulidad.

—No estoy de su lado —insistió—. Ni mucho menos. Pero el acoso es el acoso. ¿Seríamos mejores que Annabelle si actuamos como ella e intentamos demonizarla? Hay que castigarla, tiene que aprender una lección, una de la que con suerte salga convertida en una jovencita más considerada y atenta.

—La eterna optimista —comentó Raylene sacudiendo la cabeza—. No tengo tanta esperanza de que vaya a sufrir una gran transformación, no si Mariah defiende su comportamiento ahí donde pueda reunir un buen público.

—Y deberías esperar que el pueblo se mantenga firme en su contra —la advirtió Sarah—. Porque Betty y tú vais a necesitar ese apoyo para mantener vuestros trabajos. Decir «feo» no empieza a describir lo que esa mujer es capaz de hacer.

—Pero al consejo escolar se le ha informado sobre lo que ha pasado en realidad —dijo Laura con seguridad, aunque por primera vez sintió un pellizco de ansiedad—. No van a dejar que Mariah nos marque como objetivo porque, si lo hace, estoy segura de que nos defenderán.

—Solo digo que no hace ningún daño tener el apoyo de la comunidad —dijo Sarah—. Lo último que he oído es que Mariah estaba despotricando y diciendo que iba a acudir al consejo estatal porque el consejo local y la administración escolar son incompetentes y tendenciosos.

—No son más que palabras —Laura repitió.

—Sí —respondió Sarah—, hasta que encuentre a alguien idiota con más poder que sentido común que la escuche.

—Llama a Helen —la aconsejó Annie.

—Ya está al tanto de esto —respondió Laura.

—Está totalmente volcada en proteger a Misty —dijo Annie—, pero ahora tienes que asegurarte de que esté preparada para defenderte a ti.

—Eso es una locura —protestó Laura aún negándose a pensar que las cosas pudieran ir tan lejos.

—No —dijo Sarah—. Se trata de Mariah. No sería la primera vez que ha logrado salirse con la suya, incluso cuando todo el mundo en el pueblo sabía que ella se equivocaba. Lo sabes, Laura, ya has oído todas esas historias. Llama a Helen. Puede que no vayas a necesitarla nunca, pero no dejes que Mariah reúna fuerzas antes de que tengas a Helen para frenarla.

Laura asintió a regañadientes.

—La llamaré.

Annie le pasó su teléfono.

—Ahora.

—¿De verdad os parece tan urgente?

Las tres mujeres asintieron.

—Sí —confirmó Raylene.

Laura miró sus adustas expresiones, respiró hondo y efectuó la llamada.

Capítulo 16

A pesar del desfile de pacientes que había pasado por su consulta, J.C. no había podido dejar de pensar en Laura en todo el día. Acababa de despedir al último cuando su enfermera lo acorraló.

—He pensado que deberías saber que Jan ha aceptado la oferta de Bill hoy. Se mudará a Serenity justo después de Navidad.

J.C. asintió.

—Bill y yo lo habíamos hablado. Creo que será una gran contribución a la consulta.

Debra lo miró con clara decepción.

—Supongo que era esperar demasiado que estuvieras más emocionado por ello.

Él se rio.

—Sabes perfectamente bien que nunca he estado interesado en Jan, al igual que ella tampoco lo está en mí.

—Claro que sí —farfulló—. ¿Por qué, si no, iba a mudarse aquí?

—Me dijo que tenía ganas de cambiar de lugar y formar parte de una comunidad pequeña. Me sorprende que no te dijera lo mismo a ti.

Debra ignoró el comentario como si fuera una tontería.

—Bueno, claro que te dijo eso, ¿o es que creías que iba a llegar y decirte que se vendría aquí porque estás buenísimo?

J.C. casi se atragantó.

—¿Eso te ha dicho? ¿De verdad que Jan te ha dicho esas palabras exactas? —le preguntó imaginando que se avecinaban momentos muy incómodos.

Debra suspiró.

—Vale, no, solo esperaba darte un empujoncito —lo miró fijamente—. Entonces, ¿no hay duda? ¿Me estás confirmando los rumores que dicen que Laura Reed y tú estáis juntos?

—Sí, nos estamos viendo —admitió más que nada para poner fin a esa absurda conversación—. Y ahora tengo que irme.

—¿Una cita ardiente?

Él puso los ojos en blanco.

—Levantamiento de pesas —le respondió pensando en el entrenamiento que le esperaba. Tal vez le ayudaría a sacarse de la cabeza las imágenes de todas esas mujeres, aunque fuera por una hora.

Una hora después, J.C. aún no había terminado de entrenar cuando Cal lo acorraló, igual que había hecho Debra antes.

—¿Tienes un minuto? —le preguntó con gesto sombrío.

J.C. apagó la elíptica y bajó.

—¿Qué pasa?

—Vamos al despacho de Elliott. No quiero que nadie oiga esto.

Para su impacto, J.C. encontró a Elliott Cruz, entrenador personal y uno de los socios del gimnasio allí, acompañado de Ronnie Sullivan que, junto con su esposa Dana Sue, eran dos de los empresarios de éxito del pueblo. Él había abierto una próspera ferretería en Main Street y ella, por supuesto, era la dueña de Sullivan's.

—¿Por qué de pronto me siento como si me hubieran

tendido una emboscada? ¿He roto una máquina o he dejado toallas sucias en el vestuario?

Ronnie se rio.

—No serías el primero, pero no.

—Solo quería que supieras que ya hay gente volcada en esto —le explicó Cal.

—¿Y qué es «esto»? —le preguntó J.C. desconcertado.

—Mariah Litchfield ha lanzado oficialmente su venganza contra Laura Reed y Betty Donovan.

Los otros dos hombres asintieron.

—Karen me ha llamado para ponerme al tanto —dijo Elliott refiriéndose a su mujer, que trabajaba como chef en Sullivan's.

—Y yo lo he oído por la calle y me lo ha contado Dana Sue —añadió Ronnie.

—Y mientras hablamos, según Maddie, las Dulces Magnolias se van a reunir en la casa de Helen para lanzar una contraofensiva —dijo Cal—. Personalmente, si fuera Mariah, correría para ponerme a salvo. He visto a esas mujeres en acción cuando luchan por una causa en la que creen.

—Eso es —dijo Ronnie.

Por un instante, J.C. sintió un arrebato de ira al pensar en Laura.

—¿Lo sabe Laura?

—Está en casa de Helen —confirmó Cal—. Creo que han sido Sarah McDonald, Raylene Rollins y Annie, la hija de Ronnie, las que han reagrupado las tropas. Trabajaron en el festival de otoño con Laura y no piensan dejar que gente como Mariah la avasalle.

—Annie está hecha una furia —confirmó Ronnie—. Os juro que siempre he pensado que mi hija era una dulzura, y lo es, pero cuando la enfadan, es una fiera, igual que su madre —dijo con inconfundible orgullo.

—Pues gracias a Dios que las tiene a todas —señaló J.C.—. Debería ir allí.

Los tres hombres se miraron y se rieron.

—No es buena idea —dijo Cal—. Las noches de margaritas son eventos en los que no están permitidos los hombres. Nosotros estábamos pensando en hacer unas llamadas y juntar también a los maridos y he supuesto que querrías ayudar.

—Pero yo no…

—¿No eres marido? —dijo Cal con una sonrisa—. Eso el tiempo lo dirá. Por ahora tu interés en uno de los principales objetivos es lo suficientemente bueno como para calificarte como tal.

—Pues en ese caso estoy con vosotros. ¿Dónde vamos a quedar?

—En las canchas de baloncesto del parque —respondió Ronnie—. Todos pensamos mejor cuando liberamos tensiones.

—Y eso nos impide tomar decisiones precipitadas y hacer algo sin que haya pasado antes el filtro de nuestras mujeres, que son mucho más civilizadas que nosotros con estas cosas —dijo Cal—. Aunque no por eso menos decididas y guerreras, sino un poco más controladas. La verdad es que da un poco de miedo verlas poner en acción sus planes tan bien calculados.

—Cuando van en contra de uno resulta aterrador —confirmó Ronnie—. Yo he sido víctima de eso, pero cuando te muestran apoyo son increíbles. Así que nos alegramos de poder darles todo el apoyo necesario.

J.C. asintió.

—Eso puedo hacerlo —dijo, aunque también estaba decidido a mantenerse firme a la hora de defender públicamente a Laura y el modo en que había gestionado esa situación extraordinariamente complicada. Si Laura no hubiera intervenido, las cosas le habrían ido mucho peor a Misty.

Una hora después de que Laura hubiera llamado a Helen, todas las Dulces Magnolias habían corrido y se habían reunido en casa de esta para tomarse unos margaritas y para una sesión de estrategia. Laura se quedó un poco asombrada al mirar a su alrededor y ver a las mujeres que estaban dispuestas a luchar por ella. Había tenido en su clase a algunos de sus hijos, pero la mayoría estaba allí simplemente porque creían en ella. ¡Increíble! No era la primera vez que se daba cuenta de lo afortunada que era por tenerlas como amigas.

—No os imagináis lo que significa para mí que estéis de mi parte. Yo jamás os habría pedido que me apoyarais.

—No te hacía falta —dijo Annie—. Eres una de las nuestras. Cuando alguien se mete con alguna de nosotras, se meten con todas las magnolias. No es así, ¿chicas?

Las copas de margaritas se alzaron en el aire entre gritos de afirmación.

A Laura se le saltaron las lágrimas ante esa muestra de apoyo.

—Gracias —se dirigió a Helen—, ¿pero de verdad pensáis que hay que tomarse en serio las amenazas de Mariah?

—Yo preferiría no arriesgarnos —respondió la abogada—. Y no es que tenga donde apoyarse, pero si es la primera que sale a hacer correr su mensaje y lo propaga lo suficientemente alto, va a haber gente que se lo crea si no han oído la otra versión.

—Podríamos organizar una protesta —dijo Sarah con entusiasmo—. Si la celebramos en la plaza, Travis y yo podemos cubrirla en directo por la radio. Esa clase de publicidad detendrá a Mariah en seco.

Raylene enarcó una ceja.

—¿Seguro que no estás un poco en plan sanguinario porque crees que Mariah intentó ligarse a Travis?

—Sé que lo hizo —la corrigió Sarah—. Y puede ser que en su momento reaccionara un poco como una adolescente, pero esa no es la razón por la que pienso que deberíamos hacerlo. Queremos tener la simpatía del público de nuestro lado, y tenemos que hacerlo deprisa. ¿No es eso lo que acabas de decir, Helen? Es la mejor forma.

Laura sacudió la cabeza.

—Si todas queréis celebrar una protesta general contra el acoso en nuestra comunidad, estaré allí. Pero no lo haré si esto se va a convertir en un enfrentamiento entre nosotros contra ellos. Ya os he dicho que eso sería otra especie de acoso y no quiero recurrir a ello.

—Pero podría ser el único modo de enfrentarnos a Mariah —argumentó Annie—. Contra el fuego, lucha con fuego.

—Y no os volváis peores que Annabelle o Mariah —insistió Laura sacudiendo la cabeza—. No. No os dejaré hacerlo. Sea lo que sea lo que queréis hacer, y creedme, os agradezco mucho que queráis hacer algo, no puede ser algo que empeore la situación y que arrastre con ello el nombre de Misty y lo ensucie. Tenemos que recordar que ella es la razón por la que me impliqué en esto. Ya ha sufrido bastante.

—Pero sabes que va a querer ayudar —dijo Raylene—, sobre todo después del modo en que la apoyaste.

Maddie asintió.

—Diana me ha llamado antes. La conozco del spa y del colegio porque Misty y Katie están muy unidas. Me ha preguntado si había oído lo que pretende Mariah y cómo podía ayudarnos. Le he dicho que volvería a llamarla cuando tuviéramos un plan —le lanzó a Laura una mirada comprensiva—. Te admiro mucho por pensar primero en Misty, pero si queréis saber mi opinión, ya es hora de que te preocupes por ti. Y por mucho que me duela decirlo después de lo que nos hizo pasar Betty Donovan a Cal y a mí, Betty debería hacer lo mismo.

—Estoy de acuerdo —dijo Helen mirando fijamente a Laura—. ¿Te opones por completo a la idea de Sarah?

Ella reflexionó sobre la pregunta antes de responder.

—No, si la temática de la protesta es un mensaje contra el acoso escolar. En ese caso hasta me gustaría pronunciar unas palabras y creo que Betty haría lo mismo.

Mientras hablaba, iba convenciéndole más la idea. Se giró hacia Maddie y añadió:

—Tu madre me ha dicho que podría convencer a Frances Wingate para que hablara con los padres sobre el acoso escolar.

A Helen se le iluminó la mirada.

—Eso sería maravilloso. ¿Puede hacerlo? Frances es increíble, y no hay nadie que haya crecido en Serenity y que haya podido escapar de alguna que otra charla aterradora de Frances mientras estudiaba.

—¡Decídmelo a mí! —dijo Dana Sue encogiéndose de hombros—. Me temo que me llevé demasiadas.

—Porque eras muy rebelde —bromeó Maddie.

—¿Y tú eras una santa? —contestó Dana Sue—. ¡Por favor!

Helen se rio.

—No vayamos por ahí. Creo que todas podemos coincidir en que fuimos un fastidio para Frances en aquella época. Pero resumiendo, sería la persona perfecta para recordarle a la comunidad entera cómo no perder la moral. Cada vez me gusta más la idea de la protesta anti acoso escolar, sobre todo si podemos contar con su ayuda.

Laura se giró hacia Maddie.

—Tu madre ha dicho que lo intentaría.

Maddie asintió.

—Pues entonces lo hará. Se lo recordaré, aunque dudo que sea necesario. Parece que se ha tomado muy en serio esta causa. Su lado activista es algo nuevo para mí.

—Pues creedme, la situación seguiría fuera de control si no fuera por su disposición a implicarse —dijo Laura mirando a Helen, que asintió para confirmarlo.

—A ver qué te cuenta Paula mañana, Laura —apuntó Helen—. Dile lo que pensamos y si te dice que ve posibilidades de que Frances colabore, llámame. Tenemos que organizarnos. Sarah, ¿cuánto tardaríamos en programar algo que pudieras emitir por la radio?

—Podríamos hacerlo inmediatamente, pero al menos me gustaría tener un aviso de unos cuantos días para poder correr la voz. Queremos esa plaza abarrotada de gente que entienda que el acoso escolar es inaceptable.

Helen asintió.

—¿Y si marcamos como fecha provisional el sábado de la semana que viene? ¿Os vendría bien si se puede arreglar para ese día?

—Por Travis y por mí, bien —respondió Sarah—. Me aseguraré de ello.

—Y así tendríamos tiempo de congregar a padres y profesores —dijo Raylene—. Le diré a Adelia Hernández que se encargue de eso. Solo con chasquear los dedos, los padres se ponen en fila para hacer lo que necesite.

Helen asintió con satisfacción.

—Pues entonces tenemos un plan. Laura, ¿te parece bien?

—Si podemos ceñirnos al plan, totalmente. Y si estáis buscando oradores con fuertes convicciones, preguntadle a J.C. Creo que abogaría poderosamente por la causa.

—O por ti —bromeó Annie—. ¿No es verdad?

Laura se ruborizó intensamente.

—No vayáis por ahí.

—¿Entonces no era él al que vi dando vueltas frente a tu casa ayer cuando yo volvía del trabajo? —le preguntó Raylene inocentemente—. ¿Ni tampoco era suyo el coche que seguía allí esta mañana? Estoy segurísima de que es el único en el pueblo con un Jaguar verde oscuro, pero claro, tampoco quería sacar conclusiones precipitadas.

Laura suspiró al comprender que junto a un apoyo tan fuerte venía un colapso completo de los límites. Al parecer, toda su vida era un blanco fácil.

—Así que no has querido sacar conclusiones precipitadas —le dijo a Raylene, resignada a que algo tan personal tuviera que compartirlo con todo el mundo—. Por favor, dime que no se lo has contado a Grace.

—¡Por Dios, no! —contestó Raylene indignada—. Esto es solo entre las chicas.

—Pero las Dulces Magnolias tienen la obligación de estar al tanto de los cotilleos más sabrosos del pueblo —declaró Helen—. Y de vez en cuando resulta satisfactorio saber cosas que Grace no sabe.

—¡Las Dulces Magnolias al poder! —dijo Dana Sue levantando su copa.

El comentario provocó una mirada mordaz de Maddie.

—Ya sabes que un margarita es tu tope.

—Lo sé —respondió Dana Sue apesadumbrada—. ¿Y sabes cuál es la triste verdad? Que a este solo le he dado tres tragos y, al parecer, ni siquiera puedo con eso. Qué día tan triste.

Annie contuvo una risa y se levantó.

—Venga, mamá. Te acompaño a casa dando un paseo.

Dana Sue estrechó la mirada con gesto desconfiado.

—¿No está lloviendo? ¿No ha venido un frente frío?

Annie asintió con expresión decididamente animada.

—¿Y no es genial? Un paseíto fresco debería apañarte antes de que papá te vea borracha.

Dana Sue miró a su alrededor con descontento.

—¿Qué es eso que dicen de los hijos desagradecidos? Algo parecido a que tener un hijo ingrato duele más que el colmillo de una serpiente. Creo que sale en el *Rey Lear*.

Laura le sonrió.

—¡Oh, madre mía! No solo tienes razón, sino que acabas de darme la esperanza de que mis lecciones sobre Shakespeare tengan su recompensa años después. Hoy en día los chavales apenas recuerdan nada una vez pasado el examen final.

Annie puso los ojos en blanco.

—Yo creo que mamá lo memorizó el día que nací. Lo he oído demasiado a lo largo de los años. Buenas noches a todas. Haré que la debilucha vuelva sana y salva a casa.

Después de eso, la reunión se disolvió. Laura fue la última en marcharse y, girándose hacia Helen, dijo:

—No sé cómo agradecerte todo lo que estás haciendo por Misty y por mí.

Helen sonrió.

—Un placer. No hay nada que me guste más que ver la ley empleada para lograr algo bueno para la gente que lo merece.

—Es muy noble por tu parte —dijo Laura.

—Bueno, la verdad es que a lo mejor también disfruto vengándome de los malos —admitió y, guiñándole un ojo, añadió—: Puedes demandarme.

—De eso nada. Jamás sería tan tonta de llevarte ante los tribunales.

—Bueno, hablamos mañana entonces. Avísame en cuanto tengas noticias de Paula.

—Lo haré —le prometió Laura.

De camino a casa, en lugar de aterrorizarse por lo que podría aguardarle el futuro a su carrera como profesora en Serenity, Laura se sintió increíblemente reconfortada por saber que tenía a mucha gente muy buena a su lado.

Paula no solía recibir visitas en casa. Durante años había estado demasiado ocupada con su arte, los viajes que le exigía, y la vida algo aislada que llevaba con su marido, profesor, y con Maddie. Solo en los últimos años había llegado a entender lo sola que debía de haber estado su hija y lo desconectada que se había sentido de sus propios padres. El vínculo tan estrecho que había establecido con Helen y Dana Sue había llenado el vacío dejado por su propia familia.

Por suerte, últimamente Paula no solo tenía más tiempo para sus nietos, sino también para otras amigas, al menos las pocas de su generación con las que había establecido una conexión más profunda.

Después de su promesa a Laura, había llamado a Liz Johnson en lugar de acudir directamente a Frances. Sabía que Liz le diría si era o no buena idea implicar a Frances en el asunto del acoso escolar. Liz, Frances y Flo Decatur eran uña y carne. Sabía que Liz y Flo no solo eran el principal apoyo de Frances, sino también sus leales protectoras.

Acababan de llegar de una excursión a las Vegas que había sido cubierta con descabellados boletines por parte de la emisora local. Paula no podía recordar la última vez que se había reído tanto y, aunque las Vegas no era su estilo, casi había deseado haber ido con ellas al menos para ver a las tres mujeres haciendo de las suyas por allí. Y casi le sorprendía que Flo no hubiera vuelto casada por un imitador de Elvis y con alguien que hubiera conocido allí.

El martes, tras su tercer intento, Liz respondió a su llamada y reaccionó con sorpresa al sonido de su voz.

—¿Qué es esto? ¿Sales del aislamiento un martes? Nunca sé de ti antes de los jueves y si llamas ese día solo lo haces para que te confirme si voy a llevarte galletas por la mañana para que puedas dárselas a esa adorable nieta que tienes.

—Esta vez tengo otra misión completamente distinta —admitió—. Necesito ayuda —describió la situación, satisfecha ante las cada vez más frecuentes expresiones de indignación de su amiga—. ¿Crees que Frances estaría dispuesta a pronunciar unas palabras? No quería preguntárselo por si era demasiado para ella.

—Su tratamiento para la memoria la ha estado ayudando —dijo Liz—, y la mayor parte del tiempo ni notas que ha tenido un desorden cognitivo. Además, estoy segura de que este tema la va a enfurecer tanto como a mí. Puedes contar con las dos para todo lo que necesites. Y con Flo también. Le gusta agitar las cosas. Ojalá yo tuviera su energía. A lo mejor podemos asignarle que reúna a todos los mayores del pueblo.

—¿Podríais pasaros las tres por aquí mañana por la tarde?

—Deja que haga un par de llamadas y te cuento. Ninguna tenemos las agendas repletas últimamente, así que supongo que no habrá ningún problema. ¿Sobre las cuatro?

—Perfecto. Eso me dará tiempo para ponerme en contacto con Laura y saber qué hace falta exactamente, y para pasarme por Sullivan's e intentar convencer a Erik de que me venda un poco de esa deliciosa tarta. Creo recordar que te encanta el relleno de coco y limón. ¿Quieres que pregunte si te puede preparar una?

—Solo de pensarlo se me hace la boca agua, aunque nadie ha hecho nunca una tarta tan rica como las de mi madre, que en paz descanse —dijo Liz—. Haré esas llamadas. A menos que te llame para decirte lo contrario, nos vemos mañana a las cuatro.

—Gracias, Liz.

—No me des las gracias. No hay nada como una buena causa para hacerme pensar que vuelvo a ser joven. Hasta luego.

Paula colgó satisfecha, volvió a levantar el teléfono y empleó sus poderes de persuasión para conseguir esa tarta para Liz. Por suerte, Erik era esa clase de chef que respondía de buena gana a cualquier reto y, solo con decirle que nadie había podido igualar la tarta de coco de la madre de Liz, se puso con ello.

—Dame hasta esta noche —le dijo a Paula—. Estaba buscando algo nuevo que poner en la carta de mañana como postre especial. Así que esto será perfecto.

—Eres un buen hombre. ¿Qué te debo?

—Tú solo dile a mi mujer que soy un santo.

—Dudo que haga falta que se lo recuerde. Helen siempre ha sido una mujer lista.

Él se rio.

—Sí, pero a un hombre siempre le puede venir bien ganarse algún punto extra.

—Pues en ese caso me aseguraré de hacer correr la voz —prometió Paula sacudiendo la cabeza mientras colgaba. Además del acercamiento a su nieta, con lo que más disfrutaba era con el inconfundible amor entre su hija, las amigas de Maddie y sus respectivos maridos. Aunque ella había tenido un matrimonio sólido y con el que se había sentido plena, había algo en ese afecto tan abierto que se tenían las parejas jóvenes que la llenaba de alegría.

Después de jugar al baloncesto con los chicos y de diseñar su estrategia para ayudar a Laura y a Betty a luchar contra la ira de Mariah, J.C. se marchó a casa, se dio una ducha, se puso unos pantalones de chándal y se sentó para llamar a Laura.

—¿Estás bien? —le preguntó en cuanto respondió—. He oído que ha sido un día duro.

—Has oído lo de Mariah y su campaña en mi contra —concluyó ella.

—Todo esto es ridículo. No te preocupes.

—Hasta un cansino mosquito puede hacer que mi vida sea lamentable y algo me dice que Mariah es mucho más molesta que un mosquito. Cuando me volqué en ayudar a Misty, no me esperaba acabar siendo el centro de atención aunque, de todos modos, eso tampoco me habría frenado.

Él frunció el ceño ante su tono de resignación.

—No estás muy preocupada, ¿verdad? Porque sé que los chicos te protegen y he supuesto que sus mujeres, esas Dulces Magnolias, estaban entablando una cruzada por ti. ¿No has estado con ellas esta noche?

—Sí, y son geniales. Hemos decidido celebrar una protesta anti acoso escolar el sábado que viene. La emisora lo emitirá en directo desde la plaza del pueblo.

—Es genial —respondió él encantado con la idea—. Concienciar a la gente es clave para cambiar el modo de comportarse que tienen estos chavales.

—Espero que te muestres así de entusiasta cuando te diga que te he presentado voluntario para ser uno de los oradores.

Por un instante, J.C. se quedó en silencio.

—Te parece bien, ¿verdad? —le preguntó preocupada—. Sé cuánto te importa esto, así que he pensado que querrías hacerlo.

—Claro que sí —respondió, preguntándose si podría contarle esa historia tan personal que era la causa por la que ese asunto significaba tanto para él. Sabía que era exactamente el mensaje que la multitud tenía que escuchar. A lo mejor por fin podía convertir su tragedia familiar en algo que condujera a un cambio positivo que podría influir en las vidas de otros jóvenes.

—¿Entonces por qué dudas? —preguntó Laura haciéndolo volver al presente—. ¿Es porque me he pasado?

Él oyó incertidumbre en su voz y supo que era el culpable de que ella se hiciera preguntarse si tenía derecho a reclamarle algo o reclamarme su tiempo.

—Puedes presentarme como voluntario para lo que sea —le aseguró—. Somos una pareja. Si me necesitas, aquí estoy.

Ahora fue ella la que se quedó en silencio.

—¿Somos una pareja? —preguntó al momento.

—¿Es que creías que no lo éramos? Pensaba que lo de la otra noche había sellado el trato.

—Pero eres tan…

—¿Cauto? De eso no hay duda, pero desde que te conocí, me he estado sintiendo un poco temerario.

Ella se rio.

—Con que temerario, ¿eh?

—Sí. ¿Y qué me dices de ti?

—Yo me sentía bastante atrevida —admitió—. Al menos hasta que me enteré de que te vieron en mi casa.

—¿Es para tanto?

—Lo es cuando también vieron tu coche en el mismo

sitio a la mañana siguiente. Digamos que tuve que dar algunas explicaciones.

—Pero eso no debería ser asunto de nadie.

Laura se rio.

—No eres tan nuevo en Serenity como para extrañarte. En este pueblo a todos les va el cotilleo, aunque creo que las Dulces Magnolias están muy contentas porque, por una vez, han ganado a Grace.

—¿Y te molesta? —le preguntó, preocupado por que sintiera que su reputación podía verse dañada por algo que tal vez no había sido más que una aventura casual, por mucho que ellos no hubieran definido así su relación.

—Un poco, pero he de admitir que una parte de mí se alegra de tener por fin una vida social que valga la pena lo suficiente como para que todos hablen de ella.

J.C. captó el tono de broma en su voz y se rio con ella.

—Sí, eso también es nuevo para mí. Y no es tan malo como me esperaba.

—Pero solo una cosa, J.C.

—Dime.

—Siempre me va a preocupar más lo que tú pienses que lo que la gente diga.

A J.C. le pareció captar una ligera necesidad de consuelo tras esas palabras tan suavemente pronunciadas.

—Lo que creo es que deberíamos continuar esta conversación en persona. ¿Es demasiado tarde para que vaya?

—Creo que es la mejor idea que has tenido desde que has llamado —respondió ella sin la más mínima duda.

—Pues entonces estaré allí en quince minutos.

—Genial. ¿Y J.C.?

—Sí.

—Tráete el cepillo de dientes y ropa para el trabajo.

—Y esa es la mejor idea que has tenido desde que he llamado.

Aún no sabía adónde llegaría esa relación, pero estaba seguro de que el camino sería un inesperado placer.

Capítulo 17

Una semana después de que todo estallara en el instituto, Misty estaba en la puerta de la cocina con la boca abierta por la sorpresa al ver a su madre frente al fuego preparando el desayuno. Era la primera vez en semanas que se había levantado y arreglado como antes, y que había cocinado.

—¿Tortitas? —preguntó Misty olfateando el aroma.

—Con sirope de arce caliente, como os gusta a Jake y a ti —confirmó su madre—. ¿Ya está levantado? Me ha parecido oír su ducha abierta. Los dos tenéis que iros pronto a clase.

—Jake está levantado —dijo Misty. Vaciló y añadió—: Aunque iba a preguntarte si hoy podía quedarme en casa.

Su madre se apartó del fuego y la miró con preocupación.

—¿Te encuentras bien?

Misty se encogió de hombros.

Diana esbozó un gesto de comprensión.

—Te da miedo lo que puedan estar diciendo en el instituto —supuso y sacudió la cabeza con gesto lleno de pesar—. Sabía que no debería haber dejado que te quedaras en casa. Ahora te va a resultar mucho más difícil volver, ¿verdad?

—¡Pues claro! —respondió con sentimiento—. Annabelle ya habrá tenido tiempo de llamar a todas sus amigas y ponerlas de su parte, así que seré como una especie de paria —y mirando a su madre con gesto suplicante añadió—: Sé que se suponía que la expulsión temporal de Annabelle iba a arreglar las cosas y a lanzar un gran mensaje, pero vamos, mamá. Seguro que ahora va a ser peor que nunca. Por favor, deja que me quede en casa, solo un día más. Iré mañana.

—Cielo, mañana no resultará más fácil. Siempre es mejor enfrentarte a tus miedos lo antes posible. Mira lo que me ha pasado a mí. Me negaba a admitir que tu padre iba a dejarme independientemente de lo que intentara hacer para retenerlo. Llevo semanas haciéndoos sentir muy mal en lugar de asumir la realidad y de saber cómo hacerlo.

—No es lo mismo, ni siquiera se acerca —insistió Misty—. A ti no te odia todo el mundo.

—Y a ti tampoco. Está claro que Annabelle estaba celosa y, de todos modos, no va a estar en el instituto. Y Betty Donovan y Laura Reed no van a permitir que ningún otro alumno te acose —le dijo con seguridad.

Misty puso los ojos en blanco.

—Puede que quieran ayudarme y protegerme, pero tienen sus propios problemas ahora que la señora Litchfield está extendiendo toda clase de rumores sobre ellas y amenaza con que las despidan.

—Eres su prioridad —le dijo su madre con firmeza mientras le ponía delante las tortitas junto con la jarra de sirope—. Estoy segurísima.

—Pero no pueden estar en todas partes a la vez para protegerme. Mamá, deja que me quede en casa. Seguro que podrías convencer al doctor Fullerton para que me haga un justificante.

—Le estoy muy agradecida por cómo ha manejado la situación, pero no creo que sea buena idea pedirle un justificante cuando te encuentras perfectamente. La última vez que lo intentaste no funcionó muy bien, ¿no?

—Ya, pero ahora sabe más cosas y entiende lo que está pasando. En serio, mamá, lo entiende mucho mejor que tú.

—Me alegro de que tengas su apoyo, pero así lo veo yo. Tu deber es ir al instituto, sacar buenas notas y conseguir tu sueño de ir a la facultad. No puedes dejar que esta situación te lo arruine. Si lo haces, lo lamentarás —la miró fijamente—. ¿Quieres que una chica como Annabelle tenga tanto poder sobre tu futuro?

Viéndolo así… Misty negó con la cabeza.

—No —reconoció a regañadientes.

—Pues entonces tu única opción es volver a clase y dar la cara ante todo el mundo. Sé que eres lo suficientemente fuerte para hacerlo. Me lo has demostrado al enfrentarte a tantas cosas tú sola.

Misty sintió una pizca de satisfacción ante la alabanza de su madre.

—¿De verdad crees que soy fuerte?

Su madre sonrió.

—La chica más fuerte que conozco. ¿Te gustaría que hoy te acercara al instituto?

Misty la miró horrorizada.

—¿Y dejar que todos piensen que me he convertido en un bebé? ¡De eso nada! Has dicho que soy fuerte, así que ¿qué iba a parecer eso? Si estás segura de que no puedo quedarme en casa, iré caminando como siempre.

—Estoy segura —respondió Diana con firmeza y mirando a Misty con severidad—. Y ni se te ocurra dar un rodeo que te haga tardar seis o siete horas. La señorita Reed y la señora Donovan saben que tienen que llamarme si no vas a clase. Les comuniqué mi decisión de dejar que te quedaras en casa y saben que eso termina hoy.

Misty la miró con una extraña mezcla de aprobación y decepción.

—Me alegra mucho que te estés recomponiendo, mamá, pero has elegido el peor momento para hacerlo.

Ante la risa de su madre, Misty sonrió también. A lo

mejor las cosas pronto volverían a la normalidad para todos ellos.

Miró las tortitas del plato que, de pronto, habían dejado de apetecerle.

—Mamá —preguntó vacilante—, ¿estáis bien papá y tú?

—Si te refieres a si por fin nos estamos comunicando sin que quiera arrancarle el corazón, sí —respondió Diana con resignación—. Pero, cielo, la ruptura de un matrimonio es dura para todo el mundo, incluso para tu padre. Nos llevará un tiempo a todos ver cómo va a funcionar esta nueva situación. Lo único que no deberías dudar nunca es que tu padre os adora a Jake y a ti. Te apoya al cien por cien. Si lo necesitas, lo único que tienes que hacer es llamarlo.

—No quiero que te sientes mal si lo llamo —le dijo Misty.

—El divorcio es entre tu padre y yo, no entre tu padre y tú. Nunca debes sentirte mal por quererlo o necesitarlo, ¿de acuerdo? —dijo deteniéndose para darle un abrazo antes de murmurar prácticamente para sí—: Todo saldrá bien. Todos vamos a estar bien.

Misty estaba casi dispuesta a creerlo.

La reunión de Paula con sus amigas se había pospuesto al lunes. Colocó la tarta de coco de Erik, una recién horneada que había preparado esa mañana en lugar de la que ella había tenido que cancelar, en el centro de la mesa junto con unos cuencos de fruta fresca y sus mejores tazas de té. Había tenido que lavarlas para quitarles el polvo que se había acumulado durante los años que las había tenido sin usar.

Las tazas de colección de porcelana cretona siempre la hacían sonreír con sus diseños alegres y florales por mucho que estuvieran desemparejadas. Ya que se dedicaba al arte botánico, Maddie le había regalado la primera. La había encontrado en un mercadillo cuando tenía ocho años y, tras ese regalo tan exitoso, año tras año había buscado y encontrado una distinta para los cumpleaños de Paula hasta que tuvo una docena o más en su vitrina. Ahora se encontraban entre sus tesoros más preciados.

No estaba segura de qué esperar cuando Liz, Flo y Frances llegaron, pero se sorprendió gratamente al ver a Frances con tanta fuerza y tan indignada.

—En cuanto Liz me contó lo de tu llamada, estaba ansiosa por hacer lo que pudiera —le dijo Frances—. Pobre niña —murmuró sacudiendo la cabeza—. Y que sea Annabelle, con las ventajas que tiene, la que está atormentándola... —suspiró—. Últimamente no entiendo a los jóvenes.

—El acoso escolar siempre ha existido —les recordó Liz—. En mis tiempos gran parte de ese acoso nacía del prejuicio racial, pero ahora con Internet disponible para cualquier injuria que a uno le apetezca publicar, es nuevo y mucho más peligroso. Le da a la gente con un montón de ideas descabelladas una plataforma donde arrojarlas para que todo el mundo pueda verlas. Nadie se molesta en separar la realidad de la ficción.

—Si hubieras visto algunos de esos mensajes te habrías quedado horrorizada —le dijo Paula—. ¿Por qué no nos sentamos en el comedor y charlamos? —le guiñó un ojo a Liz—. Tengo esa tarta de coco que te prometí. No tengo ni idea de qué tal sabe, pero tiene una pinta increíble. No hay duda de que Erik sabe aceptar un desafío.

Liz dio una palmada como una niña esperando a que le den uno de sus dulces favoritos.

—Oh, no puedo esperar. Si está la mitad de buena que la de mi madre, me habrás alegrado el día.

Una vez estuvieron sentadas a la mesa y con la tarta y el té servidos, el resto esperó a que Liz diera el primer bocado de la jugosa tarta amarilla con su esponjosa cubierta de coco y relleno de limón. Cerró los ojos y un gesto de verdadero placer inundó su rostro.

—¡Oh, por Dios bendito! —murmuró—. Esto es divino, eso es lo que es.

—¿Tan deliciosa como la de tu madre? —preguntó Paula mirándola fijamente y nerviosa por la reputación de Erik.

—Aun teniendo en cuenta el factor nostálgico, que es lo que normalmente me hace descartar todas las que he probado, me veo forzada a admitir que Erik puede sentirse orgulloso. Puede que esta sea un poquito mejor que la de mi madre, y yo eso jamás lo diría a la ligera. ¿La va a poner en la carta de Sullivan's?

—Dice que sí —le confirmó Paula—. Y que si te parece bien, le pondrá el nombre de tu madre. ¿Qué opinas?

A Liz se le iluminaron los ojos.

—Se sentiría muy honrada y yo también. La tarta de coco de Adelaide. ¡Me encanta!

Flo sonrió.

—¡Ese yerno que tengo tiene un toque mágico en la cocina!

—Y tanto —respondió Liz mientras saboreaba otro pedazo de tarta.

—Ahora que hemos terminado con los elogios a la tarta —dijo Frances bruscamente—, Paula, quiero que me digas lo que quieres que haga para ayudar a Misty.

Paula le explicó lo de la protesta que se celebraría el sábado y sobre la que le habían hablado tanto Maddie como Laura.

—¿Podrías pronunciar unas palabras allí? ¿Recordarles a los padres su papel a la hora de enseñarles a sus hijos a comportarse con sus compañeros? —Paula sonrió—. Ya sabes, darles una pequeña charla como las que solías dar.

—Cuenta conmigo —respondió Frances con entusiasmo y ante las palabras de preocupación de Liz y Flo respondió—: Si tengo una mañana mala, tendremos que replantearnoslo, pero esto es demasiado importante como para que, al menos, no intente decir lo que hay que decir —se giró hacia Paula—. ¿Te parece que hable dependiendo de cómo me encuentre? O, si no, Liz podría sustituirme —sonrió a su amiga—. No has perdido tu toque para congregar multitudes.

—Bueno, supongo que se me ocurrirían unas cuantas cosas que decir. Así que con mucho gusto participaría si hace falta, pero solo si hace falta. Tú tienes una conexión con los padres, Frances. Yo soy más conocida por una generación totalmente distinta, muchos de los cuales han ido muriendo.

—Pues entonces arreglado —confirmó Paula, complacida por su buena disposición para participar.

—¿Y qué pasa con nosotras? —preguntó Liz—. ¿Qué podemos hacer Flo y yo, más allá de ofrecer respaldo por si Frances lo necesita?

—Ya he hablado con Helen —respondió Flo—. Le gustaría que hiciéramos algunos carteles —y lanzándole una mirada artera a Liz añadió—: Tú eres la experta en carteles de protesta. Dime qué escribir en ellos y los haré. Tengo un pulso firme y un montón de rotuladores chillones para los trabajos de arte de mi nieta.

Paula asintió con satisfacción.

—Anoche se me ocurrió una cosa más. Sé que la emisora local lo retransmitirá en directo, pero creo que tenemos que ir un poco más allá. ¿Qué os parece si llamo a otros medios de comunicación? Aún tengo algunos contactos de mis exposiciones de arte. Puede que no sean los reporteros adecuados, pero imagino que pueden guiarme en la dirección correcta.

—Yo opino que sí —dijo Liz—. Esto no es un incidente aislado o algo exclusivo en Serenity. Es más, estoy segura de que es un problema más grave en las comunidades más grandes. A lo mejor podemos indicar cómo hay que hacer las cosas en este sentido.

—Adelante, Liz —dijo Flo—. Sigues siendo una agitadora.

—Y pretendo serlo hasta el día que me vaya —respondió orgullosa.

—Entonces tenemos un plan —dijo Paula complacida.

Las demás asintieron.

—Tenemos un plan —confirmó Flo—. Informaré a Helen. He de admitir que me apetece mucho formar parte de una cruzada en la que esté ella. No puedo presentarme en un tribunal y animarla cuando está llevando el caso de un divorcio, pero quiero que sepa lo orgullosa que estoy de que le haga frente a tantas injusticias.

—Cómo para no estar orgullosa de ella —dijo Paula—. Sé que no siempre ha sido fácil, pero has criado a una mujer fuerte, inteligente e independiente.

—Que me ha dado una nieta que es la alegría de mi vida —dijo Flo—. Desde que me mudé a Serenity para estar al lado de Helen, de Sarah Beth y de Erik, doy las gracias a diario.

—A nuestra edad, solo el hecho de levantarte por la mañana es motivo para dar las gracias —dijo Frances—. Así que tener esta causa y poder hacer algo que cambie las cosas es directamente increíble.

Paula miró a las tres extraordinarias mujeres que la rodeaban y pensó en lo increíbles eran ellas. Tenerlas como amigas era una de las principales cosas por las que se sentía agradecida.

Laura se fijó en la expresión de pánico de Misty cuando llegó a clase; se le cayó el alma a los pies. No había duda de que las cosas no le estaban yendo bien en su primer día después de que se hubiera extendido la noticia de la expulsión de Annabelle. Por un momento se planteó llevársela a un apartado para charlar con ella, pero temía que eso despertara la atención de los demás y el problema se agravara.

Por suerte, Misty le resolvió el dilema quedándose un rato tras finalizar la clase.

—¿Qué tal? —le preguntó Laura cuando los demás alumnos se habían marchado no sin antes lanzarle unas miradas de desprecio.

—Un asco, si quiere que le diga la verdad. Casi nadie me habla. Lo único que hacen es susurrar y señalar cuando me ven llegar.

Laura la miró con compasión.

—Sé que debe de ser duro, pero la cosa mejorará. En unos días se olvidarán de ti y pasarán a otra cosa.

Misty le lanzó una mirada incrédula.

—Como que eso va a pasar con esa gran concentración de protesta del sábado. Ya de paso podrían ponerme un cartel encima que diga: «Víctima de Acoso Escolar» o «Llorica».

Laura frunció el ceño al oír esa percepción que tenía de sí misma.

—Primero, no eres una llorica. No quiero oír que te describes así. Y ya que has sido el objetivo absoluto de Annabelle, solo tú puedes permitirte ser vista como una víctima. Es una actitud que tienes que controlar.

Misty no parecía muy convencida, pero sí estaba claro que el tema le intrigaba.

—¿Qué significa eso, que ser una víctima es una actitud?

—Puedes elegir cómo responder ante lo que te hacen los demás —le explicó Laura—. Si te escondes y te avergüenzas, entonces la gente no solo te verá como una víctima, sino que tú también te verás así.

—¿Y qué tengo que hacer?

—Encontrar el modo de mantenerte fuerte —respondió Laura antes de levantar una mano para acallar la protesta de Misty—. Sé que no es tan fácil como suena, pero tienes que rodearte de amigos que saben quién eres realmente. Tienes que luchar, apropiadamente, claro. Creo que hasta podría ayudarte subir a ese escenario este fin de semana y contar tu historia. Dejar que la gente oiga cómo te ha afectado. Recupera tu autoestima hablando para los demás y evita que esto le pueda pasar a otro —se encogió de hombros—. Pero es solo una idea. Depende de ti.

Misty pareció considerar la propuesta, aunque su expresión permanecía escéptica.

—¿De verdad cree que lo que yo diga podría cambiar algo?

—Totalmente, y es un modo de demostrarle a todo el mundo, a ti incluida, lo fuerte que eres —la miró, le dejó un momento para pensar y preguntó—: ¿Qué te parece?

—¿Usted también subirá al escenario?

—Yo, el doctor Fullerton, la señora Donovan, Frances Wingate y tal vez Hamilton Reynolds del consejo escolar.

—¿Y si los chicos que vayan se burlan y me molestan mientras hablo? —preguntó preocupada.

—¿Qué pasa si lo hacen? Eso dirá más de ellos que de ti, e imagino que los asistentes no lo tolerarían ni por un segundo. En todo caso, si alguien se burla o te interrumpe, eso demostrará lo importante que es una protesta como la que vamos a hacer. Ya sabes que ni el doctor Fullerton ni los demás permitiríamos que la cosa se fuera de las manos. Estaremos a tu lado.

—¿Me lo puedo pensar? —preguntó Misty al cabo de un momento—. Estaría bien volver a sentirme fuerte y en control de mi vida otra vez. Pero es que no estoy segura de que vaya a ser capaz de plantarme delante de una multitud así. Lo de hablar en público nunca ha sido lo mío. Si solo cuando tengo que hacer la reseña de un libro en clase me dan ganas de vomitar.

—Piénsalo todo lo que necesites y, decidas lo que decidas, estará bien.

—¿No la decepcionaré si digo que no?

—En absoluto. Simplemente me parece una oportunidad genial para que sigas adelante —Laura sacó una libreta con su nombre grabado y escribió una nota para la siguiente clase de Misty—. Toma, y ahora ve a tu siguiente clase. Y si algo se pone mal por aquí, ven a buscarme o ve a ver a la señora Donovan. Se acabó lo de esconderse en las escaleras, ¿de acuerdo?

Misty la miró con sorpresa.

—¿Cómo sabía que es ahí donde me escondía?

—He acertado de casualidad —admitió Laura—. Había buscado prácticamente por todo el edificio y ahora que lo has confirmado, has echado a perder tu escondite. Si vuelves a faltar, no tardaré más de un minuto en encontrarte.

—A lo mejor el señor Jenkins me deja sentarme en el armario junto a las fregonas —dijo Misty con expresión pensativa, aunque con un brillo de diversión en la mirada.

—Ni se te ocurra —le dijo Laura con tono severo—. Y ahora venga, corre. Nos vemos en clase mañana.

Misty estaba casi en la puerta cuando se giró y volvió corriendo para abrazarla.

—Gracias —murmuró antes de volver a echar a correr con las mejillas sonrojadas.

Laura se quedó mirándola con lágrimas en los ojos. Durante años había querido creer desesperadamente que estaba marcando una diferencia en las vidas de sus alumnos, una diferencia tan poderosa y duradera como la que Vicki Kincaid había marcado en la suya. Y ahora con Misty y esa terrible situación, sinceramente sentía que, al menos con una alumna, lo había logrado.

J.C. había pasado un día cargado de frustración. Dos padres habían tenido el valor de contarle lo que le había pasado a la «pobre Annabelle» y expresar su rabia por que la hubieran expulsado temporalmente por algo que consideraban de escasa importancia. Para su asombro, él les había soltado una mordaz charla sobre las posibles consecuencias del acoso que había hecho que la pareja se marchara corriendo y disgustada.

Estaba a punto de anotar en su archivo las notas sobre su último paciente cuando Bill entró en la consulta.

—¿Qué has dicho exactamente para cabrear tanto a Delilah Jefferson y a Jane Trainor? Debra dice que se han marchado de aquí murmurando sobre cambiarse a un médico de Columbia.

Cuando J.C. empezó a responder, Bill levantó una mano y una sonrisa se extendió por su cara.

—También me ha dicho que esas dos se merecían todo lo que les has dicho.

El arrebato de furia de J.C. se templó rápidamente.

—Bueno, supongo que es algo —dijo agradeciendo el apoyo de su enfermera. Le explicó los dos incidentes—. No podía dejar pasar lo que han dicho. Si te molesta, lo siento, pero este es un tema por el que quiero posicionarme.

Bill asintió.

—Tengo entendido que la mitad del pueblo se ha posicionado de un lado o de otro. Anoche hablé con mi hijo y dice que Annie está ayudando a planear lo de esa protesta del sábado.

—Y yo seré uno de los oradores.

Bill asintió lentamente.

—Algo me dice que tendré que ir para mostrar mi apoyo. Puede que no haya visto algo tan extremo como lo que le ha pasado a Misty Dawson, pero veo chavales continuamente que empiezan la escuela elemental y que de pronto no quieren volver a clase. Desarrollan dolores de estómago y toda clase de síntomas para evitar tener que ir al colegio y casi siempre acaba resultando que hay algún niño que se burla de ellos, que les roba el dinero del almuerzo o que les tira los libros fingiendo que ha sido un accidente.

J.C. lo miró sorprendido.

—Imagino que no querrás hablar el sábado, pero tal vez si estos padres escuchan a qué edades tan tempranas empieza a afectar el acoso a las vidas de sus hijos, se lo tomen más en serio y presten más atención a las señales. Todo eso de pensar que es algo que forma parte del proceso de hacerse mayor es una tontería.

—No podría estar más de acuerdo contigo —dijo Bill con gesto pensativo—. De acuerdo, apúntame si piensas que ayudará a dar otra perspectiva.

J.C. sonrió.

—Ayudará. Además, como no queremos prolongar mucho la protesta, cuantos más oradores seamos, menos tendremos que decir cada uno.

—¿Cuándo has sido tan escueto con un tema que te apasiona tanto? Te pasaste una hora entera intentando convencerme de que necesitábamos contratar a la amiga de Debra como enfermera practicante cuando solo sus credenciales habrían bastado para convencerme.

—Supuse que ya sabías que necesitábamos esa incorporación y solo quería asegurarme de que tenías todos los datos necesarios para ayudarte a tomar la decisión y a gastarte el dinero —lo miró fijamente y añadió—: ¿Sabes? Que te subas a ese escenario el sábado podría tener otro beneficio.

—¿Cuál?

—Podría convertirte en un héroe ante los ojos de tu hija. Fue Katie la que se aseguró de que Misty recibiera la ayuda que necesitaba. Y no es que nadie me lo haya dicho directamente, pero todo apunta a que así ha sido.

Bill se puso ligeramente tenso.

—Katie y yo nos hemos llevado bien desde el divorcio.

J.C. lo miró no muy convencido.

—¿En serio? ¿Cuántas veces te ha dejado plantado cuando teníais planes? Me lo has comentado en varias ocasiones.

Bill se encogió de hombros, aunque su gesto decía que para nada le resultaba indiferente.

—Es una adolescente y ningún adolescente quiere pasar tiempo con sus padres.

—A lo mejor es solo por eso —concedió J.C.—, pero por si acaso, esto no te vendría mal. ¿Cuántos años tenía cuando dejaste a Maddie? ¿Seis? Pero ahora ya es suficiente mayor para entender todo lo que pasó, y puede que sienta más comprensión hacia su madre.

Bill se estremeció.

—Sé que tienes razón. Ha hecho algún que otro comentario y, tal como has imaginado, se ha estado alejando. Me destroza haber arruinado mi relación con mis hijos por una aventura que al final no fue a ninguna parte. Ahora tengo un hijo en Tennessee al que apenas veo y tres aquí que pasan conmigo el menor tiempo posible. Jamás pensé que mi vida pegaría ese vuelco. Así que, que te sirva de lección, J.C. Cuando tengas a alguien increíble en tu vida, no hagas ninguna estupidez ni nada desconsiderado que pueda echarlo a perder.

J.C. asintió pensando en Laura.

—Es un consejo que pienso seguir —y mirando a Bill con curiosidad, añadió—: ¿Crees que Delilah Jefferson y Jane Trainor de verdad van a llevar a sus hijos a otro médico en Columbia?

Bill se encogió de hombros.

—¿Y qué si lo hacen? Ellas salen perdiendo, no nosotros.

J.C. admiró la despreocupada actitud, pero aun así sintió la necesidad de reconfortar a su socio.

—Haré todo lo que pueda por no espantar más pacientes, ¿de acuerdo?

—Aunque desde una perspectiva comercial es algo que te agradezco, cuando se trata de decir lo que hay que decir, no quiero que te reprimas —le dijo Bill claramente—. ¿Entendido?

—Entendido —respondió J.C.—. Y no tengo palabras para agradecértelo.

Capítulo 18

Una vez terminaron las clases, Laura se aseguró de quedarse donde los alumnos pudieran verla mientras estos caminaban hacia el aparcamiento o se dirigían a casa andando. Se fijó en que Betty Donovan y otros profesores más estaban desperdigados fuera del instituto y a la vista de todos también. Los habituales grupos de alumnos charlando parecieron disolverse con rapidez.

Satisfecha de haber hecho todo lo posible por asegurarse de que nadie atormentaría a Misty, al menos dentro de los límites del instituto, estaba a punto de volver a su clase cuando vio a Diana Lawson dirigiéndose hacia ella.

—¿Tienes un momento?

—Por supuesto, pasa. ¿Has venido a recoger a Misty?

Diana suspiró con exageración.

—¿Estás de broma? Preferiría morir antes que encontrarme esperándola fuera.

—A esta edad desarrollan una vena independiente que, por otro lado, es positiva —dijo Laura con una carcajada.

—Tú lo llamas «vena independiente», yo lo llamo «aversión a todo lo paternal». Deberías haber visto la cara que ha puesto esta mañana cuando me he ofrecido a traerla.

—Me lo imagino.

En cuanto estuvieron acomodadas en su clase, Laura preguntó:

—¿Querías verme por algo en concreto, además de por estar preocupada por Misty, por supuesto?

—He venido a darte las gracias por haber visto tan deprisa lo que le estaba pasando a mi hija. Siento mucho decir que yo estaba tan perdida en mi propia pena que no me he dado cuenta de que tenía problemas. No podré perdonarme por eso.

—No deberías culparte —la consoló Laura—. Sé que se espera que los padres vean y oigan todo y sí que creo que tienen la responsabilidad de prestar atención a lo que les pasa a sus hijos, pero también sé lo bien que se les da a los chicos ocultarles cosas a sus padres. Sé que Misty estaba haciendo todo lo posible por ocuparse de esto sola porque no quería agobiarte. Creía que era la mejor forma de gestionar esto.

—Saltándose las clases —dijo Diana sacudiendo la cabeza—. ¿En qué estaba pensando?

—Fue una solución terrible, pero es justo lo que llamó mi atención. Los alumnos tan brillantes como Misty no suelen tener motivos para saltarse una clase a menos que haya algún problema. Lo único que lamento es haber tardado tanto en identificar el problema.

—Si dices que no es culpa mía, tuya tampoco es, desde luego —le dijo Diana con fervor—. Creo que lo que de verdad me ha hecho reaccionar y ver la madre tan pésima que he estado siendo ha sido darme cuenta de que Misty intentaba ahorrarme molestias y preocupaciones —miró a Laura con pesar—. El trabajo de mi hija no es protegerme. Es el mío asegurarme de que esté a salvo y feliz.

Le lanzó a Laura una mirada lastimera.

—¿Crees que lo está ahora? ¿A salvo y feliz, quiero decir?

—No del todo —respondió Laura sinceramente—. Hoy ha sido un día duro para ella. Cuando ha terminado mi clase se ha quedado un rato al final y me ha dicho que había chicos que estaban susurrando a sus espaldas. He intentado convencerla de que pasará, pero no está lista del todo a creerlo cuando todo evidencia lo contrario.

—Yo he intentado decirle lo mismo esta mañana —dijo Diana con desaliento—. Quería quedarse en casa y faltar un día más, a lo mejor debería haberla dejado.

Laura le dio una palmadita en la mano; la mujer parecía hundida.

—No te anticipes a nada. Creo que mandarla al instituto es lo correcto. Que la semana pasada faltara unos días era comprensible, pero más tiempo le habría hecho la vuelta mucho más dura.

—Eso es justamente lo que le he dicho.

—Hoy todo el profesorado ha estado vigilando y atento. Puede que haya habido algún que otro murmullo que la haya molestado, pero nadie se ha burlado abiertamente. Seguiremos pendientes de eso, Diana. Te lo prometo.

—Gracias —respondió Diana y con gesto decidido añadió—: Y ahora dime qué puedo hacer para ayudarte con la venganza de Mariah Litchfield. Lo que necesites, considéralo hecho.

—Gracias —dijo Laura—. Tú solo ve a la protesta. He intentado convencer a Misty para que pronuncie algunas palabras sobre su experiencia. Creo que podría ayudarla a reclamar su autoestima sentir que vuelve a tener el control de su vida y que puede hablar bien alto para ayudar a otros que puedan estar siendo acosados también. Podrías animarla a hacerlo, si te parece bien.

Diana asintió.

—Me parece bien. El acoso escolar necesita tener un rostro y una voz. ¿Y quién mejor que Misty si se siente dispuesta a hacerlo? Pero no la forzaré. Eso no puedo hacérselo.

—Jamás esperaría que lo hicieras. Es una chica genial, Diana. Tu marido y tú habéis hecho un trabajo maravilloso con ella. Es inteligente y ambiciosa, y llegará el día en que esto solo sea un pequeño y desafortunado bache en su vida.

—Eso espero. Los adolescentes se toman las cosas muy en serio. Para ellos todo es o vida o muerte. Me asusta pensar en la facilidad con la que la vida de un buen niño puede descarrilarse por un incidente como este. Esto podría haberse convertido en una tragedia muy fácilmente.

Laura comprendía su angustia.

—Pero no ha pasado —le recordó—. Misty tiene mucho apoyo y todo irá bien.

Por desgracia, mientras pronunciaba esas palabras con tanta seguridad, le preocupaba poder estar tentando al destino.

Después de una semana frenética de preparaciones para la protesta del sábado en la plaza del pueblo, el viernes Laura estaba exhausta y nerviosísima. J.C. la miró al ir a recogerla y sacudió la cabeza.

—No vamos a ir al partido de fútbol —dijo con gesto tenso al esperarse su argumento.

—No podemos perdérnoslo —protestó—. Debería estar allí, aunque solo sea por aparentar. Además, te va a encantar. Y les prometimos a Cal y a Maddie que los veríamos allí.

Él le pasó su móvil.

—Pues llama y diles que no vamos. Tienes que descansar de todo lo que tenga que ver con ese instituto, aunque solo sea por esta noche.

—¿Cuándo te has vuelto tan mandón? —le preguntó frunciendo el ceño.

—Es una táctica que suelo reservarme para mis pacientes más testarudos y me ha parecido apropiado emplearla esta noche.

—No soy una señora mayor que se niega a tomarse el

jarabe para la tos —farfulló, aunque llamó a Maddie de todos modos—: Resulta que J.C. había hecho otros planes para esta noche —dijo y escuchó la respuesta de su amiga con una sonrisa cada vez más amplia—. Ya, eso es lo que le he dicho yo —miró a J.C.—. No, no me ha dicho qué tiene pensado para entretenerme, pero más le vale que sea algo bueno.

Estaba sonriendo cuando colgó.

—Supongo que a Maddie se le han ocurrido algunas ideas sobre cómo debería mantenerte ocupada.

—Oh, sí. Y casi todo está clasificado como X.

J.C. se rio.

—Pues a mí eso no me importaría. ¿Y tú qué dices?

—No estoy segura todavía. Estoy un poco enfadada por tu arrogancia.

—No, no es verdad. Lo que estás es aliviada por no haber tenido que sentarte en las gradas y escuchar a la gente a tu alrededor tomando partido por unos y por otros.

—Vale, sí —admitió finalmente y lo miró con curiosidad—. ¿Te impacta tanto como a mí que todavía haya gente que piense que el castigo de Annabelle ha sido demasiado duro?

—Pues por triste que sea, no. Desde que ha pasado esto, he tenido que vérmelas con algunas de esas personas en la consulta.

—¡Estás de coña!

—No. Nunca deja de sorprenderme que haya padres que no se tomen en serio algo así. Un padre que trajo a su hijo para vacunarlo, y que lo riñó por haber llorado, me dijo que en estos tiempos a los niños hay que hacerlos duros. Dice que estamos criando una generación de blandengues —sacudió la cabeza con pesar—. Justo la clase de mensaje que un niño impresionable necesita oír de su padre.

—¿Cuántos años tenía?

—Cuatro —respondió J.C. y añadió con ironía—: Supongo que en determinados círculos nunca se es demasiado pequeño para empezar con el estoicismo.

—Madre mía… ¿Y qué dijiste tú?

—Que la vida está llena de golpes que no se pueden evitar, pero que los niños merecen que los protejamos y mantengamos a salvo de todo eso el mayor tiempo posible o, al menos, hasta que sean lo suficientemente mayores como para saber enfrentarse a ello.

—¿Y cómo se lo tomó?

J.C. se encogió de hombros.

—Ha sido el tercer padre de la semana en amenazar con llevarse a su hijo a otro médico.

Laura lo miró angustiada.

—J.C., lo siento mucho.

—¿Por qué? ¿Porque he dicho lo que pienso y unos idiotas no han sabido soportarlo? Así es la vida —sonrió con cierta desazón—. Por suerte, Bill piensa que de todos modos tenemos demasiados pacientes y que no es una gran pérdida que nos abandonen los insoportables.

—Pues entonces bien por Bill Townsend. Es la primera cosa absolutamente admirable que he oído de él.

—No es el capullo redomado que mucha gente cree que es —dijo J.C. sintiéndose obligado a defenderlo—. Engañar a Maddie como lo hizo y pasear a su novia embarazada por el pueblo estuvo muy mal, pero nadie lo lamenta más que el propio Bill. Le ha costado todo lo que tiene. Se dio cuenta demasiado tarde que seguía enamorado de Maddie, pero para entonces ella ya estaba con Cal. Su novia reconoció que nunca la había amado tanto como quería a Maddie y lo abandonó para volver a Tennessee con su hijo. Sus relaciones con cada uno de sus hijos se han visto resentidas. No estoy diciendo que sea una especie de santo, solo que ha pagado un precio muy alto por su error.

—Supongo que no lo había visto desde esa perspectiva —admitió Laura.

—Dudo que esas amigas tuyas de las Dulces Magnolias

te animaran a pensar así. Por lo que he oído, son fieles a ellas mismas y no tienden a perdonar a los que les hacen daño.

—Así son —confirmó Laura—. Cuando me mudé aquí, no hice muchos amigos fuera del grupo de profesores. Pero estar con las Dulces Magnolias, gracias a conocer a Annie, Sarah y Raylene en el comité del festival, ha sido toda una revelación. Envidio esas amistades tan profundas y eternas.

—Creía que te habían hecho una de las suyas. Está claro que te consideran su amiga.

—Sí, y es increíble tener su apoyo, pero todas tienen una historia juntas. Y yo nunca tendré eso. Con mis hermanos y mis padres viviendo en el Medio Oeste, no tengo a nadie por aquí que sepa toda mi historia y con la que pueda hablar sobre experiencias compartidas en el pasado. Tener eso es una bendición —vaciló y añadió—: Aunque eso no quiere decir que no haya aspectos de mi pasado que me gustaría olvidar y que me temo que jamás me dejarán.

Sin querer ahondar en el bebé al que jamás conocería, lo miró fijamente.

—¿Y tú qué? ¿Quién sabe toda la historia de tu vida?

—La historia de mi vida no es tan interesante y hay una gran parte que es mejor dejar en el pasado. Bueno, y ahora, ¿qué me dices si nos tomamos una cena rápida en Rosalina's antes de que empiecen a llegar los del partido? Creo que la pizza y la pasta son comidas reconfortantes y geniales. Estoy seguro de que es por el aroma de todo ese ajo.

Ella le lanzó una mirada de complicidad.

—No te vas a librar tan fácilmente, J.C. En cuanto evades hablar de tu pasado, lo único que logras es que a mí me entre más curiosidad. Sin embargo, ya que me muero de hambre y que lo de la pizza me parece genial, pospondremos mi interrogatorio para después de cenar.

Él le sonrió.

—Si juego bien mis cartas, para entonces tendrás cosas mucho más intrigantes en las que centrarte.

Ella se rio.

—De acuerdo, eso podría valerme también.

Laura tuvo que admitir que había pensado muy poco en Misty, en la protesta del día siguiente y sobre el hermético pasado de J.C. durante la noche. Él había hecho un trabajo excelente entreteniéndola. Una y otra vez, de hecho.

Pero ahora, tendida a su lado en su cama enorme, bostezó y se incorporó sobre un codo.

—Vale, mi turno —dijo.

Él le lanzó una mirada divertida.

—Me parece que ya has tenido varios turnos, pero vale —respondió agarrándola.

—No me refiero a eso —contestó Laura apartándole la mano con una juguetona palmada antes de que pudiera empezar a hacerle magia otra vez.

—Quiero saber de ti. De momento me conformo con una sola cosa que no sepa, aunque más te vale que sea algo bueno. No te lo vas a quitar de encima diciéndome que odias el brócoli o que te encantan las novelas de misterio.

—Vaya, estás poniendo el listón muy alto. Normalmente no hablo de cosas importantes hasta la quinta o la sexta cita por lo menos.

—¿La quinta? ¿La sexta? ¿Cita? ¿Quién ha estado contando qué es oficial y qué no? —preguntó con tono risueño y despreocupado—. Vamos, cuéntame.

J.C. se tendió boca arriba y miró al techo. Durante varios minutos a ella le pareció que no iba a decir nada, pero entonces al cabo de un momento dijo:

—Ya conoces el mayor secreto de mi pasado.

—Lo de tu mujer cuando se acostó con tu jefe. Sé que eso le dio forma a tu actitud con respecto a las mujeres y las relaciones, pero no definió quién eres, J.C. No del todo, al menos. No creo que a nadie lo transforme una sola cosa —y ya que él no le estaba aportando información de manera voluntaria, decidió ahondar un poco en lo que quería averiguar—: ¿Cómo eran tus padres?

—Eran, y son, buena gente principalmente. Aunque ya no tenemos mucho contacto.

—¿Y eso por qué? —preguntó extrañada.

—No sé, no lo tenemos. La gente acaba alejándose y nosotros nos hemos alejado.

—¿Aún viven en el pueblo donde creciste?

Él negó con la cabeza con expresión cauta como si temiera que siguiera indagando hasta dar con la verdad que no quería revelar. Pero eso no hizo más que animarla a insistir.

—¿Dónde están?

—Mi madre acabó yéndose de casa... permanentemente, quiero decir. Antes de eso se había marchado en más de una ocasión para irse detrás de algún u otro hombre. Creía que ya te había contado que había engañado a mi padre. Bueno, el caso es que viajaba por todas partes, pero al final se mudó a Charlotte, Carolina del Norte, para estar más cerca de su hermana. Mi padre está en Tampa.

Laura frunció el ceño.

—Pero tú no creciste ni en Florida ni en Carolina del Norte, ¿no?

—No. Crecí en Charleston.

Laura intentaba hacer encajar las piezas con los pocos detalles que él iba revelando.

—¿No estás unido a tu madre porque abandonó a tu familia?

—En parte sí, supongo. Vi lo que le hizo a mi padre al marcharse aquella última vez. Lo destrozó. Lo de estar marchándose y volviendo ya había sido terrible, pero saber que era el final, que jamás volvería... —sacudió la cabeza—. Después de aquello no volvió a ser el mismo.

—Lo cual te hace más fuerte que tu padre porque a ti no te ha destrozado haber perdido a tu mujer.

—No, solo me dejó amargado y decidido a evitar futuros compromisos —respondió con ironía y la miró—: Hasta que llegaste tú. Por la razón que sea no he podido resistirme a ti y aún sigo intentando averiguar por qué. ¿Cómo has podido burlar todas mis defensas?

—A lo mejor no importan ni el por qué ni el cómo. A veces simplemente es cosa del destino.

—A lo mejor, pero el destino puede ser poco fiable. Puede arrebatarte cosas con la misma velocidad con que te las da —dijo con un toque de cinismo en su voz que indicaba que seguía sin confiar del todo en lo que estaba pasando entre los dos.

—¿Aún piensas que voy a abandonarte?

Él se encogió de hombros.

—Siempre es una posibilidad.

Laura sintió el dolor oculto detrás de esas palabras y se preguntó cuánto tiempo haría falta para que creyera en ella, en ellos, y si debido al modo en que su madre había tratado a su padre siempre tendría esa persistente duda que pendería sobre su relación y evitaría que floreciera.

Misty miraba las palabras que había escrito y se preguntó en qué demonios había estado pensando al acceder a hablar en la protesta del día siguiente. ¿Cómo iba a plantarse delante de toda esa gente y revelar la vergüenza que había sentido por las terribles cosas que Annabelle había publicado sobre ella? Pasar por todo ello ya había sido demasiado duro, y revivirlo en público podría ser mucho más de lo que podía llegar a soportar.

Su madre, la señorita Reed e incluso su padre habían coincidido en que hablar de ello podría funcionarle como una especie de catarsis o algo así, pero por mucho que confiaba en todos ellos, le parecía que estaban siendo un poco optimistas. Nada haría que su vida fuera mejor, no hasta que pudiera marcharse a la universidad y olvidarse de Serenity, de Annabelle y del estúpido de Greg Bennett.

No le había contado a nadie, ni siquiera a Katie, que Greg se había vuelto más y más insistente ahora que Annabelle no estaba en el instituto y no podía pillarlo yendo detrás de ella. La había arrinconado en el pasillo varias veces durante la semana avergonzándola con las desagradables propuestas sobre lo que le gustaría hacerle. Por suerte, todos los profesores parecían estar en los pasillos entre clase y clase y al salir, y cada vez que alguno se había acercado, Greg se había marchado con una sonrisa de satisfacción. ¡Menudo capullo! Aún no podía creerse que todo ese lío se hubiera armado porque Annabelle, que para otras cosas era bastante lista, no lo hubiera reconocido.

Volvió a mirar las notas para el día siguiente, arrugó el papel y lo tiró a la papelera. Aterrizó junto a el resto de intentos. Cuando sonó el móvil, lo agarró aliviada por tener una excusa para tomarse un descanso. Vio el nombre de Katie y sonrió al responder.

—¡Jo, qué alegría que hayas llamado! —le dijo a su amiga—. He estado intentando escribir algo para mañana, pero todo me suena forzado y estúpido. Estoy pensando que es mala idea intentar hacerlo.

—No, no lo es. En todo caso es más importante que nunca.

Algo en la voz de Katie la alarmó.

—¿Qué quieres decir?

—Que hay algo publicado en Internet. No estoy segura de quién lo ha colgado, pero ha sido alguien del instituto. Lo he visto en mi página y cuando he echado un vistazo estaba por todas partes.

Misty sintió que el alma se le caía literalmente a los pies.

—¿Es muy malo?

—Malísimo.

—¿Más fotos? —preguntó con la voz entrecortada. Eso había sido lo peor, lo más degradante que le había hecho Annabelle.

—Sí, y no como las últimas —añadió Katie con la voz llena de compasión—. Estas son peores, como si estuvieran sacadas de una página porno o algo así. Es imposible que nadie se crea que eres tú, pero eso es lo que pone.

A Misty se le caían las lágrimas mientras intentaba susurrar:

—¿Dónde?

—Ve a mi página. Quería que las vieras antes de imprimirlas para Helen y la señorita Reed. Después le diré a Kyle que las retire. En cuanto lo he visto le he llamado para que viniera al terminar sus clases. Llegará en cualquier momento y sabe cómo retirar esta clase de cosas. Ya he puesto un comentario sobre lo falsas que son y sobre lo asquerosa que tiene que ser la persona que las ha colgado.

Pero Misty sabía que eso no bastaría para frenar la circulación de las fotos. Tenía suerte de que nadie hubiera decidido dar un paso más y trucar un vídeo. Incluso un mensaje que se retirara en cuestión de minutos podía convertirse en algo viral.

Le temblaban las manos mientras tecleaba y accedía a la red social. Solo con echar un vistazo a las fotos por encima tuvo ganas de vomitar.

—Vale, Katie, no dejes que Kyle las vea —suplicó suponiendo que eso sentenciaría ese amor secreto que tenía por el hermano de su amiga. Aunque tampoco era para tanto porque él era mayor y ni siquiera sabía que ella existía. A diferencia del otro hermano de Katie, Ty, que era una superestrella del deporte, Kyle era más callado y un poco friki, pero tenía un gran sentido del humor que la hacía reír mucho—. Por favor, Katie, jamás podría volver a mirarlo a la cara.

—Misty, no pasa nada. Kyle se ha enfadado tanto por esto como yo. En cuanto se lo he contado ha dicho que iba a venir a casa. Sabe que no eres tú y, lo más importante, sabe que no es culpa tuya. Pobre del que lo haya hecho cuando Kyle descubra quién ha sido.

A Misty le sorprendió que eso no estuviera claro.

—¿Pero no ha sido Annabelle? ¿Estás segura?

—No, a menos que haya abierto otra página y se haya creado otra identidad en Internet. Su antigua página está eliminada. Es lo primero que he comprobado. No sé tanto de tecnología para averiguar dónde ha empezado esto, pero puede que Kyle sí que sepa.

—¿Y cómo voy a presentarme mañana delante de toda la gente? ¿Cómo voy a poder hablar? —preguntó agobiada.

—Lo harás porque no vas a dejar que ese idiota que te está acosando se salga con la suya. Si me necesitas, me subiré al escenario contigo, y puedo hacer que otros chicos suban también. Nos presentaremos como una unidad para que todo el mundo sepa que no estás sola.

—Sé que estás intentando ayudar, pero la verdad es que estoy sola —le dijo Misty sintiéndose completamente derrotada—. Es mi nombre el que aparece con esas fotos asquerosas, no el tuyo ni el de otra chica. Por mucho que le diga a la gente que no soy yo, esa imagen se grabará en la mente de todos.

—No. No dejaremos que eso pase —dijo Katie con sentimiento—. Pero tienes que hablar mañana y demostrarles a todos lo fuerte que eres y que no vas a permitir que esto acabe con tu reputación.

—No me siento fuerte —respondió con tristeza—. Sé que no llegué a creerme que todo esto terminaría una vez pillaran a Annabelle, pero los demás no dejaban de decir que sería así y me permití tener la esperanza de que tuvieran razón. Y ahora mira. ¿Cómo voy a pasar por esto otra vez sobre todo cuando ni siquiera sé quién está detrás ahora? Lo único que quiero es meterme en la cama y esconderme.

—Te digo que Kyle averiguará quién ha sido, y si no, lo hará la policía. En cuanto se lo enseñe a Helen, ya sabes que se va a volcar y también el jefe Rollins. Sus hermanas van al instituto con nosotras. Sé que le aterroriza que pueda pasarles lo mismo a Carrie o a Mandy, así que se lo está tomando de un modo muy personal. Le he oído decirle a Helen que esto no va pasar en su pueblo, al menos mientras él esté al cuidado.

Misty casi sonrió.

—Haces que parezca un sheriff del Viejo Oeste.

Katie se rio.

—Supongo que en cierto modo las cosas son así por aquí. El jefe Rollins ve cada crimen como un ataque personal. Es muy justo, aunque no se toma nada bien ningún tipo de delito. He oído a mi madre, a Dana Sue y a Helen decir que si él hubiera sido el jefe de policía cuando eran adolescentes, habrían terminado en la cárcel seguro. Se metían en líos todo el tiempo.

Misty se rio al imaginarse a las tres encerradas.

—Pues a Helen no le habría gustado nada no poder estar con sus tacones por la cárcel. Tiene un zapatero que es la envidia de todas las mujeres del pueblo. Puede que uno de sus pares cueste tanto como toda mi ropa del otoño pasado junta.

—Sí, a Helen le encantan sus Jimmy Choo.

Sorprendida de haber encontrado algo de lo que reírse, Misty suspiró y dijo:

—Por muy malo que sea todo esto, me alegra que me lo hayas contado y más todavía que seas mi amiga.

—Eso siempre. Espera, me parece haber oído a Kyle abajo. Voy a contárselo ahora mismo. Te llamaré cuando lo haya visto y después de hablar con Helen, ¿vale? ¿O quieres venir? ¿Quieres quedarte un rato en casa y que hagamos algo?

La idea de ver a Kyle después de que él hubiera visto las fotos resultaba demasiado deprimente.

—Esta noche no.

—Pero mañana sí que nos vemos en la protesta, ¿no?

Cuando Misty no respondió de inmediato, Katie añadió:

—Tienes que estar allí, Misty. Y tienes que hablar. Lo lamentarás si no lo haces. Iré a buscarte a casa y iremos juntas, ¿vale?

—Vale —respondió a regañadientes.

Con la advertencia en la cabeza sobre los remordimientos que podrían quedarle si no iba, Misty colgó y se tiró en la cama. Su amiga podía tener razón. Se odiaría si no plantaba cara al problema.

Pero no estaba segura de ser capaz de enfrentarse a la humillante situación de tener a todo el mundo mirándola y preguntándose si de verdad habría posado para esas asquerosas fotos. Con que una sola persona pensara que podía haberlo hecho, se moriría de vergüenza.

Capítulo 19

Cal y Maddie acababan de terminar de recoger la cocina y de acostar a los pequeños cuando Kyle entró con gesto sombrío. Maddie lo miró extrañada.

—¿Habíamos quedado hoy? —le preguntó abrazándolo con fuerza—. Y no lo digo porque no me alegre de que vengas a casa de la facultad.

—Me ha llamado Katie —explicó mirando a Cal y a su madre con gesto desconcertado—. ¿No os ha contado lo que está pasando? Estaba seguro de que os lo habría dicho.

Maddie frunció el ceño.

—No ha dicho ni una palabra. ¿Qué pasa? ¿Por qué te ha llamado en lugar de contárnoslo?

—Tiene que ver con Misty —imaginó Cal furioso—. Está en Internet y quiere que lo arregles.

Kyle asintió.

—Me ha contado lo que está pasando y lo de la protesta de mañana. Está claro que a alguien no le ha sentado muy bien.

—¿Y qué significa eso? —preguntó Cal.

—Han colgado más fotos trucadas de Misty y son peores que las anteriores, según dice Katie. Está muy afectada. Me ha pedido que la ayude a retirarlas. Me he subido al coche y he venido directamente. No me puedo creer que algún pervertido le esté haciendo esto a una chica tan buena como Misty. ¿Quién podía hacer algo así?

—Creíamos que la sospechosa más obvia ya estaba anulada, por así decirlo —dijo Cal—. O es tan tonta como para seguir con su venganza o alguien está actuando por ella.

—En este momento eso no importa mucho —dijo Maddie—. ¿Puedes hacer lo que quiere Katie? ¿Puedes retirarlas?

—¿No debería verlas Helen primero? —preguntó Cal.

—Creo que Katie iba a llamar a Helen y a imprimírselas antes de que yo llegara —apuntó Kyle—. Imagino que dadas las circunstancias, Helen puede conseguir una orden judicial, aunque es posible que yo tarde menos en retirarlas.

—Mientras a Helen le parezca bien, hazlo —dijo Maddie de inmediato—. Aunque Katie la haya llamado ya, le diré que venga.

Kyle asintió y subió a la planta superior.

Cal miró a su mujer.

—Esto me está dando ganas de vomitar y eso que todavía no he visto las fotos.

—Pues a mí me pone colérica. No dejo de imaginarme a Katie en la misma situación y quiero arrancarle el corazón a quien sea que está atormentando a Misty —miró a Cal con consternación—. ¿Podría ser Annabelle? Ya está metida hasta el cuello de problemas.

Cal sacudió la cabeza.

—Sinceramente, no lo sé. Sé que Mariah la ha educado para que se sienta con derecho a todo y superior al resto de personas de Serenity, pero creía que su padre pretendía tenerla castigada de verdad, sobre todo ahora con todo lo que está pasando.

Maddie asintió.

—Será mejor que llame a Helen. ¿Quieres ir a ver cómo están los chicos por si hay algo que puedas hacer?

—Ahora mismo —dijo deteniéndose para besar a su mujer.

—¿A qué ha venido eso?

—Es solo para decirte cuánto me alegro de estar casado con una mujer que es la increíble madre de unos hijos tan geniales. Además de inteligente, Katie es muy madura para su edad y ha aprendido lo que es ser una buena amiga viéndoos a Helen, a Dana Sue y a ti.

—Sé que Bill es su padre, pero tú has sido una gran influencia para ellos. Así que al César lo que es del César.

Cal le guiñó un ojo.

—A ver si puedo seguir haciéndolo bien con los pequeños. Nos queda mucho camino por delante con ellos.

Una vez arriba se encontró a Kyle trabajando con el portátil de Katie mientras ella caminaba nerviosa y mordiéndose las uñas de un lado a otro de la habitación. Miró a Cal alarmada.

—¿Lo sabes?

Él asintió.

—Nos lo podrías haber contado a mamá y a mí, pero me alegra que hayas pedido ayuda a Kyle. Ahora lo importante es ocuparnos de esto y has hecho lo correcto.

Para su sorpresa, Katie lo abrazó.

—He querido hablar contigo desde el principio, pero no he podido.

—Sé que le hiciste una promesa a Misty. Has hecho todo lo que has podido y tu madre y yo estamos muy orgullosos de que hayas encontrado el modo de ayudarla y serle leal al mismo tiempo.

—Pues todavía me siento un poco chivata —admitió.

—Pero sabías que esto era demasiado como para soportarlo Misty y tú solas. Hace falta ser muy madura para reconocerlo y actuar consecuentemente.

Ella le lanzó una mirada suplicante.

—Pero no mires las fotos, ¿vale? Ya es bastante espantoso que Kyle tenga que verlas.

Cal entendió que sintiera ese apuro por su amiga.

—¿Has sacado copias para Helen?

—Sí, y va a venir. En cuanto dé su aprobación, Kyle las retirará de la página. Cree que puede hacerlo, ¿a que sí, Kyle?

—Sí que puedo —respondió con determinación y miró a Cal—. Ahora que he visto estas cosas tan asquerosas, tengo más ganas todavía de echarle las manos al que sea que las ha publicado.

—Creo que a todos nos gustaría tener la oportunidad de tener unas palabras con esa persona —admitió Cal—. Alguna idea de quién podría ser.

—Estoy en ello —respondió Kyle.

—¿Hay algo que pueda hacer? —preguntó Cal.

Kyle asintió hacia su hermana.

—Llévatela abajo. Tenerla encima de mí me pone nervioso y no quiero que vea estas cosas.

—Ya las he visto —protestó Katie—. Además, no estoy mirando las fotos, solo intento ver qué estás haciendo para poder solucionarlo yo la próxima vez.

Kyle miró a Cal.

—Por favor.

Cal puso una mano sobre el hombro de Katie.

—Venga, parece que se oye el coche de Helen. Ven abajo e infórmala antes de que suba y lo vea por sí misma.

Katie asintió por fin.

—Vale —farfulló y fulminó a su hermano con la mirada—, pero quiero instrucciones paso a paso.

—Sí, mini soldado. Veré qué puedo hacer.

—¿Lo prometes o solo intentas calmarme?

Kyle sacudió la cabeza con pesar.

—Imagino que no quieres que te responda.

—Capullo —murmuró Katie.

—Plomazo —respondió Kyle.

—Ya basta —dijo Cal sonriendo ante la típica riña.

Con todo lo que había visto de ellos a lo largo de los

años, sabía que se querían y se apoyaban y el hecho de que Kyle hubiera ido a casa de inmediato era suficiente prueba de ello.

Laura caminaba intranquila de un lado a otro detrás del escenario que se había instalado en la plaza del pueblo.

—Vendrá —dijo J.C. sabiendo que estaba preocupada por Misty. Lo había estado desde que Helen había llamado la noche antes informándola del último incidente.

—A lo mejor no debería —respondió Laura—. Sé que la he presionado a hacerlo y que Diana me ha apoyado, pero eso fue antes de ver las fotos que aparecieron anoche publicadas.

—Tus motivos para haberlo hecho siguen siendo válidos ahora. No estoy diciendo que vaya a ser fácil para Misty enfrentarse a toda esta gente, pero si lo hace, creo que se sentirá mucho mejor consigo misma. Adoptar una actitud firme contra el acoso escolar enviará un mensaje a este pueblo.

—Sé que el pueblo necesita oír ese mensaje, pero no estoy segura de que sea Misty la que tiene que transmitirlo.

—¿Y quién mejor? Y todos vamos a estar en el escenario con ella. No estará sola. Confía en mí, va a sentirse reforzada después de haber hecho esto.

Pero Laura seguía sin parecer muy convencida.

—Solo tiene dieciséis años, J.C. Debe de estar hundida pensando que alguien pueda creer que de verdad posó para las fotos.

—Es lo suficientemente fuerte —repitió él—. Y lo será más aún una vez lo haga.

Miró hacia la multitud justo en ese momento y vio a Misty y a Katie por un extremo dirigiéndose al escenario. Las dos chicas iban charlando. Misty parecía ir quedándose atrás, pero Katie la animaba a avanzar.

—Aquí viene —le dijo a Laura y, mientras se lo decía,

notaba los susurros cada vez más altos de la gente que iba viendo a la chica. Por primera vez sintió pánico de verdad. A lo mejor era él el que estaba equivocado. A lo mejor había sido una idea terrible. Todo lo sucedido ya le había pasado factura a Misty. ¿Y si ahora las cosas se ponían feas y era la gota que colmaba el vaso?

Con gesto serio mientras los murmullos se extendían, se giró hacia Laura.

—A lo mejor tenías razón. Tal vez no debería hacerlo.

Laura lo miró sorprendida, claramente atónita por su repentino cambio de idea.

—Escúchalos —dijo asintiendo hacia una multitud cada vez mayor—. Está pasando algo.

Pero al instante, Misty ya estaba a su lado y no pudo decir más. Forzó una sonrisa.

—¿Estás bien?

—Muerta de miedo.

—No pasa nada si decides echarte atrás. Tenemos más gente que va a hablar.

—No —respondió ella sacudiendo la cabeza con gesto firme—. Todos teníais razón. Tengo que hacerlo —miró a Katie—. Pero vas a estar a mi lado, ¿verdad?

—No me separaré de tu lado —le prometió Katie.

—Y todos nosotros también estaremos en el escenario —le aseguró Laura.

Justo entonces el micrófono chirrió y Sarah McDonald les dio a todos la bienvenida a la retransmisión en directo de la Protesta de Serenity contra el Acoso Escolar.

—Todos sabéis ya por qué estamos aquí hoy. Queremos plantarle cara a algo que puede acabar afectando a cualquier niño. El acoso se puede presentar de muchas formas, desde el niño pequeño que le quita las palas de jugar a los demás niños en un parque de arena o que empuja a otro del columpio, hasta algo tan dañino como lo que le ha estado sucediendo últimamente a una de nuestras alumnas del instituto. Estamos aquí para que todo el mundo sepa que en nuestra comunidad nada de eso es aceptable, que somos un pueblo en el que la gente se trata con respeto y con dignidad.

Sus comentarios generaron vítores y aplausos, aunque J.C. se fijó en que había unas cuantas personas en silencio.

Sarah continuó.

—Ahora me gustaría presentaros a una mujer que os enseñó a muchos de vosotros a adoptar el mejor comportamiento posible. Frances Wingate.

Frances tenía aspecto frágil, pero decidido según se acercaba al estrado. Miró a la multitud.

—Hoy veo a muchos que habéis estado en mi clase a lo largo de los años y he venido a deciros lo avergonzada que estoy de vosotros.

Sus palabras provocaron expresiones de asombro.

—Sí, de vosotros —continuó con severidad—. Son vuestros hijos los que están tomando partido en estos actos irrespetuosos y despreciables contra otros chiquillos. No sé mucho de cómo funciona Internet, pero sí que sé que puede ser una herramienta para los cobardes, una forma de atormentar a otro ser humano. Y eso es lo que está pasando aquí mismo en Serenity con el consentimiento de todos vosotros.

Miró a la multitud.

—Sí, claro, ya oigo que algunos decís que no habéis sido vosotros los que habéis colgado esos mensajes o que vuestros hijos jamás harían algo así, pero ¿sabéis con seguridad que no lo han hecho? ¿Supervisáis lo que hacen en Internet? Seguro que no. Demasiados pocos padres lo hacen. Y a menos que seáis de esos pocos que sí que lo hacen, sois los responsables. ¡Vosotros! —dijo con dureza mirando a todos los que conformaban esa multitud cada más silenciosa—. Vosotros dejáis que esto pase. Vosotros podéis solucionarlo.

Una vez más, pareció estar mirando individualmente a cada uno y añadió:

—Y espero que lo hagáis.

Con eso, se dio la vuelta y fue a sentarse. Pasó un instante y entonces estalló un estruendoso aplauso.

J.C. se inclinó para susurrarle al oído.

—Me has puesto el listón muy alto. A ver cómo mejoro esto ahora.

Ella esbozó una temblorosa sonrisa.

—Bueno, creo que tienes lo que hay que tener.

Laura le dio un apretón de manos.

—Y yo sé que sí.

J.C. se acercó al estrado con inquietud. Comenzó hablando de la clase de incidentes que Bill y él veían durante sus consultas y cómo afectaban incluso a los niños más pequeños.

—Todos actuamos como si a esa edad no fuera para tanto, como si los niños tuvieran que endurecerse con ese tipo de cosas. Un padre me dijo eso mismo esta semana, pero os voy a dar mi opinión al respecto.

Respiró hondo, miró a Laura y con la voz algo vacilante por mucho que intentaba controlarla añadió:

—El acoso escolar se llevó la vida de mi hermano pequeño.

Conteniendo las lágrimas continuó:

—Stevie era un gran chico, aunque iba algo atrasado con respecto a los demás niños. Le costaba mucho avanzar en el colegio y tardamos años en descubrir exactamente porqué. Sus compañeros ya lo tachaban de «idiota» en primer grado y nunca lo elegían para sus equipos en los juegos durante el recreo. Él estaba deseando gustar a los demás, ser normal, igual que todo el mundo. Tenía una sonrisa que podía iluminar el mundo, pero día a día, año tras año, esa sonrisa fue desvaneciéndose y la luz de su mirada se apagó.

Se detuvo un instante y continuó.

—Cuando me di cuenta de lo que estaba pasando, hice todo lo que pude por protegerlo. Me llevé más ojos morados y narices ensangrentadas que cualquier niño del colegio. Mis padres y mis profesores pensaban que era un niño problemático porque nunca conté lo que pasaba. Y tampoco Stevie. Pero durante un tiempo las cosas mejoraron.

Paró de nuevo.

—Y entonces pasé al instituto y dejé a mi hermano solo en el colegio, luchando por encajar y recibiendo golpes emocionales un poco más cada día —captó cómo la multitud tomaba aire y prolongó un poco el silencio antes de añadir—: Hasta que ya no pudo soportarlo más. Stevie se ahorcó un día al salir de clase. Tenía trece años —se le quebró la voz—. Trece. Mirad a los niños que os rodean y que están empezando la adolescencia. Intentad imaginar la cantidad de dolor que ha debido de sufrir un niño tan pequeño para quitarse la vida.

Al igual que Frances, intentó mirar directamente a los ojos de cada uno de los presentes.

—Trece —repitió—. Los niños de Serenity merecen más de nosotros.

A través de sus lágrimas pudo ver gente sacando pañuelos de sus bolsillos y bolsos. De camino a su asiento, Laura se levantó para abrazarlo y Misty se unió a ellos.

—Lo sabía —susurró la niña con lágrimas en la cara—. No me dijo nada, pero sabía que su historia no tenía un final feliz.

—No, no la tuvo —respondió J.C. devolviéndole el abrazo—. Pero esta sí lo tendrá. Haré lo que haga falta para asegurarme de que esta historia termine bien.

Laura se quedó hundida con la revelación de J.C. No le extrañaba que se hubiera tomado tan en serio lo que le estaba pasando a Misty; había vivido el horror del acoso escolar y había visto que podía terminar trágicamente.

Lo que no podía entender era por qué no se lo había contado antes. Justo cuando creía que estaban unidos, cuando se había convencido de que tenían una verdadera oportunidad de compartir su futuro, se dio cuenta de que él le había estado ocultando una parte muy importante de sí mismo.

Pero no era momento de pensar en nada de eso. Ahora estaba hablando Bill Townsend, ampliando el tema de que incluso los niños más pequeños eran perseguidos en patios de juego y aulas. Lo siguieron Helen y el jefe Rollins. Después les llegaría a Betty y a ella el turno de explicar cómo el instituto no solo tenía intención de ocuparse de ese incidente en particular, sino de cualquier tipo de acoso en general.

Cada uno de ellos fue breve y conciso. Cuando se acercaba el momento de que Misty cerrara el evento, Laura no dejaba de observarla. Parecía haber reunido fuerzas al escuchar a J.C porque tenía un gesto de decisión y un brillo en la mirada que no había estado ahí nada más llegar a la plaza.

Y ya que Laura tenía que presentarla al finalizar su discurso, se giró hacia ella antes de levantarse.

—¿Estás lista?

Misty asintió.

—Puedo hacerlo.

—Por supuesto que puedes hacerlo —respondió Katie con lealtad.

Laura pronunció unas cuantas palabras y expresó su orgullo por la buena disposición de Misty al decidir hablar sobre lo que le había sucedido y cómo había afectado al modo en que se veía a sí misma ahora, veía al pueblo y el futuro.

Apenas había terminado con su presentación cuando notó cierto alboroto por un extremo de la multitud. Entonces se dio cuenta de que muchos de los alumnos del instituto se habían reunido al fondo por razones que temía no fueran muy buenas.

Anticipándose al problema, se quedó allí junto a Misty y a Katie ganándose por ello una mirada de preocupación de J.C. Asintió disimuladamente hacia el extremo de la plaza y él, captando la advertencia, se acercó a Carter Rollins para susurrarle algo e inmediatamente el jefe de policía abandonó el escenario.

Misty acababa de abrir la boca para hablar con vacilación, pero determinación, cuando se oyó el primer abucheo.

—Ey, chica, ¿esta eres tú? ¿Te puedes enrollar así conmigo?

Alguien alzó en el aire una impresión ampliada y granulosa de una de las demoledoras imágenes que se habían publicado la noche anterior.

A Misty le falló la voz al mirar a su alrededor.

—¡Ey, chica! ¿Quién se iba a imaginar que la mosquita muerta iba a tener este aspecto sin ropa?

Al segundo grito, los hombres de Carter se acercaron y empezaron a llevarse a un grupo de adolescentes. Toda la multitud estalló en gritos, algunos en contra de los adolescentes y otros en contra de los policías.

Misty estaba absolutamente colorada y con lágrimas en los ojos cuando salió corriendo del escenario.

—¡Ve tras ella! —le gritó J.C. a Laura—. Yo voy a ayudar a Carter con esos capullos.

Laura encontró a Misty sollozando en el callejón situado detrás de la emisora de radio acompañada de Katie. Sarah McDonald llegó antes que ella y la abrazó.

—Ni se te ocurra derramar ni una sola lágrima por esos idiotas. Ni una sola.

—Pero ahora todo el mundo ha visto las fotos. Hasta mis padres. Aunque estaban en primera fila las han podido ver. Deben de pensar que soy una chica horrible.

—Tus padres jamás se creerían que esas fotos son auténticas —la consoló Laura que, mirando a Sarah, añadió—: ¿Te puedes quedar con ellas? Iré a buscar a Diana y a Les.

—No —le suplicó Misty—. No quiero verlos.

—Tienes que verlos, y ellos tienen que verte a ti. Deben de estar preocupadísimos ahora mismo.

—Estaremos dentro de la emisora —dijo Sarah mirando a Misty como para pedirle su aprobación—. Ahí dentro estarás a salvo. Podemos cerrar las puertas y mirar bien antes de dejar pasar a nadie.

Misty sollozó y asintió.

Laura se marchó a buscar a los Dawson y los encontró desesperados junto al escenario. El padre de Misty parecía querer romper unos cuantos huesos a alguien y solo las palabras de Diana al pedirle que se mantuviera centrado en Misty parecieron apaciguarlo.

—¿Dónde está? —preguntó Diana al ver a Laura acercarse—. ¿La has encontrado?

—Está en la emisora. Sarah se ha llevado a Katie y a ella dentro.

—Gracias a Dios —murmuró Diana—. Les, ¿vienes?

Él miró hacia la conmoción que se prolongaba al otro lado de la plaza.

—Preferiría…

—Hacer pedazos a alguno de esos chicos te daría una satisfacción temporal, y a mí tampoco me importaría soltarle un puñetazo a alguno que otro, pero Misty nos necesita —lo agarró del brazo y lo zarandeó—. ¿Me has oído? Nuestra hija nos necesita.

Les suspiró.

—Tienes razón, vamos.

Laura dejó que fueran hacia la emisora y después encontró a Helen entre la multitud.

—¿Cuánto puede empeorar esto? —le preguntó a la abogada.

—Mucho, antes de que yo haya terminado. Pero gracias a Kyle Townsend tengo claro quién está detrás de las últimas fotos. Carter va a investigar y, si no me equivoco, la expulsión temporal del instituto será lo mínimo que les pase a algunos de estos chicos. Voy a llevar a un montón a los tribunales. Al parecer, Annabelle solo ha sido la instigadora y había unos cuantos chavales esperando entre bastidores a remover más las cosas.

Miró a Laura con expresión de hastío.

—La cosa se va a poner fea. ¿Crees que Misty podrá soportarlo?

Laura pensó en la niña temblorosa y sollozante que había dejado con Sarah.

—Sinceramente, no lo sé. ¿Cuánto puede soportar una chica de su edad antes de desmoronarse?

—Casi estoy lista a proponerles a los Dawson que la cambien de instituto. Yo misma lo pagaría con tal de alejarla de esto. Pero al mismo tiempo odio que Misty se sienta como si tuviera que abandonar su hogar por culpa de lo que han hecho otros.

—Por desgracia, creo que llegados a este punto, estaría ansiosa por marcharse —dijo Laura—, pero estoy de acuerdo contigo en que sería una vergüenza. ¿Es demasiado tarde para presionar para que se expulse a Annabelle de nuestro sistema escolar?

Helen asintió.

—Más que probable. No estoy diciendo que eso no debiera pasar, porque probablemente debería. Pero es que no creo que vaya a solucionar las cosas. Habrá muchos otros que sigan aquí a menos que pueda dar ejemplo con ellos, pero a este ritmo se tendría que marchar la mitad de la clase de los alumnos de último curso.

—Eso causaría un alboroto —dijo Laura intentando imaginarlo.

Helen asintió.

—Algo me dice que un alboroto es lo que va a hacer falta para poder cambiar esto.

—¿Hay algo que necesites que haga?

Helen negó con la cabeza.

—Ahora mismo me voy a la comisaría.

Laura asintió.

—Iré a ver cómo está Misty. Si te encuentras con J.C., dile que estaré en casa dentro de una hora aproximadamente.

Helen vaciló antes de preguntarle:

—¿Sabías lo que iba a contar hoy?

—No tenía ni idea —admitió Laura—. Se me ha partido el corazón al oír lo que le pasó a su hermano.

—Es un gran peso de culpabilidad con el que ha debido de cargar todos estos años.

Laura se quedó impactada por su afirmación.

—¿Culpabilidad? J.C. no hizo nada malo. Intentó ayudar.

—No importa. Hiciera lo que hiciera, no fue suficiente, y sé cómo funciona la mente de los hombres. La culpabilidad de no haber hecho suficiente puede consumirlos.

—¿Habla la voz de la experiencia? —preguntó Laura.

Helen asintió.

—Erik traía mucho bagaje cuando nos conocimos y aún sale a la superficie de vez en cuando. Vigila a J.C. Algo me dice que hoy te va a necesitar más de lo que pueda llegar a admitir.

Laura la vio marcharse en un estado de absoluta inquietud. Se había sentido hundida al oír a J.C. hablar de aquello, aunque ni se le había pasado por la cabeza la idea de que pudiera estar culpándose por la muerte de su hermano. Pero estaba claro que se sentía así. Cualquiera que se preocupara por los demás tanto como él se tomaría algo así muy a pecho. Y más que la traición de su mujer, eso era lo que había dado forma al hombre en que se había convertido, lo que había marcado la dirección que había tomado su vida. Incluso se preguntaba si se había hecho pediatra simplemente para ser una primera línea de defensa contra cualquier signo de acoso escolar.

Lo que no sabía era cómo podía convencerlo de que no debía cargar con esa culpa.

Capítulo 20

La comisaría de policía era un caos. J.C. intentaba no incordiar ni entrometerse, pero no tenía ninguna intención de marcharse hasta que estuviera seguro de que los alborotadores que se habían mofado de Misty estuvieran, si no tras las rejas, al menos con cargos por haber alterado la paz o lo que fuera que se le pudiera ocurrir a Carter para acusarlos. Imaginaba que Helen tendría algunas ideas al respecto que estaría ansiosa por compartir. Nunca la había visto tan furiosa y activa como ahí, mientras acompañaba al jefe de policía de un lado para otro.

Al cabo de un momento se acercó a él.

—¿Estás bien? Sé que lo que has contado hoy no ha debido de ser fácil, pero creo que ha generado un fuerte impacto, J.C., de verdad que sí. He visto los rostros conmocionados de la gente al comprender la clase de consecuencias que pueden traer comportamientos como este. Existe una tendencia a quitarle importancia y verlo como una travesura infantil, pero los dos sabemos que es mucho más que eso.

—Pues está claro que a esos chicos no les ha impresionado —dijo con pesar.

—Pero eso es porque son jóvenes e idiotas —respondió Helen sucintamente—. Espera a que Greg Bennet y sus amigotes se enteren de que están a punto de que los expulsen del equipo de rugby durante el resto de la temporada por esto. Betty está deseando que llegue el lunes por la mañana y pueda llevarlos a su despacho para comunicárselo. Y por increíble que parezca, el entrenador la está apoyando al cien por cien. Sabía que Cal lo habría hecho, pero el entrenador de rugby suele estar mucho más centrado en ganar que en lo que está bien o está mal.

—Hay cosas más importantes que ganar una temporada —contestó J.C.

—Por desgracia, no poder jugar probablemente acabará con la oportunidad de Greg de recibir una beca para la universidad. No es que me dé ninguna pena, pero a sus padres les va a resultar muy duro aceptarlo. Estaban muy orgullosos de que fuera a ser su primer hijo en ir a la universidad.

—¿Y ahora qué va a pasar? ¿Hay algo que pueda hacer aquí?

Helen negó con la cabeza.

—Carter tiene las cosas bajo control y el fiscal vendrá en un momento para tramitar el papeleo y fijar los cargos. También quiero consultar con él el tema de presentar cargos contra la persona que publicó las últimas fotos. El lunes a primera hora estaré en el juzgado para presentar una demanda.

—¿Sabes quién lo ha hecho? ¿Estás segura al cien por cien?

Helen asintió.

—Fue Greg. Lo creas o no, fue su forma de salir en defensa de Annabelle. Creía que así se le pasaría el enfado, aunque no estoy del todo convencida de que ella no lo obligara a hacerlo. Qué relación más retorcida. Si yo fuera Mariah, alejaría a esos dos lo antes posible.

—¿Crees que los Litchfield van a enviarla a otro instituto después de esto?

Helen asintió.

—No creo que vayan a tener elección. Betty y Hamilton Reynolds estaban hablando antes sobre una expulsión permanente. El consejo escolar va a celebrar una reunión de emergencia el lunes para abordar el tema.

—Podría ser lo mejor para todo el mundo.

—Solo si Mariah lo acepta de buena gana —advirtió Helen—. Pero no estoy muy convencida de que sea capaz. En todo caso se enfadará más que nunca con Betty y Laura —lo miró fijamente—. Lo cual me recuerda que Laura me ha dicho que te diga que iba a estar en su casa y que le gustaría que te pasaras por allí.

J.C. asintió.

—Primero quiero ir a ver a los Dawson y después iré para allá.

«O no», pensó. No estaba seguro de estar preparado para ver la mirada compasiva de Laura, la misma mirada que había visto una y otra vez tras la muerte de Stevie. Una mirada que solía ir acompañada de un puñado de tópicos que no significaban nada sobre que la muerte de su hermano era una tragedia, pero que él no debía culparse de nada.

Tonterías. Había sabido lo que le estaba pasando a su hermano y no lo había detenido. Si eso no lo hacía culpable, ¿qué podía hacerlo?

Laura estaba de los nervios. El sábado por la tarde no había visto ni rastro de J.C. y tampoco la había llamado ni por la noche ni ahora, al día siguiente. Cuando Helen la había llamado para ponerla al tanto de los cargos que pendían contra los distintos alumnos implicados en el escándalo del día anterior, no pudo evitar preguntarle por J.C.

—¿No se pasó? —dijo Helen sorprendida—. Le pasé tu mensaje y me dijo que primero iría a casa de los Dawson y después a la tuya.

—Pues no he sabido nada de él —admitió Laura—. A lo mejor debería ir a su casa a ver.

Se hizo el silencio por un momento.

—O tal vez no —terminó diciendo Helen—. Ayer fue un día emocionalmente muy duro para él. Se desnudó ante el pueblo entero, contó algo que, al parecer, nunca le había revelado a nadie de por aquí, algo que era una parte muy dolorosa de su pasado. Hablé un poco con Bill y me dijo que J.C. nunca se lo había mencionado, así que tal vez necesite recuperarse.

—¿Pero qué dice de nosotros dos que no haya buscado mi apoyo? —preguntó Laura con cierto desaliento—. A lo mejor he estado engañándome al pensar que estábamos construyendo una relación fuerte.

—No conozco tan bien a J.C., pero sé un poco sobre hombres que se sienten culpables de una tragedia, incluso cuando esa culpa no está justificada. Les aterroriza que la gente que quieren se forme una mala opinión de ellos.

—¡Eso es ridículo! —dijo Laura.

—Pero es el orgullo masculino. Dale un poco de tiempo, Laura. Al menos, ese es mi consejo, pero eres libre de ignorarlo. Hasta que conocí a Erik mi historial con los hombres no era exactamente un ejemplo resplandeciente de cómo deben ser las relaciones.

Laura se rio ante el sincero comentario.

—Lo tendré en cuenta.

—J.C. es un buen tipo. Eso sí que lo sé. No siempre he estado segura, pero ahora sí que lo estoy.

—Lo sé —contestó Laura con voz suave. Ya había podido ver que era uno de los mejores y que había aparecido en su vida justo cuando ella casi había renunciado a encontrar el amor verdadero, esa clase de amor que resistiría a cualquier tormenta.

El lunes por la mañana, Laura no tuvo ni un segundo para pensar en J.C. Los pasillos estaban inundados de comentarios furiosos cuando se filtró la noticia de que se había expulsado a un grupo de jugadores del equipo de rugby durante lo que quedaba de temporada y que Greg Bennet se encontraba entre ellos. Para su pesar, la culpa de lo que estaba sucediendo no estaba recayendo en quién debía, sino en Misty.

Se lo pensó primero y después decidió sacar a relucir el tema en su primera clase. Tal vez así podría calmar un poco las cosas.

—He oído muchos comentarios esta mañana sobre lo que pasó el sábado y sobre las consecuencias que ha tenido —comenzó a decir generando miradas de hostilidad por parte de muchos alumnos—. Hablemos de ello —y los miró fijamente—. Y vamos a hacerlo con educación.

—¡Todo esto ha pasado porque Misty Dawson, además de ser una zorra, es también una llorica! —gritó con malicia una chica.

Laura la miró directamente.

—¿Qué parte de «con educación» no has entendido? Los alumnos de mi clase no se insultan ni dicen nada que pueda hacer daño deliberadamente a otros. Eso es acoso. ¿Es que no habéis aprendido nada de lo que ha pasado últimamente? Las palabras pueden hacer daño a la gente. Los actos pueden hacer daño a la gente. Y aun así os miro y algunos seguís pensando que es muy gracioso. Annabelle Litchfield va a ir a otro instituto por esto. Greg Bennet probablemente no tendrá su beca porque no puede jugar el resto de la temporada. ¿Qué os hace tanta gracia de todo eso?

—No tiene gracia —dijo Jeb Hightower—. Está mal. Espero que Misty no pueda dormir por lo que les ha hecho.

Laura lo miró impactada.

—Espera un momento. Misty es la víctima, no Annabelle ni Greg. Se la ha atacado en Internet y aquí mismo con rumores despiadados y mentiras diseñadas para humillarla y avergonzarla.

—¿Y qué le hace pensar que eran mentiras? —preguntó Jeb mirando a su alrededor con sonrisa de satisfacción—. Una imagen vale más que mil palabras, ¿no?

—Y una imagen retocada dice más sobre la persona que la ha creado que sobre la persona que supuestamente aparece en ella —añadió Laura aunque podía ver que no los estaba convenciendo.

Estaban decididos a defender a sus amigos y a demonizar a Misty. ¿Cómo iba a poder cambiar eso? ¿Podría hacerlo?

—¿Hay alguien aquí que tenga una opinión distinta? —preguntó esperanzada.

Sally Washington, una tímida chica que rara vez hablaba a menos que se le preguntara, levantó la mano con vacilación.

—Creo que no lo entienden —dijo asintiendo hacia Jeb y Hailey, que habían hablado antes— porque nadie la ha tomado nunca con ellos.

—O porque ellos también han nacido siendo unos acosadores y unos abusones —se atrevió a decir Tim Rogers, lanzándole una mirada desafiante a Jeb—. Tú empezaste a robarles el dinero del almuerzo a los niños pequeños en primer grado y lo hacías porque eras mayor que ellos y podías.

—Y Hailey, tú nunca hablas con nadie que no sea ni guapo ni popular —añadió Sally al parecer reuniendo fuerzas de las acusaciones de Tim—. Es como si el resto no existiéramos. Somos como una molestia en vuestro perfecto pequeño mundo y estoy harta de eso. Si no os gusto, ¡vale! A mí no me hace ser vuestra amiga, pero soy una persona y al menos deberíais ser educados conmigo y con los demás que no son tan populares como vosotros.

La declaración de Sally animó a que algunos más compartieran su opinión y de pronto la marea cambió de dirección ligeramente. Hailey, Jeb y algunos otros se pusieron a la defensiva y, tal vez, probaron por primera vez lo que era sentirse menospreciado y ridiculizado en público.

Jeb prosiguió con su actitud desafiante, pero Hailey sí que parecía algo afectada. Se le llenaron los ojos de lágrimas.

—No lo sabía —susurró—. De verdad que no sabía lo que es que la gente diga cosas desagradables sobre ti.

Laura alzó una mano para detener la discusión.

—Creo que lo que acaba de pasar aquí es muy, muy, importante. Espero que todos os lo penséis mejor antes de ser irrespetuosos con otro compañero. Sally ha dado en el clavo. No tenéis por qué ser todos grandes amigos, pero sí que os debéis un mínimo de educación y respeto. Sally y Tim, gracias por opinar. Y Hailey, me siento orgullosa de ti por haber reconocido lo que has estado haciendo.

Cuando sonó la campana, despidió a la clase sintiéndose un poquito más optimista.

Pero en cuanto salió al pasillo, vio a Jeb juntándose con sus amigotes y oyó los mismos gritos de rabia en defensa de Greg y Annabelle. Fue entonces cuando supo que Misty no estaba fuera de peligro ni por asomo.

J.C. estaba consultando la ficha de su próximo paciente cuando Debra entró en la consulta.

—Laura Reed está al teléfono. Parece afectada.

Aunque se había pasado la mayor parte de la semana evitándola, sabía que no podía seguir así para siempre. Asintió.

—Pásamela y dile a la señora Hodges que en un minuto estaré con Liza.

Debra asintió y, cuando salió, J.C. levantó el teléfono.

—¿Va todo bien? ¿Está Misty en el instituto?

—Ni rastro de ella —respondió Laura secamente—. Estoy muy preocupada, J.C., y no solo porque no haya venido a clase. Supongo que es comprensible dadas las circunstancias, pero la situación en el instituto no es buena. Los chicos están tomando partido y posicionándose en un lado o en otro. Algunos, sobre todo los que también han sufrido muestras de acoso a lo largo de los años, están de su parte firmemente, pero los demás… no sé, J.C., su actitud me asusta. Creo que quieren vengarse de algún modo. Ven a Annabelle, a Greg y a los demás que han sido expulsados como las verdaderas víctimas.

—Por desgracia supongo que no me sorprende. ¿Has oído que estén planeando algún tipo de represalia?

—No, pero no puedo evitar preguntarme cuánto más podrá soportar Misty. He llamado a Diana antes de llamarte a ti y dice que lleva todo el día encerrada en su habitación. Ni habla con ellos ni sale. Sé que Diana está empezando a asustarse y tengo el terrible presentimiento de que lo que estoy oyendo por el instituto se está plasmando también por Internet y Misty lo sabe.

—La verdad es que no culpo a Misty por querer esconderse ni a Diana por estar asustada. Seguro que lo que conté sobre Stevie tampoco ha ayudado. Pretendía que sirviera como advertencia a los acosadores sobre lo trágicas que pueden ser las consecuencias, pero imagino que ahora Diana no se puede sacar la idea de la cabeza. Debería haber pensado en eso.

—Era una historia que la gente tenía que oír —dijo Laura con convicción—. No te tortures por haberla compartido y, además, no te he llamado para que sientas miedo por Misty. Solo quería preguntarte si crees que deberíamos ir a su casa.

—De eso no hay duda. Estuve allí un rato el sábado y parecía estar bien, pero no sé qué habrá estado pasando por Internet desde entonces. Creo que lo más sensato es ir a ver cómo está. Te recogeré en cuanto terminen las clases.

—Gracias.

—No tienes por qué darlas.

—Sí, claro que sí. No has hecho que me sienta como una idiota por estar preocupada.

—¿Estás de broma? —le preguntó incrédulo—. Me prendí de ti por lo mucho que te importan las cosas —la oyó contener el aliento por la sorpresa y casi sonrió. Esa era sin duda una conversación que deberían tener muy pronto. Había que aclarar las cosas entre los dos, sobre todo después de que en los últimos días hubiera estado manteniéndose alejado de ella en lugar de acudir a su lado en busca de consuelo.

—Nos vemos en un rato. Cuando lleguemos allí verás que todo está bien.

A pesar de haber pronunciado esas palabras con decisión y seguridad, el siguiente par de horas había estado preocupado hasta que llegó el momento de ir a buscar a Laura. Había tenido que tener mucho autocontrol para no meterse en el coche e irse directo a casa de los Dawson, aunque sí que se había permitido hacerle una llamada rápida a Diana, que le había dicho que Misty había salido lo justo para tomarse una sopa. Eso lo reconfortó lo suficiente para pasar el resto del tiempo.

Aun así, el recuerdo de Stevie no dejaba de asaltarlo. Aquellos años atrás había logrado autoconvencerse de que su hermano estaba manejando la situación bien; había estado tan ocupado con sus cosas en el instituto que había dejado a Stevie valiéndose por sí mismo.

Se había dado cuenta de lo que equivocado que había estado cuando había vuelto a casa un día y se había encontrado a su hermano colgado de la lámpara de su habitación. Apenas respiraba cuando J.C. lo bajó. Había hecho todo lo que estuvo en su poder por reanimarlo mientras había esperado la ambulancia, pero ya era demasiado tarde. Aunque Stevie se había aferrado a la vida un par de días más con la ayuda de unas máquinas, sus padres habían terminado tomando la horrenda decisión de dejarlo marchar. Y ninguno se había recuperado del todo de aquello hasta el punto de que su madre se había marchado para siempre poco tiempo después.

Aquellos días habían cambiado a J.C. para siempre. Había elegido especializarse en Pediatría para poder estar alerta a todos los signos de acoso que afectaran a sus jóvenes pacientes y por eso aún lo destrozaba haber tardado en identificar el caso de Misty.

Aunque se había dicho cientos de veces que la chica estaba bien según había ido pasando cada interminable minuto, se presentó en el instituto a las dos en lugar de a las tres.

Laura lo miró con sorpresa al verlo llegar.

—¿Puedes salir ya? —le preguntó incapaz de ocultar su impaciencia por marcharse.

Laura asintió inmediatamente, tal vez al ver su expresión u oír el tono de su voz.

—Dame dos minutos para buscar a alguien que pueda sustituirme para esta clase.

Una vez en el coche, Laura apoyó la mano sobre su tenso brazo y lo ayudó a relajarse un poco.

—¿Has hablado con Misty?

Él negó con la cabeza.

—¿Y con Diana?

—Sí, y me ha dicho que Misty ha almorzado un poco de sopa.

—¿Entonces por qué estás tan asustado? ¿Has estado pensando en tu hermano?

—¿Cómo no iba a hacerlo? —preguntó furioso—. Debería haber hecho más. Murió porque no lo protegí.

—No, J.C. Lo que sucedió fue una tragedia, pero no fue culpa tuya. ¿Qué tenías? ¿Dieciocho años cuando murió y menos aún cuando tuviste que empezar a protegerlo? En aquel momento no podías llegar a comprender lo perdido y solo que debía de sentirse.

—Tal vez no, pero sí que sabía lo que estaba pasando. Pero me convertí en un capullo egoísta y me convencí a mí mismo de que él podía apañárselas solito. Me olvidé de mi hermano por completo —dijo con ese tono lleno de odio que siempre estaba presente cuando pensaba en la muerte de su hermano.

Al detenerse frente a la casa de los Dawson, Laura lo obligó a mirarla a los ojos.

—¿Alguna vez le has dado la espalda a otro niño?

—Ha habido pacientes a los que no he podido ayudar.

—Pero no por no haberlo intentado, ¿no? Del mismo modo que estás haciendo todo lo posible por Misty. Los dos lo estamos haciendo. Esta situación mejorará, J.C.

—¿Cómo puedes estar tan segura?

Ella sonrió y en ese momento el hielo que parecía cubrir el corazón de J.C. se derritió un poco.

—Porque los dos vamos a asegurarnos de que así sea. Tengo mucha fe en nosotros, en ti.

Por primera vez en años, J.C. sintió que podía ser la clase de hombre que merecía esa confianza ciega.

Cuando Misty oyó un coche fuera y se asomó por la ventana de su habitación, vio al doctor Fullerton y a la señorita Reed caminando hacia la casa y le entró el pánico. Salió de la habitación y bajó las escaleras corriendo para llegar a la puerta antes que su madre.

—No habrán venido para obligarme a volver al instituto, ¿verdad? —preguntó al abrir—. Por favor, no me fuercen a ir. No puedo. Ahora todos los amigos de Annabelle me odian y, tal como me imaginaba, la cosa se ha puesto peor en Internet. Ahora los demás también están escribiendo cosas desagradables. Hoy está siendo peor que nunca.

El doctor Fullerton estrechó la mirada y preguntó:

—¿Qué quieres decir?

—Que ahora todo el mundo me odia —respondió Misty casi entre lágrimas.

—Enséñamelos —le dijo la señorita Reed.

Misty la miró consternada.

—¿Tengo que hacerlo? Son asquerosos.

—Tenemos que verlos —añadió el doctor—. No pasa nada, Misty. No vamos a creerlos. Ten un poco de fe en nosotros. Los dos sabemos la clase de persona que eres.

La chica supuso que de todos modos podrían entrar en Internet y buscar las páginas ellos mismos, así que finalmente suspiró y se los enseñó.

—No entiendo que esto pueda seguir pasando ahora que los tribunales están al corriente —dijo Misty hundida—. Seguro que los padres de Annabelle no se lo permitirían y los demás deberían ser listos después de haber visto que el castigo es severo. No hay más que ver lo que le ha pasado a medio equipo de rugby.

—No es Annabelle —dijo J.C. después de analizar los posts—. Apostaría hasta dinero.

—Pero ese es su alias. Había dejado de usar la página, pero hoy ha vuelto.

—Tengo la sensación de que le ha dado acceso a otra persona para usar su cuenta —continuó J.C.—. Laura, tú lees sus trabajos constantemente e imagino que sabrás identificar o diferenciar más o menos quién escribe cada uno de ellos. ¿Qué opinas de esto?

La señorita Reed miró los mensajes y asintió.

—Está claro que tienen algo diferente.

Misty se quedó impactada.

—¿Seguro? ¿Y cómo lo saben?

—Haría falta que lo comparara un experto, pero a mí también me parece que hay una diferencia aparente —dijo el doctor Fullerton—. Laura, ¿se te ocurre algo más concreto?

La señorita Reed los analizó con gesto pensativo.

—Por un lado el vocabulario es distinto y la gramática no llega a ser igual.

—¿Pero quién? —preguntó Misty y suspiró—. Supongo que ahora habrá un montón de chicos que me odiarán. ¡Podría ser cualquiera!

—O podría no ser un adolescente —dijo el doctor Fullerton más furioso de lo que Misty lo había visto nunca.

—¿No pensará que puede ser la madre de Annabelle, verdad? —preguntó anonadada.

—Ella tendría acceso al ordenador —apuntó la señorita Reed, aunque estaba tan atónita como Misty—, pero no me imagino a Mariah recurriendo a esto.

—Vale, entonces ¿qué hay de Greg Bennett? —preguntó el doctor Fullerton—. Está furioso, ha perdido mucho y no me extrañaría que hubiera ideado un modo de vengarse.

Y Helen dice que fue él el que estuvo detrás de las fotos publicadas justo antes de la protesta.

Misty lo miró impactada y se levantó prácticamente temblando de rabia.

—¡Ya estoy harta! —dijo con ira—. Ya he tenido suficiente con el acoso de Annabelle como para dejar que ahora un capullo como ese me asuste —miró a su profesora—. Mañana volveré a clase.

Ambos adultos se quedaron impresionados con sus palabras y ella entendió su reacción. Cuando había llegado allí había sido un manojo de nervios y miedo, y lo cierto era que desde hacía semanas había actuado como si todas las cosas que estaban diciendo de ella hubieran sido ciertas y hubiera tenido motivos para esconderse. Pero ya no más. Se había cansado.

Tal vez había sido subirse a aquel escenario el sábado lo que le había dado una perspectiva distinta porque, aunque las cosas habían salido fatal, sí que había visto a gente mirándola con comprensión y compasión. Algunos la habían comprendido, tal como le había dicho la señorita Reed.

Subir al escenario y hablar a la multitud había requerido un valor que jamás pensó que pudiera tener y ahora se aferraría a esa fuerza y se enfrentaría a los que le habían amargado la vida. Eran ellos los que deberían estar avergonzados, no ella.

La señorita Reed le sonrió.

—Misty, no podría estar más orgullosa de ti.

—Lo mismo digo —añadió el doctor Fullerton sonriendo—. ¿Quieres que te lleve a clase?

—No —respondió Misty con decisión—. Iré con mis amigos. Aún tengo algunos a pesar de lo que ha pasado. Ellos me apoyarán —y mirando a Laura, añadió—: Usted sabe que lo harán.

La profesora sonrió.

—Sí, tienes muy buenos amigos que han estado esperando a que les pidas ayuda.

—Y una se ha encargado del asunto con sus propias manos. Eso también lo sé. Sé que Katie se ha estado sintiendo culpable por chivarse a su abuela. No es que lo haya admitido, pero ¿quién, si no, habría ido a hablar con la señora Vreeland? Ya es hora de decirle que hizo lo correcto. Hasta ahora no he sido capaz de admitirlo.

—Sé que te lo agradecerá —dijo la señorita Reed—. Y si mañana necesitas apoyo extra, puedes contar conmigo.

—Los dos han sido geniales —les dijo Misty antes de añadir con picardía—: Y bueno, ¿cuándo van a tener ustedes una cita de verdad en lugar de seguir fingiendo que están juntos todo el tiempo por mí?

Para regocijo suyo, la señorita Reed se puso colorada y hasta el doctor Fullerton parecía avergonzado. Se rio.

—Se han quedado chafados —y sonriendo le dijo a J.C.—: No hay bien que por mal no venga, doctor. Intentó convencerme de que lo malo siempre trae algo bueno.

Él se mostró algo avergonzado, pero asintió.

—De eso no hay duda, Misty. Ninguna duda.

La joven se preguntó si ella encontraría algo bueno algún día y resultaba que ahora tenía mucha más fuerza de lo que se había imaginado nunca. Aunque eso ya se vería al día siguiente...

Capítulo 21

—Bueno, ¿qué? ¿Vamos a dejar que una adolescente nos llame gallinas? —le preguntó J.C. a Laura al salir de casa de Misty.

—Eres tú el que tiene ese historial tan penoso de relaciones y al que no le interesaba tener citas. Yo, obedientemente, he evitado etiquetar lo que sea que hemos estado haciendo.

—Pues a lo mejor es hora de que eso acabe. Hoy estaba pensando que tal vez deberíamos aclarar lo que está pasando aquí, poner las cartas sobre la mesa, por así decirlo.

—Yo siempre les insisto a mis alumnos en que quiero claridad en sus trabajos. No estaría mal tener un poco de ti —y mirándolo fijamente añadió—: A menos que no estés preparado para esa clase de conversación.

J.C. sonrió.

—¿Estás dispuesta a dejarme libre?

—Si hace falta, sí. Últimamente he descubierto que soy increíblemente paciente.

—¿Y si admito que estoy empezando a ver el error de mi actitud? Lo de no salir con nadie, al menos de manera abierta y llamando las cosas por lo que son, no es que me esté funcionando bien, y tú te mereces algo mejor —y algo perplejo añadió—: Y creo que yo quiero más.

Para su alivio, Laura cedió de buena gana.

—Pues en ese caso no diría que no a otra cena en Sullivan's.

—¿Sin mencionar a Misty en toda la noche?

—Puedo hacerlo, ¿y tú?

Él se rio.

—Supongo que tendremos que probar y descubrirlo.

Por desgracia, pasar la noche sin que saliera el tema de Misty resultó ser imposible. La mayoría de los clientes de Sullivan's se quedaron en silencio al verlos entrar y entonces uno a uno se acercaron para darles palabras de apoyo, tanto por Misty como por J.C. y el dolor que debía de haber sufrido años atrás al perder a su hermano.

Incómodo con tanta atención, no encontraba el modo de disculparse educadamente y marcharse, pero Laura suponía que debía de estar pasándolo muy mal y por eso, tras darle un apretón de manos, salió corriendo hacia la cocina.

—Ahora mismo vuelvo.

Cuando volvió cargaba una enorme bolsa de comida para llevar.

—La cena —anunció triunfante.

—¿Cómo lo has hecho?

—Le he contado a Dana Sue lo que estaba pasando aquí fuera y le he dicho que teníamos que irnos. Ha preparado los platos en un momento junto con postre y una botella de vino —sonrió—. Y lo mejor de todo es que corre a cuenta de la casa. Se ha negado en rotundo a que le pagara y ha dicho que nos lo debía porque sus entrometidos clientes han interrumpido nuestros planes.

—Debería ir a darle las gracias.

—Ya la llamarás luego. La cocina es un manicomio. Solo por ti me he arriesgado a entrar ahí dentro sin permiso —se estremeció exageradamente—. He tenido suerte de salir sin heridas de guerra.

J.C. se rio.

—No ha podido ser tan malo.

—Hazme caso, ha sido tremendamente peligroso.

Una vez sentados en el coche, J.C. se giró hacia ella diciéndole:

—Gracias por haberte dado cuenta de que he estado a punto de ponerme histérico con toda esa compasión bienintencionada.

—Dudo que hubieras llegado a ponerte así, pero sí que podía ver que te sentías incómodo. Y ahora, ¿vamos a tu casa o a la mía para tomarnos este festín?

—A la tuya —decidió de inmediato—. Ya he visto mis paredes demasiado durante el fin de semana. Necesito un cambio de aires.

—Vale, pero las reglas siguen en pie. No se habla ni de Misty, ni de acoso escolar, ni de nada relacionado.

J.C. asintió y le lanzó una pícara mirada.

—¿Y qué vamos a hacer?

Mirándolo con gesto divertido, Laura dio una palmadita a la bolsa de comida.

—Cenar.

—Es que yo como muy rápido.

—Pues durante el postre negociaremos qué haremos después. Tengo algunos puzzles de mil piezas, por si te interesa —bromeó.

Él la miró a los ojos hasta ruborizarla.

—El único puzzle que me interesa es averiguar por qué no puedo mantenerme alejado de Laura Reed.

Una lenta sonrisa fue extendiéndose por el rostro de Laura.

—Pues trabajaremos en ello.

J.C. se rio. Sin duda, el final de la noche prometía ser mucho más intrigante y potencialmente satisfactorio que el comienzo.

Laura cerró los ojos y saboreó un bocado de la tarta de

terciopelo rojo de tres capas de Erik. Cuando los abrió, encontró a J.C. mirándola fijamente a los labios.

—¿Tienes idea de lo increíble que está?

—¿Umm?

Ella señaló la tarta.

—Esto es divino. Sexo jugoso y delicioso en un tenedor.

—¿Qué? —preguntó J.C. atónito—. ¿Acabas de comparar esa tarta con el sexo?

Laura asintió riéndose.

—Se acerca muchísimo.

—A ver, deja que pruebe —dijo él indicándole que le diera un trozo.

Pero Laura apartó su tenedor y la tarta.

—Tú tienes tu porción. Esta es la mía.

—Pero si me dejas probar un poco de la tuya, a lo mejor me convences para que yo te dé esta porción.

—Una oferta interesante —dijo observándolo—. ¿Y cómo sé que lo vas a hacer?

—Hará falta un poco de persuasión —le respondió pensativamente—. Se me ocurren unos cuantos besos para empezar, y después ya veremos qué más.

Laura se rio asombrada.

—¿En serio quieres cambiar sexo de verdad por una porción de tarta?

—Por como te estás expresando, parece que sería un intercambio justo. ¿Qué me dices?

—Te digo que estás loco —contestó directamente y encogiéndose de hombros—. Pero vale —le dio a probar la tarta—. Increíble, ¿a que sí?

—No está mal —respondió señalando a su boca—. Quiero un beso para comparar.

Aceptando el reto, ella se inclinó hacia delante y le rozó los labios. J.C. posó una mano detrás de su cuello y la acercó. Lo que se suponía que sería un beso casual se convirtió en algo más intenso y mucho más poderoso. Laura estaba segura de que cuando la soltara, los dos estarían echando humo.

—No hay comparación —dijo J.C. mirándola a los ojos—. Esto ha sido mucho mejor que cualquier tarta que se pueda hacer.

—Tienes razón —admitió ella dejando el plato a un lado y acercándose a él—. La tarta puede esperar.

Estaba segurísima de que seguiría estando espectacular para el desayuno.

J.C. entró en la cocina a la mañana siguiente y se encontró a Laura en la mesa ataviada únicamente con su camisa, con una taza de café delante y los últimos pedacitos de la tarta. De la segunda porción, si no se equivocaba.

—¿Te has pasado toda la noche pensando en esto?

—Toda la noche no —respondió con una sonrisa—. Me has tenido bastante entretenida casi todo el tiempo.

—¿Bastante entretenida? —repitió con tono socarrón mientras se servía una taza de café—. No es exactamente la crítica entusiasta que me esperaba.

Ella se rio.

—De acuerdo, ha sido una actuación estelar. Me has dejado la mente totalmente en blanco.

—Mejor —contestó inclinándose para besarla antes de mirar en la nevera—. ¿Huevos? ¿Beicon?

—Lo siento, pero aquí no hay de eso. Sí que tengo cereales de salvado.

J.C. se encogió de hombros.

—Con eso me bastará.

Cuando ella empezó a levantarse, él la sentó de nuevo.

—Puedo encontrar un cuenco, los cereales y la leche. Tú quédate donde estás, así de atractiva.

—¿Atractiva?

—Mi camisa te sienta muy bien. Ahora que lo pienso,

¿los cuencos los tienes en una balda alta? Podría ser fascinante ver cómo logras alcanzarlos.

Ella sonrió.

—Ya te gustaría. Búscate tú el cuenco.

Cuando J.C se hubo echado los cereales y la leche, se sentó frente a ella.

—Al final anoche no tuvimos esa conversación sobre la claridad.

—No pasa nada.

Él sacudió la cabeza.

—Sí, sí que pasa. Te debo sinceridad sobre lo que pienso.

—¿Y piensas que ser buenos amigos y tener un sexo increíble no es un mensaje lo suficientemente claro?

Impresionado, la miró.

—¿Es todo lo que quieres de mí? ¿Amistad y algún que otro revolcón?

Ella frunció el ceño ante ese tono tan duro. Le agarró la mano y le dijo:

—Ey, no he dicho eso. Lo único que digo es que lo que tenemos ahora mismo está bien, no necesita que le pongamos una etiqueta. Me siento cómoda con el punto en que nos encontramos, si tú también estás bien.

—Bueno, pues no lo estoy —dijo sorprendentemente irritado por su disposición a conformarse con algo casual.

—Vale, pues aclárate.

—Mira, sabes que no buscaba una relación.

—Eso está totalmente claro —le confirmó—. Me quedó claro prácticamente con las primeras palabras que me dirigiste.

J.C. puso mala cara al oír ese tono impertinente. La conversación no estaba yendo como había pretendido.

—Intento decirte que las cosas han cambiado para mí. El hecho de que me sienta atraído por ti ya es suficiente impacto, pero hay mucho más que eso. Me gustas. Me gustas mucho. Y me encanta estar contigo.

—Para mí sigue sonando a relación de amigos con derecho a roce, que es justo lo que acabo de sugerir.

—No somos amigos con un maldito derecho a roce —contestó exasperado porque ella se lo estaba poniendo muy difícil—. Me estoy enamorando de ti, lo cual sabrías si escucharas de verdad, en lugar de saltar con todas esas respuestas de listilla.

Laura se quedó atónita, aunque él no podía estar seguro de si era por su tono o por la importancia de lo que había dicho.

—Te estás enamorando de mí —repitió suavemente y con cara de asombro.

—Sí —respondió J.C. más calmado—. No me preguntes cómo ha pasado, porque de verdad que creía que era inmune.

—¿Te puedes vacunar contra eso? —le preguntó ella con un tono más animado.

J.C. se rio.

—No que yo sepa porque, si no, créeme que lo haría —le agarró la mano y entrelazó los dedos con los suyos—. Sé que te he pillado desprevenida y no es que vaya a pedirte que me digas que estás locamente enamorada de mí ni nada parecido. Solo quería que lo supieras, que supieras que para mí esto es serio. Más serio de lo que me esperaba.

Con la mano que tenía libre, ella le acarició la mejilla.

—Para mí también es mucho más serio de lo que me esperaba.

—Entonces, ¿los dos estamos comprometidos con lo que sea que es esto que tenemos? —preguntó J.C. queriendo estar seguro.

Sonriendo, ella asintió.

—Estoy comprometida con lo que sea que es esto que tenemos.

J.C. se recostó en la silla con un suspiro. Por primera vez en años se sintió invadido por una increíble satisfacción. Al parecer, cuando la mujer adecuada llegaba a la vida de uno, el compromiso no resultaba ni la mitad de aterrador de lo que se había pensado siempre. Ojalá no lo persiguiera ese persistente presentimiento que le decía que hasta algo tan bueno podía terminar muy, muy, mal.

Laura estaba en mitad de un examen durante su segunda hora de clase cuando entró en el aula una de las secretarias.

—La señora Donovan quiere verte ahora mismo. Me quedaré aquí vigilando la clase, si te parece bien.

Laura asintió.

—Están haciendo un examen —dijo y alzando la voz añadió—: Así que nadie puede hablar.

—Entendido —dijo Cathy—. Déjamelos a mí.

Ya que Laura sabía que había sido sargento de maniobras en el ejército antes de trasladarse a Serenity con su marido, supuso que Cathy podía controlar una clase llena de adolescentes.

Una vez en el despacho, se encontró a Betty y a Helen mirando una pila de papeles.

—¡Oh, oh! —exclamó Laura nerviosa—. ¿Qué está pasando?

—Mariah ha solicitado al consejo escolar que las dos seáis despedidas —respondió Helen con voz tensa—. Es ridículo, claro, pero ha logrado incluirlo en el orden del día de la reunión de esta tarde. Creo que lo que de verdad quiere es crear tanto revuelo que el consejo no sea capaz de hacer efectiva la expulsión permanente de Annabelle. Es una táctica para retrasarnos, nada más, al igual que logró que la reunión se pospusiera hasta hoy, en lugar de celebrarse ayer, que era cuando Ham la había programado.

—Pero aun así tenemos que defendernos —dijo Betty con hastío—. Y eso llevará tiempo.

Helen sacudió la cabeza.

—No te preocupes. Ya he hablado con Hamilton Reynolds, que por cierto está que echa chispas. Sí, no puede permitirse ignorar el tema directamente, pero imagino que podrá ventilar la discusión en unos diez minutos como máximo.

—A mí me puso en mi sitio enseguida hace años cuando intenté presentar cargos contra Cal —sacudió la cabeza—. Mirando atrás, no sé en qué estaba pensando —dijo Betty.

—Había unos cuantos padres que pensaban que Ty Townsend estaba recibiendo un trato de favor de Cal porque tenía una relación con Maddie —la consoló Helen—. A lo mejor te dejaste llevar demasiado intentando apaciguarlos, pero eso ya es agua pasada. Todos en el pueblo saben que eres una buena directora y también saben que Laura es una de las mejores profesoras del instituto. Estos cargos que ha presentado Mariah son chorradas, sobre todo eso de que las dos queríais vengaros de Annabelle. La expulsión temporal de esos chicos por acoso hace trizas ese argumento.

—¿Qué necesitas de nosotras? —preguntó Laura.

—Nada —respondió Helen—. Si Mariah quiere que muestre todos esos mensajes que Annabelle publicó en Internet para demostrar que, efectivamente, estaba acosando a Misty, que así sea. De todos modos saldrían a relucir en el juicio tarde o temprano. Como madre, sin embargo, me habría esperado que hubiera preferido lo último, después de que se hubieran calmado un poco los ánimos en el pueblo. El contenido de esos mensajes no deja en muy buena posición ni a Annabelle ni la labor de Mariah como madre.

—Esto es sobre todo por el cambio de instituto —sugirió Laura—. Recordad lo que dijo Don, que meter a Annabelle en un internado privado costaría un dinero que no tienen. Si Mariah no ha podido encontrar ese dinero, está claro que no le hace ninguna gracia tener que llevar a Annabelle a otro distrito todos los días. Seguro que se está aferrando a todo lo que pueda encontrar para mantenerla aquí.

—Pues eso no es una opción —dijo Betty con rotundidad.

Helen lo confirmó.

—Ya se ha aprobado el traslado. Ham ha entregado la documentación esta mañana. Los Litchfield pueden elegir otro instituto, pero Annabelle no va a quedarse aquí.

Laura la miró preocupada.

—¿Sin ni siquiera una vista pública? ¿Puede hacer eso el señor Reynolds por su cuenta?

—Bajo ciertas circunstancias se le permite actuar velando por los intereses del distrito —explicó Helen—. Y, sinceramente, lo puso furioso que Mariah lograra hacer que retrasaran la reunión. Hizo unas llamadas a los otros miembros del consejo después de que el fiscal y el jefe Rollins le explicaran qué creían mejor para la comunidad. Todos los miembros del consejo lo apoyaron después de ver lo que sucedió el sábado en la protesta y cada uno de ellos me ha expresado en privado lo consternados que estaban por lo sucedido. Aun así, esta tarde emitirán un voto formal y eso solucionará cualquier cabo que haya quedado suelto en el aspecto legal.

—Si no siguiera tan furiosa con Annabelle por lo que le ha hecho pasar a Misty, casi lo sentiría por ella —dijo Laura—. Es solo una adolescente y esto podría cambiarle la vida.

—Esperemos que se la cambie a mejor —añadió Helen sin inmutarse—. La reunión del consejo se celebrará en el auditorio a las cuatro en punto. ¿Podéis estar allí a las tres y media por si surge alguna sorpresa de última hora o algún detalle que tengamos que estudiar?

—Por supuesto —dijo Betty—. ¿Vamos a necesitar testigos que declaren a nuestro favor o algo parecido?

—Yo me ocupo de eso —respondió Helen—. Tendré a un par de personas preparadas por si acaso, pero os prometo que no creo que vaya a ser necesario.

Laura esperaba que tuviera razón. Nunca, ni en un millón de años, se habría esperado que las cosas llegaran tan lejos solo por haber intentado proteger a una alumna del acoso de otra.

J.C. había escuchado atentamente mientras Helen había explicado por qué necesitaba que asistiera a la reunión de emergencia del consejo escolar que se celebraría por la tarde.

—Tienes que estar de broma —le dijo con incredulidad una vez ella terminó—. ¿De verdad que Mariah ha llegado tan lejos? Cuando se pospuso la reunión, pensé que era porque se lo había pensado mejor y se había arrepentido.

Helen sacudió la cabeza.

—No es la clase de mujer que se rinde sin luchar. Este es su último y desesperado intento de convertir a su hija en la víctima de una terrible conspiración.

—¡Eso es absurdo!

—Sí, claro que lo es, pero cuesta ignorar a alguien que además de no dejarte en paz no deja de llamar a todos los medios de comunicación de la región. El consejo escolar no tiene más opción que abordar el tema de esos cargos e interponer formalmente cualquier demanda que consideren justificada.

—¿Demanda? ¿En serio? —se pasó la mano por el pelo—. ¿Cómo ha podido terminar esto así?

—No te pongas nervioso. No habrá demanda, sino tal vez el reconocimiento de la labor de Betty y Laura, que actuaron de manera totalmente apropiada. Si yo estuviera en el consejo, les daría un premio.

J.C. asintió.

—¿Qué clase de testimonio necesitas de mí?

—Solo que respaldes a Laura y a Betty diciendo que ha sido una situación grave. Solo te llamaré si lo necesito, pero tenemos que estar preparados.

—Yo estoy preparado —dijo con determinación—. ¿A quién más vas a llamar?

—He hablado con Diana Dawson. Está ansiosa por hablar. Cuando Misty oyó nuestra conversación, también se ofreció voluntaria. Creo que será el testigo más convincente de todos, pero no voy a llamarla a menos que me vea absolutamente obligada. La pobre chica ya ha pasado por demasiado.

—Si quiere hacerlo y la necesitas, llámala —le aconsejó J.C.—. Cada vez que tiene una oportunidad de dar la cara, se hace un poco más fuerte.

—No lo había pensado así —admitió Helen—. Pues entonces confiaré en tu instinto. Nos vemos esta tarde.

Cuando J.C. se dirigía al auditorio del colegio estaba furioso por la absurdez de la reunión, ya que la consideraba una absoluta pérdida de tiempo cuando el resultado ya se sabía.

Apenas había entrado cuando Laura lo vio. Se separó del grupo con el que estaba charlando y fue hacia él extrañada.

—¿Qué haces aquí?

—Habría venido de todos modos, pero Helen me ha llamado —respondió besándola en la mejilla—. ¿Estás bien?

—Dice que lo estaré, que no pasará nada —contestó aunque tenía la mano como el hielo—. Intento creerla.

—Pues puedes hacerlo —le dijo con seguridad—. Aquí hoy no se va a condenar a nadie injustamente.

Al momento se acercaron Diana y Misty.

—Siento que te veas en esta situación —le dijo Diana a Laura.

—Yo también, señorita Reed —añadió Misty—, pero no se preocupe. La apoyamos.

Laura la miró y frunció el ceño.

—Jovencita, creía que hoy ibas a venir a clase.

Misty sonrió a su madre.

—Ya te dije que se iba a enfadar.

Diana se sonrojó.

—Después de hablar con Helen sobre lo de esta tarde, Les y yo hemos decidido que Misty necesitaba pasar otro día alejada de este ambiente. Con suerte los ánimos estarán más calmados y las cosas habrán vuelto a la normalidad a finales de semana.

—Me parece muy sensato —le dijo J.C., y dándole un cariñoso codazo a Laura, añadió—: ¿Verdad que sí?

Laura sonrió débilmente.

—Claro que sí. Lo siento, pero es que me molesta mucho que Misty se esté perdiendo las clases por esto.

—Me pondré al día con los trabajos —prometió la chica—. Katie va a venir luego a traerme los deberes. Mis notas no van a bajar, lo juro. Recuerde lo que le dije. Ya estoy harta de que estos cretinos me destrocen la vida.

—De acuerdo. Supongo que no puedo pedirte más.

Helen se acercó.

—Vamos a la primera fila. Quiero que todos estéis cerca por si necesito que alguno subáis al escenario. Sigo sin pensar que llegue a hacer falta, pero me gustaría estar preparada.

Según avanzaban, J.C. sostenía con firmeza la helada mano de Laura. Y una vez estuvieron sentados, se acercó para susurrarle:

—Todo saldrá bien. Créeme.

Ella le dirigió una mirada de sorprendente inseguridad.

—Quiero hacerlo.

—¿Es que no has visto cuánto apoyo tienes en esta sala? —le preguntó incrédulo.

Laura sacudió la cabeza como atónita.

—¿Qué quieres decir?

—Esto está abarrotado. La gente está agitando pancartas en apoyo a Betty y a ti y creo que eso es obra de Liz y de Flo. Las están entregando en la puerta y parecía que Frances tenía una buena armada en el vestíbulo de fuera. Todas las Dulces Magnolias están aquí. Han organizado una buena protesta.

—¿Y cómo es que no lo he visto?

—Me gustaría pensar que es porque no puedes dejar de mirarme a mí —bromeó J.C.—, pero imagino que tiene más que ver con el hecho de que estás asustada.

—No estoy asustada —respondió y suspiró—. Estoy aterrada.

Él le agarró la mano y le besó los nudillos.

—Pues no lo estés. Me tienes aquí. Tú apriétame bien fuerte la mano si te pones nerviosa.

Y lo hizo, aunque algo temblorosa.

—Muy bien.

—Pues no estoy menos nerviosa que antes —confesó justo cuando se oyó el pitido del micrófono del escenario.

Él se acercó y la besó hasta que sintió que su piel entraba un poco en calor. Sonrió al apartarse.

—¿Mejor?

—Y tanto —respondió Laura con una temblorosa sonrisa—. Ahora Mariah puede demandarme por daños a la moral.

J.C. se rio.

—Bien, veo que tu sentido del humor está intacto. Estaba empezando a preocuparme.

—No lo decía en broma.

—Pues deberías. Eres una profesora genial y todo el mundo en esta sala, con la excepción de Mariah, lo sabe. Para cuando hayamos terminado, el consejo te verá como a una santa.

—A menos que hayan visto ese beso —farfulló, aunque esta vez sus ojos estaban brillando.

Capítulo 22

Hamilton Reynolds golpeó el mazo tan fuerte que la mesa pareció sacudirse del impacto. El sonido despertó alguna que otra expresión de asombro, pero al instante todo quedó en silencio y la multitud esperó a que se desatara el drama.

—Veo que tenemos la sala llena —dijo el presidente del consejo—. Qué pena que no haya más gente aquí cuando celebramos las reuniones regulares —miró a su alrededor—. Ahora bien, parece que tenemos dos temas que abordar en esta sesión de emergencia. La expulsión formal y permanente de Annabelle Litchfield y las contraacusaciones de Mariah Litchfield alegando que la directora Betty Donovan y la profesora Laura Reed estaban inmersas en una especie de conspiración contra Annabelle.

Suspiró con hastío.

—Supongo que tenemos que tratar esto último antes de votar la expulsión.

Miró a los asistentes.

—Mariah, ¿tienes representación legal?

—No —declaró con voz resonante. Se levantó, se acercó al escenario y se giró hacia la multitud.

—Dirígete a mí y al resto del consejo —le ordenó Ham—. No estás en un mitin político.

—No te pongas en plan petulante conmigo, Ham Reynolds. No eres mejor que esas dos. Me estoy planteando solicitar una nueva votación para sacarte de aquí a ti también.

—Haz lo que quieras, Mariah —respondió con mucha calma—. Y ahora di lo que piensas, pero cíñete a hechos que puedas probar. No toleraré insultos ni calumnias hacia estas dos magníficas personas.

Mariah se quedó atónita al oírlo.

—Así me gusta, que haya imparcialidad —farfulló con sarcasmo—. Está claro que estoy malgastando saliva hablando con personas como vosotros.

—Te he dicho que podías hablar, pero no me hagas perder la paciencia y cambiar de idea.

A Laura le quedó claro que la multitud se mostró agitada al ver que no se estaban ofreciendo pruebas para que el consejo las analizara. Por el contrario, Mariah no dejaba de hablar de cómo unas personas adultas la habían tomado con su dulce niñita, que nunca había matado una mosca, y mucho menos había atacado a otro ser humano.

—A todo el mundo debe de quedarle muy claro que Annabelle jamás haría esas cosas tan malintencionadas de las que se la ha acusado. Es una buena chica y su reputación está siendo arruinada por estas dos mezquinas personas. Estoy decidida a presentar una demanda por difamación una vez terminemos con estos procedimientos —y a pesar de la previa advertencia de Ham, se giró hacia la multitud—. Ahora os pregunto, ¿son de verdad estas la clase de personas que queréis que eduquen a vuestros hijos?

Un rotundo «sí» se oyó por el todo el auditorio dejando a Mariah impactada. Estaba a punto de bajar del escenario hecha una furia cuando Helen se levantó y fue hacia ella.

—Aún no, Mariah. Ya que has estado aquí difamando un poco, vamos a asegurarnos de añadir al expediente todo lo que has dicho.

Mariah se giró hacia Ham atónita.

—¿Puede hacer esto?

—Creo que sí —respondió él y miró a los demás miembros del consejo, que asintieron.

—Mariah, sé que siempre has tenido un interés especial en que Annabelle cante, ¿no es así? —preguntó Helen, aunque fue más una afirmación, ya que era algo que todo el pueblo conocía.

—Sí, por supuesto. Tiene una voz increíble. Todo el mundo lo sabe.

—Estoy de acuerdo, pero ¿qué me dices de su trabajo en el instituto? ¿Lo supervisas y te aseguras de que saca buenas notas?

—Por supuesto. No es que vaya a necesitar ir a la universidad con la carrera musical que tiene por delante, pero como quiere ir, sí, estamos pendientes de sus notas.

—Eso creía —dijo Helen sonriendo—. Todos los informes dicen que siempre ha sido una buena estudiante —bajó la mirada hacia sus anotaciones, aunque Laura tenía la sensación de que sabía perfectamente lo que tenía escrito sin necesidad de consultarlo—. Ahora dime, ¿supervisas de cerca su actividad en Internet? ¿Tienes acceso a su cuenta de las redes sociales, por ejemplo?

—¡Por supuesto que no! —respondió Mariah indignada—. Los jóvenes merecen tener su intimidad igual que nosotros. Lo dice la Constitución, ¡por el amor de Dios!

De nuevo, Helen sonrió.

—Entonces no puedes afirmar con total certeza que Annabelle nunca haya publicado las burlas que aparecieron en su página personal y que después fueron circulando por las de sus amigos, ¿verdad?

—Te estoy diciendo que ella no haría algo así.

—Y aunque la fe que tienes en tu hija es admirable, aquí tengo páginas y páginas de mensajes que dicen lo contrario. También tengo informes de la policía, del fiscal y de los administradores de las Webs confirmando que esta es la página de Ananbelle y que su alias y su contraseña se utilizaron para publicar estos mensajes. Puedo leerlos uno a uno, si quieres. Podemos dejar que el consejo decida si llegan al nivel de acoso necesario para justificar la expulsión inmediata de este distrito escolar.

Mariah pareció derrumbarse ante sus ojos. Sin duda había dado por hecho que su contraofensiva para quitarle la culpa a su hija y volcarla sobre Betty y Laura saldría bien. Pero ahora que su estrategia había fracasado tan miserablemente, parecía un poco perdida.

—Es una buena chica —susurró aunque ya sin la convicción de antes.

—Creo que probablemente lo sería hasta este incidente —dijo Helen con cierta delicadeza—. Esto ha sido una llamada de atención, Mariah. En lugar de verlo como un castigo injusto, míralo como una segunda oportunidad para Annabelle. Este caso ya ha recibido mucha atención nacional, sobre todo gracias a ti, así que vamos a resolverlo de manera discreta para que tu hija y Misty Dawson puedan seguir adelante con sus vidas.

Ahora había lágrimas cayendo por las mejillas de Mariah y estaba temblando descontroladamente. Helen la rodeó con un brazo y la sacó del escenario. Había tanto silencio en el auditorio que Laura estaba segura de que se podría haber oído un alfiler caer.

Hamilton Reynolds se aclaró la voz.

—Bueno, lo primero es lo primero. ¿Alguien considera que haya necesidad de castigar a Betty Donovan y a Laura Reed por las acciones que emprendieron para proteger a Misty Dawson?

—Yo voto por una mención de honor —dijo Bernice Walker con fuerza y mirando a Ham sonrió—: Oh, sí lo sé, se supone que tiene que ser una moción. Pues bien, la presento.

—La secundo —dijo Trent Ayers.

Ham asintió con satisfacción.

—¿Alguien se opone?

Miró a su alrededor, pero los demás miembros estaban asintiendo satisfechos.

—De acuerdo, ¿entonces todos a favor?

La mención de honor quedó aprobada de manera unánime.

—Y ahora centrémonos en el tema de la expulsión permanente. ¿Hay moción para ello?

También se aprobó de manera unánime y por fin Laura pudo soltar el aliento que había estado conteniendo. J.C. le apretó la mano con fuerza.

—Te dije que todo saldría bien.

—Sí que me lo dijiste, pero aquí podría haber pasado cualquier cosa.

—No con Helen llevando el caso —le respondió y se echó a un lado cuando un grupo de personas la rodearon para darle la enhorabuena.

Las Dulces Magnolias fueron las primeras. Laura se vio envuelta en abrazos de Sarah, Raylene y Annie, y después de Maddie, Jeanette, Dana Sue y Karen Cruz.

—Creo que hay que celebrar una noche de margaritas —declaró Annie.

Inmediatamente, Sarah sacudió la cabeza y asintió hacia J.C.

—Y ya que es una ocasión especial, de manera excepcional y por primera vez celebraremos una noche mixta.

—Pues vamos a mi casa —dijo Raylene—. Esta mañana he cocinado lasaña por si acaso.

—Yo puedo llevar ensalada —dijo Dana Sue— y algo de guacamole potente, ya que sin él no sería una auténtica reunión de Dulces Magnolias.

Helen se acercó justo en ese momento.

—Acabo de hablar con Erik. Del postre se encarga él.

Laura miró a su alrededor sintiéndose extrañamente apabullada y emocionada ante una muestra más de semejante lealtad.

—¿Estáis seguras?

—Por supuesto que lo estamos —respondió Sarah—. Eres una de nosotras, ¿no? Y esto es lo que hacemos para celebrar cosas.

—Avisaré a los chicos —dijo Annie y, poniendo cara de disgusto, añadió—: Y a los niños.

—Creo que deberíamos incluir a Frances, a Flo y a Liz —dijo Karen vacilante—. ¿Os parece bien?

—Por supuesto —respondió Maddie de inmediato—. Ellas son las Senior Magnolias.

Laura miró a Betty, que estaba junto a un par de profesores, aunque básicamente sola.

—¿Os parecería bien...? —empezó a decir mirando hacia la directora.

Todos miraron a Maddie a la espera de una respuesta, ya que se había visto afectada por el ataque de Betty a Cal varios años atrás.

—¿Por qué no? Estoy casada con el mejor hombre del planeta y me puedo permitir aceptar que lo pasado, pasado está.

Helen le echó un brazo sobre los hombros.

—¡Menuda mujer!

—Así soy yo, generosa hasta decir basta —dijo Maddie—. ¿A qué hora empieza la fiesta?

Raylene miró el reloj.

—Ahora son casi las cinco. ¿Qué os parece a las seis y media?

Todos asintieron rápidamente y se marcharon a ocuparse de sus cosas. Laura se giró hacia J.C.

—Vas a venir, ¿verdad?

Parecía dudoso.

—¿Qué pasa con todo eso que has dicho de admitir públicamente que somos una pareja? No creo que nadie se vaya a sorprender.

—¿Pero tanta gente? —se quejó él extrañamente conmocionado—. Seguro que salen corriendo a dar la noticia y nos llevan por delante.

—¿Adónde nos van a llevar? —preguntó ella desconcertada.

—De camino al altar —murmuró antes de mostrarse avergonzado—. Estoy exagerando, ¿no?

—Solo un poco. Somos más fuertes que ellos, nada sucede entre nosotros a menos que queramos que suceda. Hasta ahora nos ha ido bien siguiendo esa filosofía, ¿no?

—Lo que quiero es un poco de intimidad y una noche muy larga contigo en mis brazos.

Ella se ablandó ante el comentario, aunque se mantuvo firme.

—Primero tienes que ser amable con nuestros amigos.

—¿Cuánto rato?

—Hasta que puedas convencerme de que en casa nos espera un entretenimiento más excitante.

J.C. se rio.

—Supongo que de eso podría convencerte incluso antes de salir de aquí si te quedas cinco minutos conmigo en el cuarto de las escobas.

—Un poco de ambiente, cariñito —bromeó—. Tendrás que hacer algo mejor que rodearme de fregonas, cubos de agua y trapos mojados.

Él le lanzó una mirada encantadoramente solemne.

—Te juro que ni siquiera te enterarás de que todo eso está ahí.

—Lo dudo.

Y, aun así, no pudo sacarse de la cabeza la idea de que podría haber sido divertido dejarle intentarlo.

La fiesta en casa del jefe Rollins estaba resultando ser mucho más divertida de lo que Misty se había imaginado. Desde hacía mucho tiempo llevaba hecha a la idea de que jamás volvería a sentirse normal ni a relacionarse y divertirse con otros chavales. Por eso cuando Katie le había propuesto que fuera con su madre y su hermano, se había negado en un principio, pero Maddie se había acercado y había insistido. Había podido comprobar así que la señora Maddox siempre se salía con la suya y esperaba que su madre llegara a tener tanta fuerza y energía algún día de estos. Había sido así antes y le daba la sensación de que se había ido haciendo algo más fuerte durante todo ese calvario, tal como le había sucedido a ella.

Aunque era genial que los hubieran invitado, la casa y el jardín estaban abarrotados y apenas había espacio para moverse, sobre todo con el enorme añadido construido en la parte trasera de la casa y los materiales de construcción por todas partes.

La lasaña de la señora Rollins habría sido suficiente para alimentar a un pequeño ejército, pero los hombres habían insistido en hacer unas hamburguesas y unos perritos en la barbacoa, así que el aire estaba cargado de todos esos aromas geniales y de más risas de las que Misty había oído en mucho tiempo.

Estaba sentada sola en una silla junto a ese chulísimo jardín cuando Katie y Mandy Rollins se acercaron junto con una chica llamada Lexie, que vivía al lado. Era de la edad de Mandy, solo catorce años, así que Misty solo la conocía de vista.

—Siento mucho lo que te ha estado pasando —le dijo Lexie tímidamente y con gesto abatido—. ¿Te importa que te lo diga? ¿Preferirías que no lo mencionara?

—No pasa nada. Gracias.

—No lo digo solo por el instituto —añadió animada a continuar—, sino también por lo del divorcio. Mi madre está pasando por lo mismo y es un asco.

—Sí, un asco —confirmó Katie.

Mandy las miró con comprensión, pero comentó con gran sensatez:

—¿Sabéis lo que es peor? Perder a tus padres en un accidente de coche y saber que no volverás a verlos.

Lexie, una chica que obviamente se lo tomaba todo muy a pecho, la miró horrorizada.

—Sí, es verdad. ¿En qué estaría pensando? Lo siento mucho. A veces olvido por qué estáis viviendo aquí con vuestro hermano y Raylene.

—No pasa nada. La mayor parte del tiempo no pienso mucho en ello. Carter es el mejor hermano mayor y guardián del mundo, y Raylene es increíble. Aun así, no son como mis padres, ¿me entendéis?

Lexie le dio un impulsivo abrazo; aún tenía las mejillas sonrojadas de la vergüenza.

—Lo siento —susurró—. Pero es que mi madre se deprime tanto a veces y mi padre está siendo tan capullo que olvido que hay gente que vive cosas mucho peores.

—El dolor es el dolor —dijo Katie—. Eso es lo que mi madre me dice siempre. Dice que mis sentimientos son válidos porque son míos —sonrió—. Y después me dice por qué estoy loca por sentirme como me siento.

—¿Pensáis que las madres tienen algún libro o página Web que consultan para encontrar cosas así que decir? —preguntó Lexie—. Seguro que todas llevamos oyendo las mismas cosas toda la vida.

—A mí no me habléis de páginas Web —apuntó Misty—. Creo que no voy a volver a usar el ordenador nunca.

—Sí, claro que lo harás —dijo Katie dándole un cariñoso codazo—. ¿Cómo, si no, vamos a estar en contacto cuando estés en alguna universidad chula de la Ivy League y yo aquí en Clemson?

En cuanto Katie y ella empezaron a hablar de sus planes para la universidad, las más pequeñas se marcharon, pero entonces Misty se fijó en Lexie, que llevaba un plato de comida enorme.

—Está delgadísima. Es imposible que coma así todo el tiempo —señaló Katie algo alarmada.

—A lo mejor hoy no ha almorzado —respondió Misty sin ver nada extraño. Jake comía así todo el tiempo, sobre todo desde que su madre no había estado haciendo la comida siguiendo los horarios y de manera regular. Para ella no eran más que signos de hambre, no de algo más peligroso como estaba pensando Katie.

—No sé…

Misty la interrumpió.

—Deja de agobiarte. Ya has oído que su madre está hecha un desastre desde el divorcio. A lo mejor está demasiado hundida como para cocinar. A mi madre le pasó.

La expresión de Katie se iluminó.

—Seguro que es eso. Venga, vamos a por un poco de lasaña antes de que se acabe. Y después atacaremos los brownies. Los de Erik están increíbles.

De camino a servirse la comida, Msity vio a su madre sumida en una conversación con un par de mujeres. Hacía tiempo que no la veía tan alegre y Jake estaba exultante de alegría charlando con el entrenador Maddox y los demás hombres.

Se le llenaron los ojos de lágrimas. Habían tenido que pasar por una crisis espantosa para llegar al punto en que se encontraban ahora, pero tenía el presentimiento de que ese era un ejemplo más de que todo lo malo traía algo bueno, como le había dicho el doctor Fullerton. Con tanta gente respaldándola, tal vez ya nunca volvería a sentirse sola. Y su madre y su hermano tampoco.

A J.C. le habían concedido el dudoso honor de ayudar con la barbacoa. Al parecer era una tarea reservada para Erik, pero ya que esa noche estaba trabajando en Sullivan's, Cal había alistado de inmediato a J.C. para que ocupara su lugar.

—Hace mucho tiempo que no uso una barbacoa —admitió con renuencia mientras miraba la enorme barbacoa de gas con cierto nerviosismo y también un poco de asombro.

—Tú mira y cópiame —dijo Cal como si fuera un trabajo mecánico.

Aunque, claro, eso no explicaba por qué Erik consideraba que hiciera falta un maestro cocinero para hacerlo bien. No obstante, J.C. se vio obligado a hacer caso a Cal, que ya estaba colocando las hamburguesas y los perritos en dos filas.

—Bueno, entonces lo tuyo con Laura, ¿por fin es serio? —le preguntó al poner la carne en el fuego—. ¿Ya estáis saliendo abiertamente?

J.C. pensó en el comentario que le había hecho a Laura anteriormente sobre lo adicta al matrimonio que era toda esa gente.

—No estoy seguro de que «serio» sea la palabra adecuada.

—Pero te estás acostando con ella, ¿no? —y ante la reacción de asombro de J.C., añadió como quitándole importancia al tema—: No es ningún secreto, J.C. Ya te advertí de esto hace un tiempo.

—Sí que lo hiciste —respondió no muy seguro de si se arrepentía de no haberlo escuchado entonces o de haber aparecido por allí hoy—. ¿Quieres conocer mis intenciones?

Cal se rio.

—Yo no, hombre, pero echa un vistazo a tu alrededor. Aquí hay muchas mujeres que te la tendrán jurada si se la lías a Laura. También te advertí sobre eso.

—Define «si se la lías» —le pidió J.C. aunque creía estar seguro de lo que significaba.

—Romperle el corazón. Jugar con sus sentimientos. Acostarte con ella y abandonarla después —enarcó una ceja—. ¿Ya me sigues, no?

J.C. asintió.

—Creo que sí.

—¿Y?

—Haré lo que pueda por no romperle el corazón —respondió sinceramente. Era más probable que fuera ella la que se lo rompiera a él, aunque había empezado a tener esperanzas en que esa vez las cosas fueran diferentes.

—Es una mujer fuerte —dijo Cal con admiración.

—La más fuerte —confirmó J.C.

—Inteligente, preciosa y cariñosa.

J.C. se rio.

—No necesito un resumen de sus cualidades, Cal. Ya las puedo ver por mí mismo.

—Pensaba que estaría bien mencionarlo por si no te habías decidido del todo y estabas entre dos aguas.

—Yo no me ando con medias tintas. O me vuelco en algo o no.

Miró a su alrededor hasta localizar a Laura y la vio sonreír cuando lo sorprendió mirándola.

—Y está claro que con ella te has volcado —concluyó Cal feliz—. Me alegra saberlo.

Sí, pensó J.C. Se había volcado del todo en Laura.

Misty había pasado toda la noche preocupada pensando en volver por fin a clase y enfrentarse a más miradas. Sí, cuando se había enterado de que Greg Bennet era quien probablemente se encontraba detrás de los últimos comentarios publicados había enfurecido, pero ni por asomo se sentía lo suficientemente valiente como para plantarle cara.

—¿Seguro que no quieres que te lleve en coche? —le preguntó Diana.

—De eso nada.

—¿Y si te llevo a casa de Katie y vas caminando desde allí con ella?

Misty suponía que probablemente debería valerse por sí misma, pero se aferró al salvavidas que le había lanzado su madre.

—Espera que la llame primero para ver si le parece bien —dijo de inmediato.

En cuanto Katie descolgó, le contó lo que pasaba.

—¿Me puede dejar mi madre en tu casa?

—Claro. ¿Qué te parece si hago unas cuantas llamadas? Creo que deberíamos presentarnos allí en grupo para que Greg vea que no estás sola, que estás rodeada de amigos que dan la cara por ti. Es un capullo y seguro que nunca se le ha pasado por la cabeza que alguien pueda preferirte a ti antes que a él.

—Pero a lo mejor nadie más quiere implicarse —dijo Misty preocupada.

—Eso déjamelo a mí —contestó Katie con confianza—. Llevo todo el tiempo diciéndote que ha habido mucha gente de tu parte, pero que han estado esperando a que les hicieras una señal para ayudarte. Tú ven aquí en quince minutos, ¿vale? No queremos llegar tarde.

—Ya salimos para allá —dijo Misty mirando a su madre, que sonreía y asentía.

—Supongo que Katie tiene un plan.

Misty sonrió.

—Katie siempre tiene un plan. Me parece que ha nacido para luchar contra los desamparados. Va a ser una mini Helen si decide estudiar Derecho, o a lo mejor puede que llegue a presidenta. Es inteligente para ello.

—Y tú también —le dijo su madre con lealtad.

—Hacía mucho tiempo que no me sentía inteligente, ¿pero hoy? —se encogió de hombros—. Casi vuelvo a sentirme como siempre.

Para cuando llegaron había como media docena de chavales esperando en casa de Katie y según el grupo iba caminando por la calle más chicos y chicas se les iban uniendo. Al llegar al instituto había unos veinte chavales rodeando a Misty y claramente dispuestos a enfrentarse a Greg o a cualquiera que se atreviera a meterse con ella.

Dentro del edificio, Misty lo vio con un par de compañeros a los que también habían expulsado del equipo. Pareció como si fuera a ir a por ella, pero sus amigos se lo impidieron.

Misty se abrió paso entre ellos hasta quedar frente a él.

—Ya no. Esto se ha acabado.

—Nada de eso —respondió él con bravuconería más que con convicción real.

—¿Es que aún no lo has entendido? Tú has salido perdiendo más que yo. Sí, ya, intentaste acabar con mi reputación y casi lo conseguiste, pero has perdido tu beca y todo tu futuro —lo miró fijamente—. Dime la verdad, Greg. ¿Ha merecido la pena?

Y entonces con la cabeza bien alta, pasó por delante de él y recorrió el pasillo hasta su primera clase con sus amigos a su lado.

Estaba temblando al llegar al aula, pero Katie le agarró la mano con fuerza.

—Qué orgullosa estoy de ti. Lo has mirado directamente a los ojos, Misty. Para eso hacen falta muchas agallas.

—Estaba temblando —admitió.

—No importa. Es más, creo que ahí está el valor, en tener miedo y aun así hacer lo que hay que hacer.

Misty la abrazó y sonrió a los demás, que seguían protegiéndola.

—Gracias a todos.

—Ey, podría habernos pasado a cualquiera —dijo Susie—. Es más, probablemente nos haya pasado en un momento u otro.

Y para su sorpresa, Hailey, una amiga de Annabelle que ni siquiera le había dado la hora en toda su vida, se acercó al grupo y nerviosa se dirigió a ella.

—Solo quería decirte que lo siento —susurró—. Por todo.

Antes de que Misty pudiera asimilar lo que suponían esas palabras, Hailey ya se había ido.

La campana sonó y todos se dispersaron. Misty entró en su clase y por primera vez en meses sintió que el nudo del estómago por fin empezaba a deshacerse.

Laura seguía un poco ruborizada y algo aturdida después de una noche increíble y llena de pasión cuando entró en el despacho de Betty a la mañana siguiente.

Tras un breve intercambio de cumplidos, la directora le preguntó:

—¿Tengo que recordarte que en nuestro contrato aparece reflejada una estricta cláusula de moral?

—¿Cómo dices? —pero mientras formulaba la pregunta encajó las piezas—. Deja que adivine. Mariah Litchfield te ha llamado a primera hora de la mañana porque ha visto el coche de J.C. en mi puerta.

—Correcto.

—Y después de lo que ha pasado, ¿no ves que es un intento de tomar represalias?

—Claro que sí, pero le dije que te llamaría la atención y lo he hecho.

Pero entonces, para sorpresa de Laura, la directora sonrió.

—Dadas las circunstancias, yo no me preocuparía demasiado. El consejo escolar está muy impresionado por lo bien que J.C. y tú habéis gestionado el tema de Annabelle y Misty. Quedó más que patente en la reunión de emergencia y por eso ahora podrías librarte de cualquier cosa. Además, últimamente estoy en plan generoso e indulgente.

Laura pensó en lo que habían descubierto el viernes y en que seguían a la espera de confirmación por parte del jefe Rollinson.

—Bueno, puede que quieras prepararlos para la posibilidad de que esto no haya terminado aún —dijo y pasó a informar a Betty de sus sospechas sobre Greg Bennet; no solo por su actitud alborotadora en la protesta, sino también porque era posible que hubiera continuado con lo que Annabelle había dejado a medias en Internet.

—¡Dios mío!

Laura alzó una mano.

—Creo que Misty quiere ocuparse de esto sola. Hoy ha vuelto a clase y quiere plantarle cara a Greg. Vamos a darle la oportunidad. Tiene que sentir que recupera el control de su vida.

—¿Estarás atenta?

—Por supuesto.

Betty asintió.

—Entonces veremos qué tal funciona, pero la expulsión sigue pendiente por mucho que sea capitán del equipo. Creía que lo habría entendido después de haber visto lo que le ha pasado a Annabelle y de que le hubiéramos prohibido jugar durante el resto de la temporada.

—Espero que, con suerte, la cosa no se complique, pero me ha alegrado ver a Misty entrar aquí esta mañana con la cabeza bien alta y rodeada de sus amigos.

Betty sonrió.

—Y a mí me ha alegrado verte entrar hoy aquí con ese color en las mejillas. Espero que lo tuyo con J.C. funcione. Es un buen tipo.

—Sí que lo es, aunque aún es un poco pronto.

Después de los últimos días, sin embargo, ya sentía como si estuvieran mucho más cerca de un «para siempre».

Aun así, conocía su pasado y su convicción de que los Fullerton eran malos partidos para compromisos duraderos. Desconocía si él sería capaz de dar el salto de fe requerido para tener ese futuro que ella estaba empezando a querer, pero si ella había podido superar su pasado, seguro que un hombre tan inteligente y sensato como J.C. podría hacerlo también.

Capítulo 23

Después de la celebración en casa de Carter y Raylene, J.C. sabía que las Dulces Magnolias lo habían aceptado por fin. Para bien o para mal, pensó dada su propensión a entrometerse en las vidas de los demás.

Aun así, se sorprendió gratamente cuando el administrador municipal Tom McDonald y su primo Travis se acercaron a él para invitarlo a unirse a la celebración de Acción de Gracias de las Dulces Magnolias. Tom y Travis habían sido los primeros en hacerse amigos suyos porque no habían estado en el pueblo durante la tensa época del divorcio de Maddie y Bill.

—Y trae a Laura, claro —le dijo Tom—. Seguro que las chicas van a invitarla, pero por si acaso quiero que los dos sepáis que nos encantaría que estuvierais allí. Parece que últimamente habéis recibido el sello de aprobación de las Dulces Magnolias. Sois jóvenes, atractivos y abanderados de la justicia social. Como administrador municipal, no puedo llegar a expresar lo que significa tener a gente como vosotros en esta comunidad. Me gustaría atraer a más personas así hasta aquí.

—Bill acaba de contratar a una enfermera en prácticas para nuestra consulta. Creo que encajará muy bien con tu idea de lo que Serenity puede llegar a ser si sigue avanzando. Y en cuanto a lo de ese sello de aprobación que has mencionado, ¿de verdad es tan bueno?

Porque a él le parecía mucha presión. Se había sentido así con las especulativas miradas que les habían dirigido la otra noche en casa de Raylene, sin mencionar el interrogatorio de Cal, por supuesto propiciado por Maddie.

Travis se rio ante su escepticismo.

—Sí, es algo bueno. ¿Es que no te has enterado de que Maddie y Helen han estado poniendo a Laura por las nubes por cómo ha manejado el asunto del acoso? Y tu contribución tampoco ha pasado desapercibida. Te has ganado muchos puntos por el modo en que te abriste a todos en la protesta y, por lo que he oído, Bill habló gracias a ti. Eso ha hecho mucho para redimirlo ante ellas.

—Él quería estar allí y sé que sintió de verdad cada palabra que mencionó. Espero que por fin le den el reconocimiento que merece por haber recompuesto su vida un poco después de haberla arruinado por completo.

Travis alzó las manos.

—Eso no depende de nosotros. Si así fuera, no habría problema. Pero en esta clase de cosas seguimos el dictado de nuestras mujeres. No pienso ponerme a pelear con la ira al completo de las Dulces Magnolias. Helen, en particular, me aterra.

J.C. se rio.

—Sí que produce ese efecto sobre mucha gente.

—Y aun así nadie puede negar que sea la mejor amiga del mundo —añadió Tom—. Todos hemos visto esa faceta suya.

—Y tanto.

—Volviendo al tema de Acción de Gracias. Tenéis que venir. La tradición es celebrarlo en Sullivan's porque cada vez somos más. Dana Sue y Erik cocinan casi todo, el pavo, el relleno y demás, más que nada porque nadie quiere intentar superarlos en la cocina. Aun así, todas las mujeres contribuyen con un plato o dos. Hay comida suficiente para un ejército.

Al no encontrar una excusa educada para librarse, J.C. dijo finalmente:

—De acuerdo, contad conmigo. Y ya os avisaré cuando le haya preguntado a Laura.

—Bueno, ¿y vais muy en serio? —preguntó Travis—. Cada vez que os he visto juntos parecíais muy unidos. Sarah está convencida de que habrá boda para primavera.

El nerviosismo de J.C. se descontroló.

—¿Pero qué pasa en este pueblo que todo el mundo se cree con derecho a meterse en todas las relaciones que surgen en Serenity?

—Las apuestas en Wharton's son un gran incentivo —respondió Travis sin bromear—. Ese dinero sube como la espuma.

J.C. se giró hacia Tom.

—Seguro que por aquí hay alguna normativa sobre el juego.

—Ah, seguro que sí. ¿Quieres que se lo cuente a Grace? Además, opino que todo eso de ser unos entrometidos forma parte de nuestro encanto —sonrió—. Así que, responde a mi pregunta. ¿Vais en serio?

J.C. pensó en la rapidez con que se había enamorado de Laura a pesar de todos los mecanismos de defensa que llevaba en su arsenal.

—Creo que a lo mejor debería enterarse ella antes que vosotros.

Los dos hombres se echaron a reír ante la evasiva respuesta.

—Tío, este está enamorado perdido —dijo Travis chocando los cinco con su primo—. Te lo había dicho.

J.C. los miró con resignación.

—Imagino que no podré convenceros de que os lo calléis, ¿no? —sí, estaba enamorado perdido, pero aún no sabía qué hacer al respecto.

—¿Quieres que les ocultemos un secreto a nuestras mujeres? —le preguntó Tom fingiendo estar horrorizado.

—Sí.

—¿Durante cuánto tiempo? —preguntó Travis.

—Hasta Acción de Gracias —respondió J.C. impulsivamente.

La fecha le parecía apropiada. Llevaba un tiempo luchando contra la intensidad de su atracción, pero eso lo estaba haciendo el antiguo J.C. Tal vez había llegado el momento de dejar el pasado atrás y entregarse a la mayor bendición que había entrado nunca en su vida.

Laura se lo pensó mucho antes de llegar a la conclusión de que había una última cosa que debía hacer para dar por zanjado el tema del acoso escolar. Imbuida por el espíritu de Acción de Gracias y con el corazón abierto al perdón, se encontró conduciendo a casa de los Litchfield la víspera de la fiesta. Había oído que Annabelle se marcharía a un pequeño colegio de chicas en Charleston justo después de la semana de Acción de Gracias.

Llamó al timbre de la casa de estilo colonial y esperó nerviosa. No la habría sorprendido que le hubieran dado con la puerta en las narices, pero cuando Mariah la abrió, se quedó ahí de pie, impactada y con la boca abierta de par en par.

—¡Eres tú! ¿Cómo te atreves a venir aquí después de lo que has hecho?

—¿Podemos hablar? Por favor.

Por un momento pareció como si Mariah fuera a cerrarle la puerta, pero al final se echó a un lado para dejarla pasar.

—¿Vienes a regodearte? —le preguntó al llevarla hacia el salón que más que una sala de estar parecía un escaparate. No se apreciaba ni una sola mota de polvo por ningún sitio. Todos los cuadros colgaban de las paredes perfectamente derechos y ni un solo objeto parecía estar fuera de su lugar. Todo estaba resplandeciente.

Laura se sentó en el borde de un antiguo sofá Reina Ana elegido para reflejar cierto estatus más que por su comodidad.

—Lamento mucho que me consideres una persona que vendría aquí para regodearse con lo que ha sido una tragedia para mucha gente joven de este pueblo.

—¿Entonces por qué has venido?

—Para ver cómo lo estáis llevando Annabelle y tú. Sé lo mucho que quieres a tu hija y lo devastador que ha sido todo esto para los planes que tenías para su futuro.

En lugar de aceptar la bandera blanca que Laura le estaba ofreciendo, Mariah respondió:

—El futuro de Annabelle no está acabado, ni mucho menos, a pesar de tus intentos por destruirla.

Laura suspiró.

—Yo nunca he querido destruir a nadie, Mariah. Quería hacerle ver que lo que le estaba haciendo a Misty estaba mal. Quería que tú vieras que a los jóvenes hay que darles directrices y no dejarles hacer lo que quieran. Todo el pueblo ha compartido siempre tus sueños para Annabelle. Tiene un talento increíble. Pero eso no significa que sea mejor que cualquier otro o que sus actos no tengan que acarrear consecuencias. Espero sinceramente que se convierta en mejor persona gracias a lo que ha pasado.

—¿En serio? —preguntó Mariah con tono mordaz—. ¿Eso es lo que esperas?

—Sí —respondió Laura sin apenas parpadear.

De pronto, Mariah pareció derrumbarse ante sus ojos y se llevó las manos a la cara.

—Tenía tantos sueños para ella, tantas esperanzas —susurró entre lágrimas—. Sé que todo el mundo creía que la estaba castigando, obligándola a hacer esto para suplir el hecho de que yo hubiera tenido que renunciar a mis sueños al quedarme embarazada de ella, pero no era así.

—Cuéntame —dijo Laura queriendo entenderla sinceramente.

—Desde el día en que Annabelle cantó sola en la iglesia, supe que tenía algo especial. Era mejor de lo que yo había podido soñar nunca con ser. Todos lo oímos y solo tenía ocho años. Desde aquel momento me dediqué a asegurarme de que tenía todo lo que necesitara. Pero no tenía ni idea de que pudiera llegar a equivocarme de un modo tan terrible.

Laura la miró con compasión.

—Muy pocos padres entienden lo fina que es la línea entre apoyar a un hijo y quererlo de manera incondicional y darle carta blanca para hacer lo que quiera. Yo no soy madre, pero sí que impongo disciplina cada día en mis clases. Necesito que mis alumnos sigan las normas, pero también quiero que entiendan por qué esas normas son importantes, que entiendan que no estoy siendo vengativa o despótica.

Mariah asintió con un gesto lleno de pesar y arrepentimiento.

—Nunca hablo de esto porque no le veo sentido, pero tal vez puede que te ayude a entenderme un poco —respiró hondo y dijo—: Mi padre era un hombre increíblemente duro que imponía una férrea disciplina y utilizaba un cinturón para mantenernos a raya.

Laura se estremeció al oír tanto dolor en su voz.

—Decía que lo hacía porque nos quería, pero nos costaba creerlo cuando teníamos las espaldas llenas de cicatrices. Juré que yo nunca sería así. Quería que Annabelle no dudara nunca, ni por un segundo, que la quería más que a mi vida.

—Y lo has demostrado —le aseguró Laura—. Y no eres el primer padre que actúa de un modo totalmente opuesto al modo en que lo criaron.

—Pero creo que queda claro que tanta indulgencia tampoco era la respuesta. Tendrías que haber oído las conversaciones que hemos tenido el padre de Annabelle y yo por esto durante estas semanas. Llevaba mucho tiempo advirtiéndome, pero yo no lo veía.

—Pues entonces puede que esto haya sido una llamada de atención para que todos cambiéis algunas cosas. A lo mejor podríais centraros en agradecer que esa llamada haya llegado a tiempo y antes de que Misty sufriera algún daño mayor, o la propia Annabelle.

Mariah no parecía convencida del todo, pero al menos la hostilidad que Laura se había encontrado al llegar ya no flotaba en el aire.

—Gracias por venir —dijo finalmente—. Se necesita mucho valor y elegancia para hacer esto. No estoy segura de que yo hubiera sido capaz de hacer lo mismo.

Laura sonrió.

—¿Quién sabe? Podrías haberte sorprendido a ti misma.

Ya en la puerta, extendió la mano y tuvo que esperar tal vez demasiado a que Mariah se la estrechara.

—Feliz Acción de Gracias, Mariah.

—Feliz Acción de Gracias para ti también —dijo la mujer con cierto toque de sinceridad en sus palabras.

Al marcharse, Laura se sintió invadida por una fuerte sensación de alivio. Esperaba que ese triste capítulo por fin hubiera quedado cerrado.

La mañana de Acción de Gracias en Carolina del Sur no siempre era tan fría como las de Iowa, donde Laura había crecido, pero los cielos eran azules y el aire suave. Cuando volvió de la iglesia y de tomar un café se encontró a J.C. caminando con impaciencia de un lado a otro de su calle.

—¿Dónde has estado?

—¿Adónde suele ir mucha gente la mañana de Acción de Gracias?

—Ah, claro, a la iglesia.

—¿Hay algún motivo para que estés aquí tan temprano? Pensaba que no me recogerías para ir a Sullivan's hasta las dos.

—Quería hablar contigo de una cosa antes de ir —dijo siguiéndola hasta su apartamento, donde siguió moviéndose con intranquilidad.

—¿Te pasa algo? Estás especialmente nervioso esta mañana.

—Necesito un café. ¿Tienes café?

—Puedo prepararlo.

—Déjalo, no te molestes. Tomaré agua.

Fue directo a la cocina y Laura no lo siguió. Estaba claro que necesitaba tiempo para recomponerse, aunque no podía imaginar por qué.

Cuando volvió al salón, se sentó a su lado en el sofá y volvió a levantarse.

—Tú y yo —dijo y se detuvo.

Laura había visto a muchos chicos nerviosos en clase intentando sacar valor para hacer una exposición oral y por experiencia sabía que era mejor darles un empujoncito.

—Sí. Tú y yo…

Él sacudió la cabeza como si de pronto hubiera vuelto a la realidad desde un lugar muy lejano.

—Jamás pensé que volvería a hacer esto.

—¿Hacer qué?

La miró a los ojos con gesto totalmente desconcertado.

—Pedirle matrimonio a alguien.

Laura no pudo evitar quedarse boquiabierta.

—¿Es eso lo que estás haciendo?

Él asintió.

—Aunque estoy haciendo una chapuza, ¿verdad? Esto es patético.

Aunque se le había acelerado el corazón y tuvo que controlarse para no empezar a gritar «¡sí, sí!», logró mirarlo a los ojos.

—¿Es eso lo que quieres hacer de verdad?

Volvió a sentir.

—No me esperaba esto. Tú, yo. Enamorándonos. Lo siento mucho. Esto es un desastre. Debería esperar y hacerlo en otro momento, llevarte a una cena romántica o algo así —frunció el ceño—. Nunca hemos tenido una cena romántica. ¿Por qué ibas a querer casarte con un hombre que ni siquiera te ha cortejado como es debido? —se pasó la mano por el pelo dejándoselo despeinado de un modo absolutamente encantador—. ¿Pero qué me pasa?

Ella sonrió. Sonrió mucho.

—Lo estás haciendo bien —le aseguró— y, créeme, no te pasa nada malo. He intentado encontrar algo para poder proteger mi corazón por si esta relación no iba a alguna parte —se encogió de hombros—. Pero lo siento, J.C. Ni un solo defecto. No he encontrado ninguno.

—Pues podría enumerarte unos cuantos, más que nada para ser justo y que lo supieras.

Ella apenas pudo contener la sonrisa.

—O yo podría ponértelo fácil y decirte que sí.

Él retrocedió un paso totalmente atónito y se acercó de nuevo.

—¿Acabas de decir que sí?

—Sí, a menos que hayas cambiado de opinión y hayas decidido no pedírmelo después de todo.

—Pero es que quería que fuera romántico y ponerme de rodillas y todo eso —protestó.

Ella se levantó y fue a sus brazos.

—Esto ha sido mejor. Te has mostrado dulce y sincero y aterrado. Y yo creo que cualquier persona en su sano juicio que se comprometa con otra para siempre debería estar aterrada.

—Pero tú has respondido sin ni siquiera pestañear.

—Porque he querido esto desde el día que entré en tu consulta y te hiciste de rogar. Eso demuestra lo perversa que soy. Siempre me he sentido atraída por lo inalcanzable. Hubo una vez en que no me funcionó tan bien, pero esta vez... —le sonrió—. Esta vez creo que va a ser perfecto.

Él la levantó en brazos y le dio vueltas hasta marearla.

—Sabía que hoy sería el día más afortunado de mi vida. Ahora lo único que tenemos que hacer es someternos a un interrogatorio por parte de medio pueblo. Todos van a tener algo que decir al respecto. A lo mejor podríamos saltarnos la comida y celebrarlo aquí, solos.

—De eso nada —lo miró a los ojos—. ¿Hay alguien entre toda esa gente que te odie a rabiar o que conozca tus más oscuros secretos?

—Claro que no.

—Lo mismo digo, así que creo que deberíamos ir.

—¿Te he dicho que te quiero, Laura Reed?

—No hace falta. Desde hace semanas lo he oído en cada palabra que has dicho y lo he visto en cada cosa que has hecho. Lo que pasa es que me ha costado un poco captarlo.

Él se rio.

—Que me puedas leer la mente me va a hacer la vida mucho más fácil.

—Y que tú estés en mi vida me va a hacer mucho más feliz de lo que me habría esperado nunca. Creo que con eso formamos un gran equipo.

Él la miró fijamente antes de añadir:

—Vamos a ser invencibles —y con gesto algo más serio añadió—: Una cosa más.

—¿Qué?

—Nunca has dicho que quisieras encontrar a tu hija, pero creo que te conozco lo suficiente como para entender que te destroza no saber dónde está. Si quieres buscarla y hacer que forme parte de nuestras vidas del modo que ella quiera, por mí de acuerdo. Haré lo que sea por ayudarte.

Laura contuvo las lágrimas al oírlo. Acababa de rozar sus más puras emociones.

—No sé, J.C., puede que no quiera conocerme —dijo poniéndole voz a su mayor temor.

—No lo sabrás hasta que lo hayas intentado. Y lo que sé con absoluta certeza es que sería la chica más afortunada del mundo al descubrir que tiene una madre biológica que fue lo suficientemente valiente como para renunciar a ella.

Durante muchas veces a lo largo de los años, Laura se había planteado intentar encontrar a su hija, pero también había pensado que sería egoísta. Y tal vez además le había dado miedo lo que se pudiera encontrar: una joven que no quisiera saber nada de la persona que la había traído al mundo para luego abandonarla. Tal vez ahora con el amor y el apoyo de J.C. podría arriesgarse a hacerlo.

—Gracias.

Él posó un dedo bajo su barbilla y la miró a los ojos.

—No tienes que darme las gracias por amarte y por querer hacer lo que sea por hacerte feliz. Desde ahora en adelante, no habrá nada en mi vida que me importe más.

Ella le sonrió.

—¿Sabes qué es lo que más voy a agradecer hoy?

—¿Qué?

—Que el resto de solteras del pueblo o pasaron por alto el gran partido que eras o se espantaron con tu rechazo absoluto por las citas.

J.C. se rio.

—Pues tú no saliste espantada, ¿no? Ni siquiera un poco.

—Tuve algún momento de inquietud, pero creo que desde el primer día supe que merecía la pena correr ese riesgo por ti. Y resulta que tenía razón.

—Pues me alegro de que lo pienses —respondió él antes de cortar la conversación con un beso que le robó el aliento a Laura.

—Oh, sí —murmuró ella cuando pudo hablar de nuevo—. ¡Tenía muchísima razón!

Un accidente de infancia convirtió a Emmaline en una persona propensa a sufrir alarmantes desvanecimientos; aunque apenas duraban unos minutos, para ella parecían prolongarse durante una eternidad. Aquellos episodios eran incómodos, pero manejables… hasta que conoció a Johnny Dellasandro.

Aquel pintor huraño y solitario había ganado notoriedad en los años setenta por su estilo de vida desenfrenado y sus películas pornográficas de arte y ensayo. Su cuerpo desnudo había llegado a convertirse en un objeto de culto, especialmente para Emma, que llegó a obsesionarse con aquel hombre al que la edad había hecho más sexy. Pero Johnny huía de los focos, y de Emm en particular… Hasta que Emm sufrió un desvanecimiento en la puerta de su casa.

En aquel momento, fue transportada treinta años atrás y se encontró de pronto en casa de Johnny cuando este estaba en pleno esplendor. La noche fue un torbellino de calor y sexo que continuó impregnando su piel mucho tiempo después de que regresara al presente…

N° 62